U0146937

月季

唐一惟 著

四川文艺出版社

图书在版编目（CIP）数据

月季 / 唐一惟著. — 成都：四川文艺出版社，
2022.8
ISBN 978-7-5411-6349-4

Ⅰ.①月… Ⅱ.①唐… Ⅲ.①中篇小说—小说集—中
国—当代 Ⅳ.①I247.5

中国版本图书馆CIP数据核字（2022）第101489号

巴金文学院签约作家书系

YUEJI

月季

唐一惟 著

出 品 人　张庆宁
责任编辑　程 川 周 轶
特约编辑　李育樵
封面设计　叶 茂
内文设计　最近文化
责任校对　文 雯
责任印制　崔 娜

出版发行　四川文艺出版社（成都市锦江区三色路238号）
网　　址　www.scwys.com
电　　话　028-86361802（发行部）　028-86361781（编辑部）

排　　版　四川最近文化传播有限公司
印　　刷　四川五洲彩印有限责任公司
成品尺寸　145mm×210mm　　　　开　本　32开
印　　张　11　　　　　　　　　　字　数　240千
版　　次　2022年8月第一版　　　印　次　2022年8月第一次印刷
书　　号　ISBN 978-7-5411-6349-4
定　　价　65.00元

目录
CONTENTS

寻找

贞节

烈女

1.贞节烈女

记不清是多少年前，一个下着冬雪的早晨，杨毛穿着破烂的军大衣，挎着硕大的荆条篮子，拿着露出很多锈迹的铁碗，一步一个深深的脚印，来到这个叫作陵谷的村子。陵谷既没有丘陵，也没有山谷，数不尽的参天杨树下是一望无际的平原。大雪下了几天几夜，平原看上去宛如一块巨大的蛋糕，诱得孩子们忍不住拿搪瓷碗狠狠舀上一碗，撒上一层白糖，躲在大人们看不到的地方欢欢喜喜吃个痛快。冷雪钻进杨毛的身体，一瞬间化为热水。他已经很饿了，但并不急着去行乞。跋涉上百里地，他可不是为了来要饭的。

进村的入口是一片掉光了叶子的杨树林，林子里井然有序地排列着数不清的坟头，几天的大雪，让那些坟头变得像一个个刚出锅的雪白馒头，仿佛还冒着热腾腾的蒸气。哦，那不是蒸气，而是炊烟，再走近一点才看清楚，离坟地几米远的地方歪歪斜斜地立着一户人家，那些好闻的炊烟正从烟囱里缓缓上升。还是去问一问路吧，杨毛在心里说着。

穿过坟地，一扇用小树干拼凑起来的门立在眼前。从做工来看，这门并不怎么讲究，既没有刨过，也没有凿过，有些中间突出一个大疙瘩，有些索性就是弯曲的，被强行串在一起的小杨树干张牙舞爪地挣扎着。对于这样一户人家，就算是杨毛这样身体瘦弱的乞丐，也能轻易破门而入。

"有人没有？"杨毛伸长脖子喊道。

没有人回应，杂乱的小院被白雪覆盖着，静如处子。一条黄狗悠悠然从窝里走出来，用温驯的眼睛看了一眼杨毛，又拖着链子转身回窝里去了。

"有人没有啊？"杨毛又大喊一声。破褥子做成的门帘被掀开，露出一个叼着烟卷的苍老妇人的脸。老妇人望了杨毛一眼，把乱糟糟的脑袋扭向灶房，喊道："你耳朵里塞了驴毛啦？要饭的来了，出来给他个馍。"

伴随着剧烈的咳嗽声，一个头上粘着干草的老汉从灶房里闪了出来，湿漉漉的双手在夸张的大围裙上抹了抹，这是一个已经赋闲的老教师。他快速瞅了一眼杨毛后又钻进灶房，再出来的时候手里多了两个刚蒸好的馒头，馒头泛着小麦的本色，让人看了心安神静。

"你是从哪里来的？"老教师咧着嘴问道。

本不打算在这家行乞，但出于本能，杨毛还是接过了施舍。

"大爷，我是从东乡来的。"

听到乞丐先叫了一声大爷，老教师立刻眉开眼笑，"这是个老实人啊"，要知道这年头的乞丐大都是不老实的，比如一些年轻乞丐，在遇到村里的老汉时，如果被问一句"你是从哪儿来的"，他们大都会回敬一句"我是从××来的大爷"。一开始老汉们听了还挺受用，觉得自己被年轻人尊重，后来老汉们细细一品，才知道被人戏弄了。

"哦？东乡，那可不近呀。"老教师笑着说。

接过馒头的杨毛立着不走，老教师有点不耐烦，难道这个要饭的还想在家里吃菜喝汤不成？

"家里还没做好饭，你去别家再讨讨吧。"

"大爷，我想找个人，跟你打听打听……"杨毛支吾着。

"只要是这个村里的，没有我不认识的，你说吧。"

"我找，那个贞节烈女。"杨毛搓着衣角用最低的声音说了出来。老教师听得清清楚楚，但他却不敢相信自己的耳朵，他不明白眼前的乞丐为何会说出这样一句奇怪的话，于是凑近了大声问："你说你找谁？"

"贞节烈女！我要找贞节烈女！"

"哦——你找那个东西干啥？"老教师笑着问。

"我梦见她了，就想见见她，不干啥。"

老教师终于忍不住大声笑起来，笑得身体支撑不住，扶着木门剧烈咳嗽起来，引得黄狗和屋里的苍老妇人都走了出来。

"那个东西早就毁了，木材烧了好几天，炖肉了，石头扔了。"苍老妇人叼着烟卷把一碗热水泼在地上，淡淡地说。

馒头掉在地上，把白雪砸出两个深深的洞眼，连同热水砸出的那些雪窟窿，一如杨毛破裂的心，一瞬间千疮百孔。

"地方还在，盖成大队部了，你要想看让你大爷带你去。"苍老妇人发布完命令转身回了屋。

杨毛瞪着两只木木的眼睛，整个上半身都隐隐痛了起来，抑郁难耐的痛苦无处释放，抓着自己的脚腕坐在地上仰面大哭起来。树上的积雪仿佛受了惊吓，被一阵微风吹得纷纷下落，落在杨毛脖子里，钻进他滚烫的身体，又化成热水，逗留在他的肚皮上。

陵谷村的贞节烈女是一座牌坊，一座成了精的牌坊。

但成精的却不是牌坊下埋葬的曾经活泼的生命，而是一个字，一个贞节烈女的"女"字。

陵谷村地势高于周边村落，土壤也异常肥沃，空气爽朗而不缺乏湿润。依靠着天赐的恩宠，这里的百姓世世代代安心务农。农民的心愿是极其单纯的，只要有一口吃的，就不会去想别的事，比如读书或做生意。所以从古至今这里的商人少，读书人就更少。陵谷的土地也扮演过土匪山寨的角色，土匪被消灭后，土地又重新回到地主们手里。从这片土地里长出来的百姓们如同野草一般，世世代代从黄土里长出来，死后又回到黄土。其实他们是不如野草的，野草活着的时候，至少脚下的土地是属于自己的，而这里的百姓，需要死后才能拥有一个和自己身体差不多大的一片土地，深深地埋进去，用灵魂和皮肉去拥有那毕生的渴望。

富饶而穷苦的陵谷村，没有文化却盛产另一种和文化接近的产物——说书人。

如果谁家门前有一片干净的空地，空地上再立着一棵大杨树，那空地迟早会变成一个说书场。黄土里挣扎的庄稼人，唯一能安慰疲倦灵魂的地方，就是说书场。老牌坊上"女"字成了精的消息，就是从说书场里爆炸性地传出来的。

斑驳沧桑的老牌坊，掉光了红漆，褪尽了荣光。温润的春风把大地吹得嫩翠欲滴，也把老牌坊吹得摇摇晃晃。烈日把麦子晒成金黄，也把用杨树造的老牌坊晒得干裂如鳞。一切看起来都要荡为寒烟，"贞节烈女"四个字有三个也被岁月消磨得气若游丝，唯独那个"女"字，受尽风雨，却越发鲜润。烈日高照的正午时分，人们分明能看到，那个熠熠生辉的"女"字，仿佛在颤抖一般，贪婪地吸收着阳刚之气，闪闪放光。

于是人们不得不相信，这个"女"字成精了。

凡是妖孽，必要害人，无论她心中是爱还是恨。村子里的地主说。

2.害人

是的，无论是人要害人，还是妖要害人，妖孽已出，就会祸事难免。第一个被害的瘸腿乞丐，是在三十岁的时候笑着死的。

即便残疾，但他已经是一个幸运的乞丐了，至少他祖上曾经有过一份土地，让他除了乞讨之外，还有一座塌了屋顶的旧宅子安身。一无所有的旧宅里还长着一棵参天的杨树，那是怎样一棵让人羡慕的杨树啊，秋天落下来的叶子足够一户庄稼人烧火做饭整个冬季。春天嫩绿的新芽能让一户穷家不至于在荒年饿死。如果再狠狠心把树砍了，那换回的将是结实的柜子、椅子、桌子……甚至一口让人安心的棺材。可怜的年轻乞丐，除了这些看不见的财富，他还幸运地拥有一个看似残疾却很健康的身体。没有人羡慕他瘸着腿的健康身体，却有人羡慕他塌了屋顶的旧宅，也有人羡慕他那棵长了百年的杨树。所以即便他不是任何人的负担，却又像一个秤砣一样，压在一些人的心上。在他生病的时候，村里的地主很是着急，既慈悲地为他抓了几服药，又怜悯地看着他把药喝完，之后才安心离开。那真是几服好药啊，一碗一碗喝下去，让可怜的乞丐活得如梦似幻。

一天夜里，月亮挂在天空的正南方，太阳穿不过的树叶，月光却能穿过。没有钱去点灯，他的老屋里也是一片如水银般的白亮。孤独的乞丐刚要上床，却听到院子里树叶脆拉拉的声响，像顽皮的孩子在树叶上跳跃。是贼吗？乞丐还是上了床，望了望四面空空的土墙，又望望破了一个大洞的屋顶。家里除了一缸清水，并没有值得贼来偷的东西，会是别的要饭的吗？那就让他自己舀一些清水喝吧，就算屋顶全塌下来他也要睡觉了，顾不上关门，乞丐就在一片月光里酣然入睡。

凉风吹着树叶发出悦耳的脆响，也吹着他的头和脚。白天在太阳下晒进身体里的热气悉数散尽，他的脸庞感到痒痒的，随即闻到一股沁人心脾的芳香。他努力把眼睛缓缓睁开，却只能睁开一半，但也足以看清楚眼前的景象。只见一个双瞳如剪水般的女人正笑眯眯地望着自己。巨大的恐惧从脚底蹿到了嗓子眼，他想叫，却叫不出来，想动一动胳膊，却像被绳子捆住了一般动弹不得。女人应该是扎着高高的马尾，她拿着一整把头发像扫地一般在乞丐的脸上不断地轻抚。乞丐浑身发抖，拼尽全力才把嘴微微张开一个小口。女人停止手上的动作，把头发甩到身后，对着他微微张开的嘴，轻轻吐了一口芳香的冷气，乞丐的身体立刻像结了冰一般，连发抖也不能够了。如此几番后，女人好像是对这样的戏弄有点厌倦了，终于转身，在屋子里一蹦一跳地哼唱着十分悦耳却让人听不懂的歌谣："小脚脚，走娘家，一走走到好郎家……"

乞丐把发直的眼珠转到她身上，这个一身红衣的美人像个孩子一样在屋子里踮着小脚蹦来蹦去，她还在唱："好郎家，没的吃，煮上一锅大蚂蚱……"不知过了多久，女人不唱了，她笑嘻嘻地趴在乞丐耳边，说："我跟你过一家好不好？"

乞丐使劲把上下牙床一咬，下颌骨嘎嘣一声脆响，他的嘴终于能动了，于是哆哆嗦嗦地说："怎么过一家？"

女人突然把乞丐身上的破布掀开，笑哈哈地钻了进去，抱着乞丐的脖子说："就是这样过一家呀。"

从未碰过女人的乞丐，看着怀里的美人，恐惧慢慢退去。等恐惧退到脚底板的时候，他的身体终于软了下来。他的手能动了，胳膊也充满了力气，但他还不敢去碰她，这样一个女人三更半夜钻进自己的被窝，一定是个妖孽。

"你是哪里人？在哪里住？为啥来我家？"

女人噘嘴蹭着乞丐的胡子，嘟嘟囔囔地说："我就在牌坊那住呀。"

"你是怎么来的？"

"踩着树叶来的呀。"

乞丐心里很清楚，别说是陵谷村，怕是整个县城也难见这样的美人。但在这个让人眩晕的深夜，已经顾不上她是在撒娇还是在撒谎了。于是一个翻身，把女人抱在身下，女人像孩子一般哈哈大笑起来，捧着乞丐的脸唱着："蚂蚱蹦，蚂蚱飞，就像阎王把命催……"

此刻就算没了命，又算得了什么。

天快亮的时候，乞丐还在酣睡，女人在梦中说："夜里我再来，你给我留个门。"

整整一个白天，乞丐都没有出门，望着头顶的树叶，一片片地数着。太阳快落山的时候，一片叶子掉在头顶，乞丐突然像梦中惊醒一般，端起破瓷碗，拉着一条瘸腿狂奔到善良的村民们门前，一遍遍作揖，一遍遍磕头，终于他的瓷碗里有了一些冷饭。又想起女人都喜欢吃甜果子，于是又一路狂奔到镇上的梨树园。残疾的腿甩不掉撕咬他的黑狗，他干脆趴到狗头上，咬掉了黑狗一只耳朵。黑狗惨叫一声，带着血淋淋的脑袋呜咽着跑回地主家。

偷偷摘了几个青梨回来，好不容易挨到半夜，女人却不见影踪，乞丐等得都瞌睡了，她才在似梦非梦的月光中一蹦一跳地踩着树叶来到他身边。

乞丐揉揉睡眼，指着碗里的饭说："你走了一路，该饿了吧？吃点东西吧。"

"我不用吃饭。"

"人是铁，饭是钢，不吃饭你吃啥？"

"我晒晒太阳就行了。"

"大半夜的哪里有太阳，你还是吃饭吧。"

"你身上就有太阳。"

"大树遮住了太阳，我一天没有出门了。"

"那把树砍了吧。"

"那是我家的根，不能砍。"

"是惹祸的根吧。"

"是福气的根，你不是踩着树叶来的吗？"

"可我只喜欢太阳。"

"那我就去田里晒,晚上回来让你当饭吃。"乞丐吻着女人的额头,女人哈哈笑着,小猪一般在他沉重的喘息声中蹭来蹭去。

日复一日,乞丐的脸庞慢慢现出了麦苗的颜色。作为一个乞丐,如果他连要饭的心思都没有了,那他在世人眼里就成了一个快要下世的疯子。

最先发现苗头的是村里开了天眼的法师,他在白天悄悄跟在乞丐身后,发现这个已经魔怔了的老实人不在院子里数树叶了,而是每天蛇入鼠出般独来独往,偶尔去地主家门前捡一些狗盆子里的剩菜。正午时分,他就跑到空旷的田野里,在白花花的太阳下面,把自己脱得一丝不挂,张着大嘴平躺在黄土上,甚至把舌头也长长地伸出来,像一块烙饼一般时不时把身体翻一下,仿佛在迎接什么天上赐来的福祉。

法师一开始小心翼翼,把自己藏在一棵树的后面,连呼吸也控制住,缓缓吸气,慢慢吐出。偏偏一片树叶落下来,刺痛了他的鼻子,让他忍不住打了一个巨大的喷嚏,吓得他扑通一声就趴在了地上。当他心惊肉跳地抬起头时,可怜的老实人居然像完全没有听到一般,仍旧无比陶醉地张着大嘴面带微笑。

法师索性站了起来,走到乞丐面前,踢了踢他的瘸腿,又拍拍他发绿的脸庞,说:"大侄子,你这是在做什么怪呢?"

这个还拥有一座旧宅和一大棵杨树的乞丐,在法师眼里并不卑微,如果他真的是一个一无所有的乞丐,那法师肯定会毫不客气地叫他一声"要饭的"。

可这个"大侄子"连眼珠子都不肯转一下,好像根本没听到有人跟他说话。法师绝望地挠了挠被风吹乱的头发，围着乞丐转了几圈，仔仔细细端详他的身体，才发现他的"大侄子"已经是一副被掏空了五脏六腑的样子。

"完了完了，妖孽出来害人了。"法师的表情变得复杂起来，依靠着灰色的树干，临危受命般挺直了腰身。乞丐却突然大声唱起了歌。

"你要是来看我呀，就从那梦中来，梦中只有你和我。"乞丐唱着歌，捂着脸哈哈大笑起来，又把身体呼哧一声翻过去，嘴巴里啃着黄土，依然撕心裂肺地唱道，"你要是来看我呀，就从那梦中来，梦中只有你和我。"

法师在乞丐脸上狠狠扇了一个耳光，捏着他只有一层松皮的脸问："谁？谁来看你？谁从那梦中来？"

乞丐呼哧一下坐了起来，眼睛直直地望着法师，咧开嘴笑了笑，法师把眼睛也瞪得大大的，等着他的回答。他诡异地露出一口淡绿色的牙，缓缓唱道："梦中只有你和我，咱，想做什么就做什么。"法师绝望地一把推倒了乞丐，发疯般地跑回了村子。

3. 捉妖

捉妖的大事刻不容缓，但为免于引起慌乱，法师只和地主商定了计策。

乞丐唱着怪异的歌，整日疯疯魔魔，但当他听到"逮住那个害人的女妖精"时，登时恢复正常人的神态，泪眼汪汪地说："你们可不能抓她，你们要是抓她，我就跳到井里去。"说着就跑到井眼旁，把瘸腿跨进井眼，流着鼻涕眼泪回身望着法师和地主。

"这是想女人想疯啦！""咋就迷到这事上了？"地主露出焦虑的神色。法师转了转蛤蟆般的眼珠子，悄声对地主说："鬼迷心窍的人，离死也不远了。"

法师笑眯眯地走到井边，拉起乞丐的胳膊，哄孩子一般道："咱不抓她，你不是喜欢她吗？咱把她娶回来好不好？"

"我是要把她娶回来的。"乞丐乖乖从井边跳了下来。

"那总得问问她家住哪里吧？"

"问过了，她就住牌坊里。"听到"牌坊"二字，地主也吓得倒吸了一口凉气。法师得意地笑了笑，又故作发愁地问："牌坊？牌坊多了，你怎么不问问是哪一座牌坊？"

"问一百遍了，只知道是牌坊，不知道是哪一座牌坊。"

"这就难办了，不知道究竟是哪里人，怎么去给你提亲呢？"这样一说，乞丐就无话可答了，慌乱地踩着一高一低的步伐，在破院子里挪来挪去。

法师眼看时机已到，拿出一个早就预备下的针线篮子，篮子里装着沉甸甸的红线。又拿出一枚绣花针，银白色的绣花针在阳光下熠熠生辉，仿佛一个会动的宝物，在急不可待地寻找自己的猎物。

法师对痴傻的乞丐说："女人脸皮薄，既然她不肯说家在哪里，只好用这个办法了。"

"夜里她再来，你把这枚针偷摸别在她的后背。"法师压低声音说。

听到用针扎，乞丐立刻摇了摇头："不行不行，把她扎疼了咋办？"

"哎呀，不是扎她肉上，是别在她后背的衣服上，难道她来去都赤条条的不穿衣服吗？"

"穿的穿的，她的衣服最好看，红艳艳的。"一听到红艳艳的，地主的身体一阵哆嗦，法师也吓得后退一步，他们立刻想到了牌坊上那个血一般红的"女"字。

"无针不引线，无水不渡船。"法师把红线穿到针眼里。

"让你把这个针别在她的衣服上，后面是长线，她走的时候有线牵着，咱再跟着线去找，不就能找到了吗？"法师哄着乞丐。

乞丐破涕为笑，终于同意了。

世上最难熬的等待，莫过于情人的到来。痴情的乞丐把脖子伸向窗外，世间的秋色，月亮最清楚，可没有月光，秋色就变得像地狱一样黑暗冷酷。冷风吹得他的鬓角肿起了一个看不见的血泡，不碰的时候不会痛，一碰就头痛欲裂。夜深了，她还不来，乞丐怕自己的身体会变冷，怕那些聚集在身体里的阳光会消散，于是把麦秸秆铺满一床，钻进散发着太阳气味的草堆里，暖意让人昏昏欲睡。她终于来了。

"来生我们还要在一起啊。"乞丐紧紧拥着女人。

"我只有今生，没有来世。"女人用冰凉的手指在乞丐胸前轻轻划动。

"我想在白天也见到你。"

"那你白天会做梦吗？"

"白天有你就有梦。"

女人的手指蘸着乞丐的眼泪，放在嘴里品尝，没心没肺地笑起来。

"我害怕。"乞丐哭了起来。

"怕什么呢，怕我是刮骨的铁刀？怕我是惹祸的根苗？"

"青蛙害怕不下雨，我只怕白天夜里都没有你。"

"我已经偷偷摸摸活了几百年，怎么会没有我？"

"我只想和你痛痛快快地在太阳下活一天。"乞丐的眼泪打湿了女人的头发，女人不说话了，钻进乞丐的怀里，伴着树叶哗啦啦的声响，唱起了仿佛来自来生的醉人歌谣："高粱饭，小米汤，妻在暖炕，儿女成双……"

鸡叫的时候女人要走了，乞丐想起那个穿着红线的绣花针，如果可以永远和她在一起，就算把这根针扎进自己的心脏又算得了什么？他悄悄把针别在了女人的红衣后面。

永远都是无声无息地离去，但这次却不同，女人走的时候，屋里屋外都响起了巨大的风声，悲哀的杨树摇晃着树叶，呼呼啦啦，落叶凋零。

这样重大的捉妖计划，法师却不准任何人跟随，只带了一个水性好的贴身徒弟，但徒弟没有开天眼，他看不到师父所描绘的妖孽行踪，只听法师一个人兴奋地惊呼。

"看哪，妖孽的脚印都在杨树梢上。"

"天哪，她居然飞过了河。"

徒弟仰着大脸，木然地瞅着师父描绘的热闹虚空。

"别傻站着了，快点把我背过河。"徒弟背着法师，在冰冷的河水里缓慢游动，法师挥舞着双臂，口中念念有词，好像他正在辛苦运作体内的法力。

天大亮的时候，贞节烈女牌坊下面挤满了人。人们仰着期待的脸看那高高在上的四个大字，三个字已褪去了颜色，如形容枯槁的老妇人。但今天它们仿佛焕发了容光，男人们正斜着眼睛得意扬扬地看着那个不安分的妖孽，和牌坊下拥挤的女人们一样，恨不得用刀子刮去那让人嫉妒的红艳。女人永远不能原谅另一个女人不安分，哪怕它只是一个字。

"上面有针！"人群爆发出欢呼。人们发现，"女"字上面闪闪发光的，真的是一枚绣花针。针上穿着望不到头的红线，红线被风吹起，摇摇晃晃，如一串流不尽的血泪。

法师拿出镇妖宝器，一颗被施了法术的三寸铁钉。伴随着三声碎石般的巨响，铁钉被钉了进去。刹那间，几滴红色液体从牌坊上滴了下来，细心的女人数过，不多不少一共九滴。百姓们欢呼起来，地主欣慰地拍了拍法师的肩膀。

妖孽已死，受害的人却没有好转起来。夜晚的时候，女人不再踩着树叶而来，世间比死亡更可怕的竟是失去和等不到，痴情的乞丐变得更加疯疯魔魔。他憎恨太阳，憎恨月亮，也憎恨那棵女人曾劝他砍掉的杨树，他用瘸腿去踢杨树，用生了锈的菜刀去砍杨树，这祖上留下来的根，真是一个祸根啊。

乞丐发着疯去拍地主家的门，见不到地主，他又去撕扯捉妖的法师。对于这样一个不死不活的人，地主和法师不再仁慈，而是告诉他："她已经被钉死了。""你想见她，要有死的决心。"

乞丐深一脚浅一脚地跑到牌坊下，可怜的"贞节烈女"鲜血已干，黑色的血迹印在钉子下面，像一条条死了的蜈蚣。人们围着这个可怜的乞丐，伸长了脖子望着他，鄙夷也罢，好奇也罢，热眼里总会有一丝怜悯。但怜悯经不起重复，三天三夜过去了，人们收回了热眼，没有人再去围着他张望。

　　相思的月亮终于升了起来，乞丐用泪眼望着明月，苍天，你为什么连一个字都不肯放过。终于，他的眼泪流尽了，他疯狂地笑着，像个四肢健全的人一样跳起了舞。

　　"天哪，瞎子眼里放了光，瘸子跳起了摇摆舞。"冷漠的人们又用热眼望着他了。

　　在一群孩子的叫声里，乞丐爬上了高高的牌坊。他用手去抠那颗铁钉，指甲盖被掀了起来，鲜血把牌坊染红，铁钉却牢牢不动。直到双手的皮肉被磨裂，露出白色的骨头，那铁钉依然没有一丝松动。

　　等法师和地主都赶到时，乞丐已经平稳地躺在了石板地上，后脑勺一片鲜红的血迹，脸上却带着仿佛来自来生的醉人微笑。

　　法师和地主痛心疾首地埋葬了乞丐后，那座曾经被妖孽光顾的宅院，谁也不肯再要，于是地主只好捂着胸口，痛心疾首地收拾了那所宽大的旧宅。那棵曾经引来妖孽的参天杨树，落下的每一片树叶仿佛都带着鬼魅的声音，让所有人夜里睡不着觉。法师不得不对杨树施了法术，命人砍掉。临街的破败院落很快改变了容貌。第二年，豪华的宅院里张灯结彩，迎来了一位同样穿着红衣的女人，人们都知道，那是地主迎娶的第三位新娘。惹祸的杨树也终于有了归宿，变成了法师家里一件件厚实的家具。

恐慌的陵谷村终于恢复了宁静。

许多年后，法师死了，地主也死了。没有人再去关心妖孽是否真的存在，也没有女人再去嫉妒那些虚无的传说。贞节烈女的牌坊依然伫立在风雨里，依然有人梦到她，那些流浪的乞丐、孤苦的失意人仍旧一遍遍诉说着她难以解释的美丽，梦到她的人说出她不同的面孔，但相同的是她永远穿着鲜红的衣服，永远活泼可爱。

4.年轻的五保户

杨毛的境遇和传说中那个被害的乞丐是多么相似啊。他虽然双腿健全，但眼睛却在两岁时高烧给烧坏了。凭借着祖上积德，他没有双目失明，只是在看人和物的时候像是被蒙上一层雾气，那些看不清的世事都在他浑浊的眼前焕发出柔和的光芒。他的家里虽然没有那棵参天杨树，却有一棵村里发放的杨树苗。暖风吹来的时候，他的父亲忽然有了主意，托着树上掉下来的第一缕梦一般柔软的杨毛，惊喜地告诉妻子，他们还未出世的儿子有名字了，就叫"杨毛"。

杨毛并不痴傻，但高烧的后遗症让他在想很多事的时候，脑子就会肿得像个西瓜。于是他就渐渐地不再愿意去动那个疼痛的大脑了。人的脑子如果长久不动，就会像铁一样慢慢生锈，等到锈迹长满的时候，原本灵通的心窍，就再也载不动那个沉重的脑袋。身心荒芜是多么可怕的一件事，但对一个痴人来说，又何尝不是一种快乐。

杨毛的确是快乐的，八岁丧父时，他傻呵呵地穿着一身重孝，看着趴在坟前哭得肝肠寸断的母亲。母亲的鼻涕眼泪顺着下巴流下来，像冬天结在屋檐下长长的冰溜。按照村里的习俗，杨毛也应该这样哭的，但善良的人们原谅了他，多么可怜的孩子啊，死了父亲都哭不出声来，或许他还意识不到接下来的人生将会有怎样的磨难吧。想到这里，连最不相干的外姓女人都忍不住抹了眼泪。

二十四岁丧母时，杨毛已经懂得哭了。他像个孩子一般趴在母亲身边，把八岁时该流的眼泪全部流了出来，哭得哀哀欲绝。母亲咽气的时候没有闭眼，也许这世间任何有痴傻残疾儿子的女人在离开人世的时候，都无法闭眼吧。直到入殓时母亲的眼睛都一直望着他，或许她想给儿子再叮嘱一句什么，或许她还在期望着他们破败的土房子里也能点起一支红烛，迎来一袭红装。

杨毛带着母亲未完成的心愿只独身生活了一年，这个没有任何劳动能力不能挣一分工分的年轻小伙，被村支部无奈划为了五保户，送进了养老院。

所谓五保，就是保吃、保穿、保医、保住、保葬。杨毛衣食无忧的生活该是让人羡慕了，人们扛着锄头上工的时候，看到蹲在养老院门口喝水的杨毛都要打趣一番。

"一碗面条几斤肉，一杯茶水涮涮油。"

"杨毛生得好，天生有福报。"

"吃饭的配方可是四菜一汤吧？"人们唱着歌，从杨毛身边走过。杨毛忧伤地看着地上的落叶，蒙眬的眼睛又泛出泪花。母亲去世后，以前不会哭的他，好像终于学会了哭一样，时时把泪水挂在眼里，让人看着心生怜悯。就算心碎成落叶，也不能让眼泪常常挂在脸上，因为眼泪能换取的怜悯是极其有限的。

可眼前的落叶，的确是让杨毛流泪的根源。那些只有碗口粗的杨树，总是疯长出掉不尽的叶子，把偌大的院子堆满了还嫌不够，又把院外的晒场也堆满，好不容易扫成一个坟头般的小堆，被强劲的秋风一吹，又滚得一片狼藉。

给老人擦完屁股的院长跑出来，一眼看到泪水涟涟的杨毛，就气得嘴歪眼斜。

"杨毛啊杨毛，这院里就你年轻力壮，扫个地也不会吗？"

杨毛委屈地扶着巨大的扫帚，抽噎起来。

"真是个废物啊！"院长猛推一把杨毛的肩膀，夺过扫帚，狠狠扫了起来。又瞅见他残疾的眼皮上挂着灰尘，叹了口气："锅里还有半个红薯，吃去吧。"

杨毛被推得头晕眼花，滚在了树叶堆里，其实他是饿了。

养老院里的老人们吃饭是有定量的，每人每月二十五斤粮食，一斤猪肉，几两菜油。这对于体弱的老人来说，是足够维持生命的。在食物匮乏的年代里，不用劳动就能有一口吃的，已经是天赐的福气。但"半大小子，吃穷老子"，年轻的杨毛在院长眼里成了负担。

但他也并非百无一用。

太阳出来的时候，没有依靠的老人们挤成一个长排，和院子里的毛驴一起晒着暖。毛驴安详地卧在干草上，太阳晒得人和牲口一起打起了瞌睡。杨毛没有椅子可坐，索性就卧在毛驴的身边，靠着毛驴温暖的肚皮打起呼噜。

老人们头上裹着黑色粗布，厚重的棉衣把他们裹得严严实实的，苍老的灵魂载不动身体，却能载得动嘴里的舌头。

"毛，你别成天和驴卧在一起。"

"别喊他，让他睡吧。"

"畜生总归是畜生，它踢他一脚咋办？"

"没爹没娘的小孩，可怜人哪。"老人们谈论着。

"我的耳朵眼里哗啦啦，听不清你们说的啥。"一个老人用指甲盖刎着耳朵，乳黄色的碎末顺着肩膀撒出来，落了一身。

杨毛在这个时候总能被惊醒，按着毛驴的肚皮站起来，去扫帚上拽下一根细小的竹梗。可他看不清老人小小的耳洞，只能小心翼翼地用竹梗在老人的耳朵眼里拨动。

"奶，我把你弄聋了咋办？"

"人老了，就该眼花耳聋。"老人闭眼享受着。

"人在难处帮一把，强过远道烧高香啊。"一旁的老人嘿嘿笑着。

"毛，你给我掏掏耳朵，可比我死了你哭一场强多啦。"老人喃喃地说。

当个别瘫痪的老人需要方便的时候，杨毛也会积极地钻到床底下，用木盆对准床板上挖空的圆洞，把那些本该流得满屋都是的大便小便接到木盆里。他的到来，唯一使院长感到满意的就是这个举措了。要知道在以往，瘫痪老人的床底下，总像一个隐蔽的粪坑。冬天的时候还好过，到了夏天，蚊蝇轰响，蛆虫爬到老人身上，即便是院长浑身长满手，也不能把每一个老人都照顾得干干净净。偌大的养老院，除了院长，只有一个负责做饭的寡妇。被蛆虫骚扰的老人不会动弹，只会把一口口唾沫吐在院长的脸上。这个看似无须务农就能得到工分和粮食的院长，只好把脸一抹，继续他"就是照顾几个老年人"的美差。有一丝闲暇的时候，他就在后悔，后悔自己作为一个庄稼人却不想种地，而四处讨好换来这样一个"铁饭碗"。

院长捧着生了锈的"铁饭碗"，把心里的委屈都撒在了年轻的杨毛身上。就算他的到来改善了养老院的卫生条件，也得不偿失，因为连养老院里的白菜根都快被他偷吃光了。

吃窝头的时候，那些身体机能已经退化的老人们，大半天才吃完的半个窝头，杨毛一口就塞进了嘴里，尖尖的喉结上下一滑，窝头就像掉进了深深的水井一样，咕噜一声，没了影踪。喝菜粥的时候，老人们用筷子扒拉着米粒，一颗一颗去品尝岁月最后的恩赐，杨毛蹲在地上抱着搪瓷碗，咕咕噜噜，转眼间就喝得干干净净。每当他埋头舔着碗边的时候，院长就会走过来踢他一脚，说："你吃饭的声音就不像人该发出来的。"

杨毛把碗噙在嘴边，抬起雾水一般的眼睛，望着院长那张永远泛着柔光的脸。眼睛看不清世人脸上的喜怒，但他的耳朵却异常灵敏，男人抽烟的声音、老人走路的声音，这些仿佛没有任何感情的动作，走进他的耳朵里会变成一种微妙的语言，准确地告诉他，是谁在开心，谁又在伤心。

院长踢翻他身边的板凳时，他听到了让人寒心的嫌恶。

"不像人吃饭，那像啥？"杨毛小心翼翼地问。

"像畜生，像猪！"院长说"猪"这个字的时候，嘴唇缩成一个疙瘩，像一颗冬天的干枣。

学会哭的杨毛一秒钟也没有忍住，抱着碗呜咽起来。院长肚子里裹着火，鼻子里冒着烟，扫出面缸里最后一碗杂面后，他那长满冻疮的手渗出透骨的痒，痒得他很想打人。

"有吃饭的牙，没有干活的手，真是荒年又碰见个闰月。"院长狠狠地说，但说完这一句，他却又转变了神态，蹲下来摸着杨毛宽大后背上凸起的脊骨，用父亲一般的口吻说，"毛啊，你长得虎背熊腰，就像天上的老鹰一样。"

"我爹个子高，我随我爹。"杨毛被突如其来的亲情温暖着，止住了眼泪。

"是个老鹰就应该在天上飞，成天在我们这鸡圈里抢食吃，还算啥老鹰？"

杨毛总觉得院长的嘴里像是长了两个舌头，前一分钟的春风下一分钟就会变成冰雪，他不知道该听哪一个舌头说的话。

5.异乡的流浪人

水深火热的日子让人想逃离。杨毛爬上养老院矮矮的土墙，望着头顶的苍穹，一只孤鸟，在虚空之上盘旋，一圈又一圈，像是寻找，又像是流连。孤鸟终于飞向远方，杨毛的心仿佛也长了翅膀。

远方啊远方，你那里究竟有什么？为何连一只鸟都勇敢地飞向了你，为何那么多的人抛弃故乡而去寻找你，他们在找什么？你那里究竟是有自由，还是有能让人吃饱的窝头？

杨毛决定逃跑，哪怕居无定所，客死远方。他也要去看一看，飞鸟能够抵达的地方，究竟是什么模样。浪迹天涯，也许就是山高水阔呢。

没有月亮的夜晚，漆黑不见五指，杨毛潜入院长的屋子，做了毕生唯一让他羞耻的事——偷窃。

他偷走了村里奖给院长的军大衣，一个用来装猪草的荆条篮子，一个镀着黄漆的铁碗。即便是做一个乞丐，他也要做体面的乞丐。

院长睁着一双大眼，却发出酣睡的呼噜声。他是多么了解这个年轻的小伙子啊，现在他要走了，就让他走得体面一点吧，这里没有足够的粮食让他果腹，可这浩瀚的大地总不会让他饿死。等杨毛踏上田野里的小路时，院长趴在窗户上，看到田野里新栽的杨树整齐地排列着，像一排排年轻的士兵，用庄严的身姿送别杨毛那个瘦弱的灰色身影。

灰白的路上，苍穹用一种无奈的柔光托着杨毛瘦弱的身躯，缓缓移动。目送完这个可怜的年轻人，院长悲伤地叹了一口气，继而他就没有多余的心思再去动那颗怜悯之心了，要知道还有十几个无依无靠的老人等着依靠他。

抵达一个又一个村庄，杨毛成了一个卓尔不群的乞丐。别的乞丐在要饭的时候，都知道多要一点，即便他们吃一个窝头就饱了，也知道为自己的下一餐做准备。要是主人家只给了剩饭，没有给剩汤，他们也知道说一句："再给一碗汤吧，干饭会把人噎死。"也许是智力的残缺，杨毛永远不知道贪婪的好处，无心种的树，总能长出参天的姿态，杨毛在异乡的名声出奇地好，至少人们相信，这个傻兮兮的乞丐，永远不会做出偷盗的事。更何况，那些最平凡的人如果没有一个傻子来衬托自己，在他们平凡的人生里，将会多么地枯燥而无望。就算最卑微的人，也想找到一个可以证明自己并不卑微的出口。

走南闯北的老乞丐攒够了半袋食物，那是多么丰盛的一笔财富啊，红薯干、窝头、玉米面饼子……甚至还有一大块从婚礼上捡来的猪肉，足足有巴掌那么大。

世上没有白得的猪肉。当这块猪肉从桌子上掉下来的时候，他抢在一只黄狗前面，一个猛子扑了上去，正要功成身退，却被主人家一声喝住。

"你的老眼，真是比诸葛亮还要亮啊。"主人家的脸被抹上了喜庆的锅底灰，像个包公一般，端着一碗烈酒拉住了老乞丐，"今天我儿大喜，要饭的，你也漱漱口吧。"

"哎呀呀，我的喉咙窄，喝不下这一大碗呀。"聪明的老乞丐只想带着猪肉赶紧回家。

"喉咙窄，肚子宽，这可是喜酒。"主人家把碗端到嘴边，老乞丐躲不过了。

"喝了我家的酒，吃了我家的肉，你还没有随份子哩。"主人家打着酒嗝。老乞丐惊慌失措。

"夜里还要唱戏，你就给我看家护院吧。"

"大喜的日子丢东西的事多了，可不能再丢一块猪肉哦。"主人家拍了拍老乞丐的肩膀。

老乞丐瞅着麻袋，惦记着家，可家在哪儿呢，就算一路小跑，也得消耗小半天的工夫，这么热的天，人能等，干粮能等，猪肉能等到第二天吗？

老乞丐看着主人家摇摇晃晃的背影，包公在一瞬间变成了关公，不容玩忽。

一筹莫展的时候，杨毛挎着空空的篮子远远走来，老乞丐大叫一声。

"你喝醉了吗？"杨毛好奇地问。

"喝醉？"老乞丐苦笑着摇了摇头。

"那你怎么站这一动不动，像个看门的狮子？"

"酒是高粱水，醉人先醉腿。"

"你的腿醉了？"杨毛觉得老乞丐喝了酒变得比自己还要傻了。

"对，酒走的是嘴，闪的是腿，我的腿醉了。杨毛，我动不了了，我求你个事。"老乞丐焦急地说。

生平第一次被人所求，杨毛如临大敌一般。

"你把这半麻袋吃的送我家里去吧，我上有九十岁的老爹，下有——"

"好！我送！"不等老乞丐把话说完，杨毛斩钉截铁地答应了。

老乞丐捡起一根树枝，在地上比画起来，杨毛看着乱七八糟的条条杠杠，云里雾里。

"看懂了吗？"

"看懂了！"杨毛心里虚，口气却无比坚定。

"你路上可不要耽误啊。"

"放心吧，我连野花也不采。"

三十里的路，从黄昏走到了天亮。站在熟悉的路口，杨毛不知何去何从。脑子不动，舌头先行的事情，他不是第一次做了。走了一夜，又绕回了原地，杨毛开始后悔了。肚子像头驴一样叫唤着，耳朵里却传来一个声音：我上有九十岁的老爹，下有——下有什么呢，老乞丐没有说完的话，杨毛的耳朵补充着：下有一个瘫痪的老婆、一座漏水的草房……

但他还是忍不住把麻袋打开了。那些可爱的干粮们静静地躺在袋子里，最上面的那块猪肉，简直像极了女人诱人的嘴唇。杨毛忍不住把猪肉拿起来，却闻到一股幽幽的臭味，天哪，猪肉已经变臭了。

臭味用它可怕的事实击灭了肚子的呼唤。

带着灰尘的粮食，吹吹拍拍依然能让人继续过日子，可这腐败的猪肉吃下去，那可能要了一个九十岁老人的命。

杨毛一手抓着猪肉，一手捂住被猫抓了一般疼痛的良心，坐在地上放声高哭。

听到哭声的村民陆续端着饭碗从家里走出来。

"杨毛，一大早你哭啥呢，你爹妈不是早死了吗？"杨毛托着猪肉，不敢回应。

"真是爹亲娘亲，不如手里的肉亲啊。"村民又拿他打趣了。

杨毛直勾勾地盯着猪肉，一动也不动的模样看上去真的像一个废物了，村民觉得好笑，见过一个好官让贪心给废掉，可没见过一个要饭的让一块猪肉给废了。

人最怕有苦衷，杨毛被一种自责压抑着，大喊一声："我饿呀！"

"天哪，你背着那么多粮食，你咋不知道吃哩？"

"我不能吃啊，我没有脸吃啊！"

"有钱人为名为官，穷苦人为吃为穿，吃你自己要来的饭，天经地义呀！"

"这是给人家送的饭，我不能吃啊！"杨毛委屈地喊着。

"见过牵着马累断了腿的，还没见过背着粮食饿得哭的！"村民们惊愕之余，都哈哈大笑起来。

此后，背着粮食饿得哭，成了一个笑话。世上任何一种残缺，都会在某一个层面得到补偿，杨毛之所以没有被异乡的"丐帮"赶出属于他们的地盘，完全是因为，他是一个"背着粮食饿得哭"的傻子，谁又屑于和一个傻子一争高下呢？

6. 痛苦

心是空的，身体在流浪，杨毛依然过得无忧无虑。

夏天来了，杨毛把棉衣藏在一个荒废的屋子里，一身轻松地拎着篮子，游走在村落间。痛苦是什么，他好像从来都不知道。但在一片热浪撩人的菜地里，他却同时尝到了"痛"和"苦"的滋味。

乡村的菜地从不扎篱笆，瓜果蔬菜撒野一般长在地上，一副任君采摘的慷慨模样。杨毛路过的那片茄子地却很不同，聪明的女主人在四周种满了花椒树，一人高的花椒树长满尖刺，枝叶相连，把菜地围得严严实实。披着烈日，杨毛站在树外的一角，闻着滚滚香气，流起了口水。拨开花椒叶的缝隙，一个年轻媳妇正蹲在凤仙花旁，大口嚼着东西。杨毛知道，这是一个刚结婚不久的女人，丈夫外出挣钱，把她一个人留在村里。

花椒树刺痛了杨毛的手指，他忍不住"哦"了一声。

"谁在那里？"新媳妇伸着脖子问。

杨毛不敢回答，他只想赶紧离开，偏偏又被花椒树钩住了衣服。

"要是个活人就吱一声。"新媳妇站了起来。

"你别害怕，我只想跟你做个朋友。"墙外居然还有另一个男人，杨毛惊得屏住了呼吸。

"我已经结婚了，要朋友干什么？"

"没有朋友就像树没有根基，在这世上站不牢稳啊。"男人说。

"朋友会让人伤心，我男人就是和我谈朋友结的婚。"新媳妇忧伤起来。

"嘴上的朋友让人伤心，心上的朋友会给你雪中送炭呀。"

"人心是天生的，有人天生羊心，有人天生狼心，谁知道你是什么心？"新媳妇冷笑道。

"我肯定是羊心，不信你摸摸看。"

透过缝隙，新媳妇看到一双冒着火的眼睛盯着自己的胸脯。

"我看你长着一双狼眼。有本事你就从这里进来吧。"新媳妇指着锋利的花椒树丛。

"这——进去还不掉一层皮？"男人不说话了。

"那你就赶紧给我滚蛋。"新媳妇转身去了狗窝边，一条半人高的黑狗懒洋洋地钻了出来。男人悻悻地走了。

杨毛的袖子还被枝叶撕扯着，花椒树被摇晃起来。

"有能耐进来，我就跟你做朋友。"新媳妇哈哈大笑，弯腰摘了一个毛茸茸的小茄子，大口咬起来。

朋友，这个词一瞬间落在了杨毛的心里，让这个从来没有过深沉信念的人刹那间有了一个短暂的梦想。杨毛迈开裤裆，扒着锋利的花椒树枝蔓，破了一身的皮，浸着点点血斑，钻进了菜地。

新媳妇一脸惊恐，看到杨毛狼狈的模样，笑得栽倒在茄子地里。

"你这个傻子，你怎么进来了？"新媳妇伸手摘了一个小茄子，掏出裤兜里的手帕，擦去一层扎人的绒毛，递给了杨毛。

杨毛浑身如火一般疼痛，接过小茄子哆哆嗦嗦咬了一口，含在嘴里不说话。

"感觉怎么样？"新媳妇笑吟吟地问。

"痛——苦——"杨毛扭曲着脸，说出了身上的痛和嘴里的苦。

"我怎么觉得是甜呢？"新媳妇抬头给了他一个善意的微笑。

第一次品尝的"痛苦"在杨毛身上短暂停留了一段时间，就随着长好的皮肉消失了。只留下一个浅浅的疤痕，他觉得"痛苦"也不过如此。在他简单的大脑里，怎会知道，世间的痛苦比田里的野花还要多。感官的痛苦从来都是虚张声势，即便品尝过"痛苦"的滋味，孑然一身的杨毛依然是快乐的。

直到一阵秋风吹来，迷茫的说书人像落叶一般来到他身边，在他心里撒下相思的种子，带走了他所有的快乐。

新的事物闯进来，老的事物就没有了容身之地。村里来了放映员，他给全村的人带来欢笑，却让一个说书人痛苦了，因为就连说书人自己也不相信自己的嘴巴了，那些陈年的稀奇故事，还抵不过电影里一片没有颜色的树叶。

秋天的时候，陵谷村"贞节烈女"的传说随着没落说书人的无限夸张来到了村庄，却来得极其平淡。陈年的故事像掉在地上的烟头，被说书人捡起来递到人们嘴边。看过电影的村民再听说书人的任何故事，都觉得索然无味了。他们和见多识广的老乞丐一样，勉强露出短暂的笑容，谁也没有兴趣去问上一句"后来呢？"人们除了干农活，还要忙着贩猪、打蜂窝煤、走街串巷做木工……谁也没有时间再去拉着说书人的衣角问一句"后来呢？"说书人用尽全身力气，描绘完凄美爱情故事后，失落地抽了一根烟。

但在许多年前，说书人是多么富有魅力的人物啊。在偏僻的村落里，在无数个寂寞的夜晚，他像古老的月亮，带给苦涩的人间多少梦幻般的向往。寂寞的村民们仰望着他，听他讲那些让人肝肠寸断的男欢女爱，也听他把惊堂木重重地一拍，讲"茅茨之屋，或有侯王"。

善良的村民总会从牙缝里挤出一点粮食，投进他那个巨大的口袋。从日落一直说到月亮升起，说书人凭借嘴里的舌头，把全家人都养得白白胖胖。

可自从那个该死的电影裹尸布一样在村里挂起来之后，他的舞台就落下了帷幕。说书人挤在黑压压的人群里，望着白色的银幕，人们的脸上挂着惊喜，他却不知不觉老泪纵横。黑暗中银幕里射出万丈光芒，照亮了整个村庄，却偏偏无情扼杀了他心中最后一丝光亮。他默默地挤出人群，知道曾经令他欢喜激动的夜晚已经不属于他了。

说书人数着一个个落寞的夜晚，梳理着自己一天比一天雪白的头发。既然夜晚已不再属于他，那么白天呢？白天的时候，他拿着快板去敲村民的大门，总还有一些老年人挤不到电影前，即便只有一个听客，说书人就还拥有能够生存的舞台。冬去春来，说书人在村落间落寞地游走着。但天下没有不散的筵席，他的舞台终于在一场羞耻的表演里拉下了帷幕。

记不清是哪一天，说书人和往常一样，拿着快板游走在村落里。结束了一场表演后，他干裂的嘴角已经起了一片小水泡，年老的中医说他这是上火了，年轻的西医却告诉他这是发炎了。无论上火还是发炎，他的确需要休息了，得了一些打赏后，他坐在一片树荫里休息。

7. 最后的故事

一个菜贩推着木架子车，在他身边扯着嗓子叫卖，红艳艳的番茄装满一车，菜贩一声声吆喝着"谁要洋柿子"，抱着娃娃的女人围过来，像母鸡见了麦粒，围着菜贩叽叽喳喳。

"洋柿子酸不酸？"刚用熨斗烫了头发的胖女人问。

"比苹果都甜，随便尝！"菜贩红光满面。

胖女人一手牵着娃娃，一手在车子里使劲扒拉，终于抓起一个最大最红的，大口尝了起来。吃完一个后，女人们问她："酸不酸？"她皱着眉头不说话，又挑出一个最大的尝了起来。菜贩小心地问："不酸吧？"胖女人咂着嘴说："酸掉牙了。"女人们都抢着尝起来，菜贩焦急地问："不酸吧？"胖女人吃完第三个洋柿子，说："又贵又酸，没自家种的甜。"

是啊，谁家还没种几棵洋柿子？女人们也尝够了，呼啦散开。

"一斤没卖，倒白吃了几斤！"说书人忍不住替菜贩抱不平。

"你那个烂嘴不发言能憋死？"胖女人白了他一眼。

"我的嘴是发炎了，不会憋死。"

"好好要你的饭去吧，多管闲事。"

"我不是要饭的，我凭手艺吃饭。"说书人的心痛起来。

"以后好好读书，不读书就得像他一样——要饭。"胖女人拉着手里的娃娃，指着说书人，娃娃似懂非懂地点了点头。

"我读尽天下书，行尽天下路。我不是要饭的，我是说书的。"说书人恼羞成怒。

"谁还听你那老一套？"

"我听——"菜贩掏出一张十元钞票，拍在番茄上，"今儿我当听客，老哥你说一段吧。"看热闹的人越来越多，菜贩把钱塞到说书人手里，"老哥你说一段吧，让大伙听听。"

说书人把钞票还给菜贩："今儿啥赏也不要，免费说。"

"你们都沾光了，你们都听着吧。"说书人激动地拿起了快板。

"说一段野草闲花遍地愁，哪知世间龙争虎斗——"

"老一套。"年轻女人不耐烦起来，悲壮的开场被削去了气焰，说书人极力维持着镇定。

"道德三皇五帝，功名夏后商周，英雄五伯闹春秋，秦汉兴亡过手——"说书人说得轰轰烈烈，人们却听得挠头抓耳。

"喇叭里说中国女排都长得比男人还高，说说她们到底长啥样吧。"胖女人说。

"听说这是新闻，你说说新闻吧。"这一句话像把利索的菜刀，砍在了说书人的嘴里。

说书人的舌头像真的被砍断了，挺在嘴里动弹不得。说了一辈子的"瞎话"，他不知道"新闻"应该怎么说，但走过天南地北的他知道"新闻"肯定不能瞎说，于是他红着脸，不说话了。

"说个新闻就让你吭哧瘪肚的？"女人们嘲弄道。

"那说个新闻吧，老哥。"菜贩恳切地望着说书人。

"天上无云地下旱，新闻说难也不难。"说书人打着快板流着汗，又抑扬顿挫起来。

"话说女排个子穿了天，伸手能给太阳装开关。

"膀大腰圆又彪悍，把球踢到了国务院……"

"女排不是用手拍吗，咋又用脚踢了？"人们哈哈大笑起来。

"那战场，手拍脚踢如雷电，刀光闪闪。"说书人说得语无伦次，人们笑得东倒西歪，菜贩听得搓手跺脚。

"行了行了，别瞎编顺口溜了，给你几毛钱，你走吧。"女人们从裤腰里摸出毛票，像对待乞丐一样扔到了说书人的口袋里。

"你说的真不对，老哥。"菜贩也失望了。

说书人没有用故事换来掌声，却换来了阵阵耻笑，羞辱让他五脏俱焚，他抓出零碎的毛票扔在地上。

"没吃过白得的饭，也不赚这昧心的钱。"在一片要命的笑声里说书人逃命一般地走了。

能逃到哪里呢？"天上的麒麟原有种，穴中的蝼蚁岂能逃"。世间已没有立足之地，说书人带着空空的口袋，一步步走向村外。

村外，数不清的秸秆草垛卧在月亮下面，黑压压的影子像说书场里曾经热闹的人群。草垛不言不语，用沉默来迎接这个落寞的人。

躺在温暖的干草里，说书人望着皎洁的夜空，在这美妙的夜空下，应该长长地睡上一觉，做上一个美梦。但他却难以合眼，他是真的老了，老年人睡眠是很短暂的，好像时光总在他们耳边提醒：别睡了，时间不多了。

说书人没有入睡，却听到沉默的草垛说了一句梦话。

"驾驾驾驾驾……"

说书人惊得呼啦一声坐起来，顺着声音，看到了一个睡着的人影，这是那个烧坏了脑子的乞丐杨毛。

"杨毛，你梦见骑马啦？"说书人把杨毛摇醒。

杨毛的手从裤裆里猛然掏出来，抓出一大把滚烫的液体，惊慌失措地把脸埋进草垛。说书人苦涩的脸上登时绽放起笑容，他哈哈大笑起来，浑浊的声音从嗓子里进出来，他仰着头笑得上气不接下气，仿佛要把烂了的嘴角笑裂，也仿佛要笑破了天。

"杨毛，你也知道想女人了？"

"没有没有。"杨毛把手伸进草垛，掩饰着羞耻。

"你多大了？"

"三十一了，娘说我是刮大风时候生的。"

"三十一了，秋天生的，正是好年纪啊。多好的一副身板，却是个傻子。"说书人摸着他的脊背。

"我没有想女人，我也不配想。"杨毛平静地说。

"女人让人舒心，也让人痛心。"说书人想起了白天那群故意让他难堪的女人们。

"羊群里跑不出骆驼，我就是个要饭的，我不想女人。"

"你的确不能想，她们会把你的腰杆子搞断。"说书人举起快板，仰望着明月，一只燕子从夜空飞过，在天上盘旋着。

"百岁光阴弹指过，成得什么功果。昨日羯鼓催花，今朝疏柳啼鸦。王谢堂前燕子，不知飞入谁家。"说书人打了一下快板，陈旧的竹板发出永恒的脆响，杨毛坐直了身体，像个孩子一样，痴痴地望着说书人。

"真女人让人伤心，我给讲个女妖孽的故事吧。"说书人看着杨毛，灵光一闪，他决定给这个最后的听客痛痛快快地说上一场。

"好！"杨毛伏在说书人的脚下，说书人摸着他的额头，打起了快板。

8. 相思

伴着清风和明月，遥远的陵谷村里那个"贞节烈女"的传说从天而降一般，飞到了杨毛的耳朵里，深深地落在了他原本快乐的心里。

"话说——凄凉露水冷风寒，不觉斜阳又晚。

"这一晚，一轮银月滚金球，成了精的妖孽落人间。

"牙似白玉唇如钩，专钩那寻香惊梦的好儿男。

"世上美景观不透，天赐的美人床边游……"

天灰亮的时候，说书人终于讲完了最后一场故事，他抹去眼角的残泪，疲惫地站起来，拍了拍脚下失魂落魄的杨毛，他要走了。

"后来呢？"杨毛拉着他的衣角，说出了说书人多少年梦寐以求的一句追问。可他已经不再需要了，讲完最后一场故事，他决定把快板扔掉。

"她真的那么好看吗？"

"上天入地也找不到那么好看的了。"说书人悲伤地说。

"你梦见过她吗？"

"梦见过。"

"那你是天下最有福气的人。"杨毛痴痴地说。

"我的福气要享尽了。"说书人扔掉了手里的快板。

杨毛拉着他衣角问他要走到哪里去，说书人苦涩一笑："读不尽那世间书，走不尽那天下路……"晨曦之中，说书人甩开杨毛的手，他真的走了。

日有所思，夜却不能有所梦，就算用最幽深的思念，杨毛也做不出那个来自陵谷的幻梦。若世上任何一种疾病都有并发症，那么"傻"的并发症就是痴情。

多少白天和夜晚，杨毛都在痴痴地想，想想吧，自己和那个故事里痴情的乞丐多么相似，他是腿有残疾，他是眼有残疾；他有一个塌了屋顶的旧宅子，他也有父母留给他的一座院落；他的旧宅被地主霸占了，但他的院落还在掩门等着他，只是自己做了偷窃之事无颜面再回去。

感官的痛苦来有影，去有踪，心里的痛苦却像一个不速之客，来去都让人无法掌控。四季相互追赶着，像欢快的孩子拿着画笔，给大地涂抹着变幻的色彩。杨毛枕着落了白雪的干草，摸着身上的疤痕，蜷缩在草堆里做了一个奇异的梦：菜地里的新媳妇笑吟吟地扔给他一个小茄子，对他说：吃吧，很甜。他刚准备咬上一口，小茄子又变成了说书人那张起了水泡的烂嘴，灰色的大嘴越变越大，越飞越高，直到在天际变成一片肿胀的乌云，云雾慢慢游离，杨毛伸手想去拨开那沉重的乌云，想看一看云彩的背后是否有那个梦不到的梦中人，可指尖刚一碰触，却听到轰隆隆一声巨响，又一个春天来了。

是的，又一个春天来了，田野里响着雷声，像母亲无穷无尽的召唤。春风消融着冰雪，不安的孩子也在母亲的轻抚下安然入睡了。杨毛的痛苦却日渐加重，再高的山也有顶，思念却无穷无尽。被相思困扰的杨毛渐渐变得不再那么让人喜闻乐见，他也像那个落寞的说书人一样，慢慢被忙碌的人们遗忘。游走在春天的角落里，他不再多说一句话。

春天的深处，油菜花把道路堵得连马车都过不去。投机倒把的年轻裁缝赶着驴车从城市里弄来了一个"女人"。

"女人"躺在驴拉的木架子车上，穿过金色的油菜花地，肥大的叶子像无数双好奇的手，触摸着"她"的身体。裁缝抽了驴一鞭子，好让它跑快点，他可不想让这些乱七八糟的叶子弄脏了这个"女人"。

宁静的村落炸开了锅。村民们围着这个一丝不挂的"女人"屏住了呼吸。即便是最见多识广的人，也未曾见过这样的"女人"。看看吧，她一只白手叉着碗口粗的细腰，一条白腿曼妙地向前弓着，她的眼睛比母马的眼睛还要大，睫毛像大麦的锋芒一般长，还有她的个头，甚至高过许多男人。

女人们红着脸，窃窃私语。男人们则把好奇的目光锁在"女人"馒头一般的胸脯上，议论纷纷。在年轻裁缝不屑的目光里，人群开始轰动，但年轻裁缝很享受自己带来的新事物造成的这种轰动，他先把自己做的乳罩拿出来给"女人"穿上，得意地说："这个是胸罩，欢迎大家定做。"

女人们红着脸往后退，刚生了孩子的泼辣女人忍不住站出来咒骂："呸，真不要脸，伤风败俗！"

裁缝嘿嘿一笑，把胸罩举到泼辣女人面前："你那个奶戴这个正合适，今儿第一天开业，免费送给你。"

男女老少齐齐望着泼辣女人的胸口，泼辣女人吓得惨叫一声，可憎的乡亲们却哄然大笑，依然盯着她正处于哺乳期的胸膛。没有人站出来替她主持公道，她的胸口却不争气地紧痛起来，饱满的奶水像眼泪一般溢出，瞬间打湿了汗衫。一个孩子忍不住抽出嘴里的手指，指着她小声地说："我要吃奶奶。"女人吓得大哭起来，抱着胸口冲出了人群。

裁缝笑够了，有点不耐烦，把自己的杰作一件一件穿到"女人"身上，得意地说："看够了吧？都散了吧，这是模特儿。"

"摩托？"

"模特儿！"

"能骑吗？"

"你给我骑骑试试！"裁缝笑着说。

"没见过摩托，但听说是能骑的。"

"跑得比马还要快。"

"你给我骑骑试试！"裁缝有点生气了，他觉得生在这样一个穷乡僻壤，是他的不幸。

不知是谁给了杨毛一瓶烈酒。这真是一瓶好酒啊，把他年轻的身体烧得滚烫如熔岩，若烈酒能凝固住那流满全身的痛苦相思，就算把他年轻的生命也烧成灰烬，又算得了什么。

杨毛不知道自己是怎么栽进了人群，更不知道眼前伫立着怎样一位"惊世骇俗的女人"。他跌跌撞撞地拉着"女人"的衣角，站了起来，一只手无意识地摸摸索索，一直摸到"女人"的胸口。

"杨毛，伸进去啊！"一个村痞急切地说。

"伸进去，伸进去！"男人们不由自主地起哄。

人们目瞪口呆地看着杨毛的那只手，他终于伸进去了。

"杨毛，你摸到啥了？"裁缝憋着笑。

"我——"杨毛被一种开天辟地般的美妙震撼着，说不出话，但开天辟地般的美妙却让他猛然间清醒了，他如梦初醒般地揉了揉自己的双眼，看到自己居然像个流氓一般把手伸进了"女人"的胸膛。他想让自己迅速从流氓变回本分的乞丐，却抓着那个冰凉、光滑，但带着开天辟地般美妙的乳房，动弹不得。

9. 流氓

虚幻有了具体，就如虎添翼。当他再去想那个"贞节烈女"的时候，痛苦就长了牙，在他的心里又翻又咬。

心里的秘密，都在眼睛里，那些见不得人的痛苦，像贼一样，在杨毛的眼睛里探头探脑。路过树荫下奶孩子的女人时，他痴痴地望着，哺乳的女人并不回避，抬起头给了杨毛一个母亲般的微笑，这样的微笑像一束金色阳光，照得他眼里那些灰色的情欲一瞬间灰飞烟灭。但痛苦却变本加厉。

杨毛品尝着痛苦，聪明的老乞丐却在品尝甜蜜，他用捡来的破烂从一个养蜂人手里换来了两件宝贝：半罐蜂蜜，半罐花粉。念着旧日的恩情，老乞丐拉着杨毛一起分享。

躺在草垛里，杨毛眼又泛起了柔情。老乞丐叫他一声，他听不到，推他一下，他也感觉不到。老乞丐把手猛地伸进他的裤裆，一把抓住那个巨大的痛苦之根，痛苦在刹那间化为乌有，杨毛羞涩地笑了。

"兄弟，你是不是想骑那个模特？"

"别瞎说，裁缝说了那不能骑。"杨毛羞得满脸通红。

"假女人不能骑真女人能骑呀。"

"我不想骑。"

"那你看人家奶娃娃干啥。"

"我只是看那个娃娃，多好看的娃娃啊。"杨毛慌乱地说。

"是啊，谁不想养鱼种花生个娃娃。"

"我不敢有那想法。"

"假话说一次还能让人相信。"老乞丐吮吸着指头上的蜂蜜，又捡了一个树枝在罐子里搅了搅，把一坨琥珀色的蜂蜜举到杨毛眼前。

杨毛甜得掉下了眼泪。香甜的气味诱惑着一只小虫爬了出来，在他的腿上匆忙奔跑，杨毛把小虫捏在手里，小虫就顺着手腕爬起来，像一个急着回家吃饭的路人。杨毛把它轻轻一弹，它就掉进了原本属于它的草堆。

"咱活得像虫一样，咋能结婚生子呢。"

"虫咋了，大树还不是叫虫给吃空了吗？再说，公虫不也得找个母虫吗？"

"我没那个本事吃空一棵大树。"

"找女人也像做生意，都得扎本儿！"老乞丐神秘地眨眨眼睛，凑到杨毛耳边，"逮个乌鸦还得舍块柿子皮呢，更何况睡个女人。"

"没有直通的大路，绕几个弯弯就水到渠成了。"老乞丐狡黠一笑。

"我连自己都养不活，娶个女人会把她饿死。"

"没说让你娶，我是说让你睡。"

"睡和娶不是一个意思嘛。"

"那肯定不是一个意思。"

"我看就是一个意思。"

"让你在地上画个圈，也得画半年。"老乞丐摇了摇头。

杨毛的愚顽不化让老乞丐觉得好笑，当真是"伶俐人一拨三转，愚人棒打不回"。但想到他曾经因为帮助自己落下的那个笑柄，又觉得他很可怜，于是把两个破罐子抱在怀里，眯着眼睛不再和他争论，扯着浑浊的嗓子唱起了歌："菜园地里一堵墙，苦瓜丝瓜种两厢。郎吃苦瓜苦思妹，妹吃丝瓜思念郎……"

老乞丐唱着歌，把游离的眼珠子转向了远处。

远处，一个体态矫健的中年妇人正站在装着麦秸秆的口袋里，双手揪着袋子的边，一蹦一跳踩着，饱满的身体上下剧烈晃动。秸秆踩实后，她又跳出来，继续拽麦秸秆，直到巨大的口袋被塞满，她才拖着肥猪般的口袋，向老乞丐和杨毛缓缓走来。

"大妹子，身手真灵活啊。咋不招呼一声，我帮你装一口袋就是了。"

中年妇人并不理会老乞丐，看着杨毛一张苦脸打趣道："杨毛，你成天苦着个脸，你吃苦瓜了？"

"他没吃苦瓜，他吃丝瓜了。"

"吃丝瓜了？"

"他得相思病了。"

中年妇人大笑起来，笑声让杨毛又红了脸。

"大妹子越活越年轻啦。"老乞丐奉承道。

"别拍了，也别吹了。"

"不拍不吹狗屁一堆。"老乞丐来了劲头。

"年纪大啦，成豆腐渣啦。"

老乞丐立刻把手里的花粉罐子举起来，送到妇人面前。

"今年豆腐渣，明年一朵花。"老乞丐居然把难得的花粉如此轻易送了人，杨毛觉得不可思议。中年妇人羞涩一笑，把破罐子抱在怀里，和两个乞丐说够了玩笑，拖着口袋抱着罐子飘然而去。

杨毛听不懂他们绕着弯的玩笑，躺在草窝里继续做他的苦梦。失去花粉的老乞丐却像捡了宝贝一般兴奋起来，高声唱着："我知道天下黄河九十九道弯，九十九道弯弯里有九十九只船……"

无论绕多少个弯，都绕不过痛苦这个词。杨毛既没有勇气再像那天醉酒一样把手伸进假女人的胸前，也没有勇气像老乞丐那样和村里的婆娘们说俏皮话。说书人撒在他心里的故事，像春天种下的树苗，几场雷雨过后，就长出了参天的姿态。膨胀的相思让杨毛无处可去，除了要饭，他只能挎着自己的荆条篮子到空旷的田野里，也许只有浩瀚的田野才能收容他内心无边的热望。但田野却加重了他欲念的深渊。

饥荒不饿苦耕人，虽说饥荒年代早已过去，但就算天上落下金子，也得早起才能捡到。那个一脸麻子的勤快女人天不亮就开始忙活了。杨毛坐在青油油的地头，看着她挑着两个木桶，颤颤悠悠地走来，她是来浇粪的。这个一脸麻子的女人路过杨毛身边时，无意中竟把笑脸望向了他。杨毛看不到她脸上的麻子，只看到一个动人的脸庞。失魂落魄的杨毛被感动得神魂颠倒，他竟鼓起勇气往女人身边靠近了一点点，他想，只要她肯张口说一句话，哪怕自己的眼睛再看不清，哪怕把粪便浇得满身都是，他也要帮她浇完一整块地，只要她开口跟他说上任何一句话，他都决定一辈子为她做牛做马了。

但一脸麻子的女人张了口，却没有说话，而是大声咳嗽了一下，一大口白痰飞了出来，不偏不斜落在了杨毛的胳膊上。天哪，杨毛满脸通红，本该属于麻子女人的尴尬，都憋在了杨毛的脸上。这个勤劳的女人该有多么惭愧啊，她一定会慌张地跟自己说一句"对不起"吧，说不定她还会把肩膀的挑子卸下来，掏出裤兜里冒着香气的手帕把自己的胳膊擦干净呢。要是那样的话，杨毛一定会说"没有事的"。他还会继续自己的承诺，一定帮她浇完一整块田地。

"呸，流氓！"女人果然卸下了挑子，说出的却是一句骂人的话。

"我？——"杨毛被骂得云里雾里。

"看你缺心少肺的，想不到也是个流氓。"

"你吐我胳膊上了。"

"我为啥会吐你胳膊上？我咋不吐别人胳膊上？"

杨毛张着嘴，说不出话。女人好像真占了理，继续咄咄逼人："那么宽的路你不走，偏要往我身上走，你不是流氓谁是流氓？"

　　杨毛怔住了，他突然觉得女人说得有道理，他无话可说。自己难道真的是一个流氓吗？天哪，杨毛绝望地望着脚下长满青草的土地，他想找个缝隙钻进去。

　　刚刚燃起的一丝勇气被一口痰击得溃不成军，本身就瘦得皮包骨头，骨头被害人的"相思"折磨成了破铜烂铁，现在又连皮带肉地被人骂作"流氓"。杨毛觉得，他是天底下最痛苦的人。女人挑着担子走了，剩下杨毛独自立在田间，孤零萧瑟。

10. 寻梦

　　秋去冬来，下了几场大雪后，杨毛终于决定去寻找梦中人。他和往常一样，穿着破旧的军大衣，挎着破旧的荆条篮子，手拿一个生锈的铁碗，从容地走出村庄。晨曦之中，苍茫的田野寂静安详，天地之间又一次呈现出朦胧而庄严的景象。

　　上路吧，孑然一身的流浪人。

　　这个永远也说不清楚自己的来处和去处的乞丐，多少年来总是这样，总是好像要消失了，但又总不会消失。忙碌的村民骑着自行车在路上飞奔，有人回头喊一句"杨毛你去哪里啊？"热气腾腾的话刚从嘴里吐出来，就被寒风刮到路边的杨树梢上，瞬间无影无踪。但杨毛还是听到了，他像是在回答自己一样，用冰冷的嘴唇说出冒着热气的话："我想家了，我要回家。"

走过无数个白天和黑夜，杨毛终于踩着云朵一般的积雪，飘到了陵谷村。

站在白雪覆盖的村口，落光了叶子的杨树林昂然挺立，像忠诚的卫兵，守护着沉静的村庄。林子里一座座白馒头似的坟头被寒雾缭绕着，弯曲的河流结了冰，像一个巨大的问号，等待着流浪人古往今来的追寻。杨毛站在陌生的村口，却像回到了故乡。

跟着好心的老教师，杨毛的心都快炸裂了，还有什么样的激动能超过即将见到梦中人。

"我真的梦见她了。"冰天雪地掩饰不住他的心虚脸烫，他何曾梦到过那个"贞节烈女"呢？傻是一种忠厚，欺骗却不是善良。

"我真的梦见她了。"谎言说三遍，连杨毛自己都相信了。

"没有不想女人的男人，也没有不想发光的星星。"老教师表示他完全相信。

听到一个乞丐要找贞节烈女，闲了一冬的陵谷人都有了兴致，几个闲人从家里走出来，跟在他们的身后，又走了一段路后，成群的庄稼人就黑压压地拥簇在他们身后了。人们说着笑着，都想知道这个乞丐究竟做了什么样的美梦。

但一切都晚了，贞节烈女牌坊早已不见踪影。曾经伫立过的土地上垒起了红砖墙，坚固的红砖把一切往事都锁了起来。一缕青烟从院子里升起，四处飘散，仿佛是故事里那对痴男怨女的魂魄，在世间无所傍依，又依偎着匆忙离去。

村支部大门敞开着，刷了红漆的铁门气派威严，一块长方形的巨大石板平放在大门口，被进进出出的人踩得满是泥污。杨毛想起苍老妇人的话："东西早就毁了，木材烧了好几天，炖肉了，石头扔了。"那牌坊上刻着"贞节烈女"四个字的石头匾额呢？又扔到哪里去了？杨毛想问，又不敢问。

冷风扑面，杨毛悲哀地捂着脸，蹲在地上，不言不语。

"你从哪里来，还回哪里去吧。"老教师忍着笑，拍了拍杨毛的后背。

"我真的梦见她了，我真的梦见她了。"杨毛捂着眼睛，想把那浑浊的泪水塞回眼眶，但却欲盖弥彰，所有人都看到这个乞丐哭了。

就像一个瞎子常说他见到过的事，瘸子常说他不瘸时候的事，一个傻子，反复地说自己梦到过的事，多么地合乎常理。但陵谷村的人还不知道眼前的乞丐是一个傻子，老教师蹲下来安慰他："你都不想想，这都多少年了，就是一坑水也该晒干了啊。那都是说书人哗众取宠的把戏。你脑子糊涂才会相信。"老教师语重心长地教育着杨毛。

杨毛摸着坚固的红砖墙，泪眼婆娑，呜呜咽咽。

"走吧走吧。"老教师拉着杨毛的胳膊，既然这个乞丐是他引来的，那么他在陵谷村的举动将在无形中和他有了一丝牵连。杨毛的异常举动让他有些不安，他不想有一丝差错。

"让我看一眼那个字吧。"寒风中，杨毛像一株失魂落魄的草，用颤抖的声音哀求。

"就在你跟前啊。"一个村干部走出大门，在石板上刮去了鞋上的泥。杨毛的心颤抖起来，垂下蒙眬的泪眼，那块肮脏的石板像一具亲人的尸体映入眼帘，可上面却没有一个字。

"字呢？"

"字在背面儿。"村干部淡淡地说。

杨毛止住哭泣，颤动着红肿的手，他想把石板翻过来，可几百斤重的石板却像睡了几百年，唤不起来，也拉不起来。杨毛的手指破了，鲜血沾红了泥巴，石板纹丝不动。人群开始窃窃私语。

纹丝不动的石板，像纹丝不动的沧桑岁月。最后一丝希望荡然无存，杨毛绝望地扑打着石板，像冬夜里飞雪扑打着窗户，哀痛欲绝。

"你从哪里来，还回哪里去吧。"老教师命令道。

人群散尽的时候，杨毛木然地跟着老教师往村口走去。冬日的夕阳在天边燃烧着，烧红了漫天的白云，却不能给冰冷的人间带来一丝温暖。

走到一个十字路口，一棵巨大的杨树伫立在前方。数不清的树杈上挂着积雪，灰色的树干湿润而深沉，贴着一张耀眼的黄纸。黄纸在树干上粘不牢固，一个边角被风吹起来，在寂静的乡村路口，轻轻飘动，发出若有若无的脆响。

"上面写的什么？"杨毛木然地问。

"老封建，现在谁还用这土方法。"老教师把草鞋脱下来，靠在杨树上磕了几下。

"我不识字，能上学真好啊。"杨毛悲哀地说。

听到上学两个字，老教师有些感动，于是一边穿鞋一边告诉他，这是村里祖传的老迷信，谁家的娃娃整夜哭闹不睡觉，就有人贴出一张黄纸，祈求娃娃能够安睡。

"这都是封建迷信。"老教师伸手去抓那个飘摇的黄纸，作为一个讲科学文明的教师，"见蛇不打三分罪"，他准备把黄纸撕下来。

听到有娃娃整夜啼哭，杨毛心里难受起来，虽然从未抱过娃娃，但是就像老乞丐曾说过的话："谁不想养鱼种花，生个娃娃。"

杨毛拉着老教师的胳膊，央求道："大爷，别揭下来，求你告诉我上面写的啥吧。"

受人尊敬的感觉让老教师把手收了回来，他终于答应了杨毛求知的要求，在地上捡起一个树枝，指着黄纸上的字，一字一句地念着：

　　天皇皇，地皇皇
　　我家有个夜哭郎
　　人人见了人人讲
　　过路君子念三遍
　　一觉睡到大天亮

杨毛悲切地念着，心里的痛苦骤然减少了几分，于是他直直地站好，大声念了起来。

三遍念完，他没有成为君子，却成了傻子。老教师目瞪口呆地听他念完，已经完全确定杨毛是个傻子了。

三遍念完，心里那些沉重的痛苦仿佛长了翅膀，变得轻盈起来。原来痛苦是需要一个出口。杨毛闭着眼睛，长长地吐了口气。不管老教师怎样劝说，他都决定留下来，继续念。

第二天、第三天、第四天，杨毛每天守着路口的杨树，撕心裂肺地大声念着。酷寒把他的鼻涕和眼泪冻成了冰，也冻住了他那颗难过的心。最稀奇的事情也害怕重复，奇怪的人做出好笑的事情，让人们笑过了几次以后，就觉得索然无味了，陵谷村的闲人们不再围绕着杨毛，各自去寻找各自的欢乐了。

杨毛不知道娃娃是否已经能够安睡，但知道自己的心依然痛得不能碰触，只好孤独地在寒风中继续大声念着："天皇皇，地皇皇……"

终于，一个穿着红棉袄的年轻女人抱着一个红脸蛋的娃娃衣衫不整地走了过来。谁能相信如此"迷信"的女人却长得如此迷人，谁又能相信如此迷人的女人却如此狼狈不堪。看看吧，她的红棉袄上沾满了饭渣，头发像个脏兮兮的拖布盖住了眼睛，脚下的鞋子被脚后跟踩得变了形，当她撩开乱发的时候，谁会相信那脏乱的头发下面，是一张如此善良的脸。

这个生了一群孩子的女人，看一只猫一条狗都会带着膨胀的母爱，她走到杨毛身边用母亲般的声音说："大兄弟，谢谢你。"

月

季

1. 归来

深夜，霜寒露冷，窗外又下起了雪。带着声音的雪飞虫一般哄叫，莽撞飞舞，像是走错了季节的一场暴雨，没有方向。

粗野凌厉的雪，梦一般披在月季身上，如苍天撒下的一张悲伤的网，和男人"私奔"后归家的月季，趴在墙头，拖着麻袋，看着自己的穷家破院，几间瓦房被四面新盖的楼房环抱着，厚重的雪将瓦房装扮得如一个巨大的鸟蛋，雪白而安详的院子仿佛是无忧天国里的温馨鸟窝，比任何时候都显得可爱可亲。

月季小心避开墙头带刺的枣树枝，一手按着墙头的雪，一手攥着事先系在麻袋上的带子，将麻袋往院内吊送。

麻袋无声着地，白雪晃得人眼花，月季分不清脚下深浅，于是伸出一条腿，吊着墙边，将身子慢慢滑下去。

一个脚尖着地，东屋的门吱呀一声，惊得月季慌张趴进雪窝子里，憋着气不敢抬头。

东屋里出来的，是月季的妈——凤举。

孩子和村庄都已沉睡，凤举穿着棉袄棉裤，推了推被窝里的丈夫冯得春，哑巴似的打了个手势，示意他一切按计划行事。

门上贴的"哈利路亚"被雪打湿，负了重荷的四个墨字变了形，如被水催开的黑色花朵，软塌塌附在门上，凤举推开"哈利路亚"的门，趁着白亮亮的夜色，在院子里扫起了雪。

大雪慷慨挥洒，凤举好容易扫出一尺宽的小黑路，新的雪又飞下来，凤举枉然地扫着，默默在心里念着：

　　　主啊，你不打盹，不睡觉，世间的事你都知道；
　　　我不求坐着花轿上天堂，只求传宗接代喜洋洋。

雪窝子里趴着的月季不敢动，飞雪吻着她的后背，打得她全身的汗毛抽搐似的紧了一下。

母亲终于扫完雪，向堂屋走去，月季踮着脚小心翼翼地往她和妹妹们住的西屋挪去。

堂屋里的凤举从柜底下将"火神爷"请出来，上了香，点几个早先准备好的"金元宝"，又在心里念着：

　　　天精地精，雨结成人，天气下降，一物成形，各保安宁。
　　　童子魂，童子郎，藏下阴中不能动，求神灵保佑俺今夜
　　得子。

没有上过学的凤举本不信耶稣，春上害痢疾，拉稀拉得脱了形，被几个媳妇拉着去教堂祷告了一回，居然万般神奇地不治而愈，主既然能治痢疾，想必也是能送子的，艰辛的人，总要有希望才能活下去，于是凤举铁了心信起了"主"。

冯家村东头有一个老庙，是火神爷的，是祖上修的。冯家村西头有一个教堂，是耶稣的，是村里一个在外发达了的男人回来

捐资建的，但"主"毕竟是外来神，强龙不压地头蛇，火神爷才是村里的主心骨，村里的人，任凭谁去了多远的地方，落叶归根之际，谁不来给火神爷磕头烧香？凤举一个没上过学的农村妇女，还敢去得罪火神爷不成？

但"一壶不泡两茶"——村里的老人说，凤举也没猖狂到敢明打明东西两头跑，权衡了两位神灵的本事后，只在明面上说她是"天父的孩子"，夜里才敢折了黄表，给火神爷磕头。

在命运里遮遮掩掩的凤举无论求谁，目的只有一个：求子。

求过两位神仙后，凤举在院子里清点物件，年关将近，村里丢东西的事常有，不务正业的小青年们各村流窜，抓进局子还不以为耻，家里反以有个"赖货"为荣，为此，各家近来十分谨慎。

砖头垒的花坛贴着西屋，贮积着冯家养植多年的几株月季花，寒冬腊月，开得如云般繁冗的花被积雪压得弯了腰，横七竖八地倒在花坛里，半人高的花丛旁躲着冯家的大闺女——冯月季。

这贫困的家唯一还值得贼惦记的，只有一台贷款买的洛阳牌小型农用拖拉机，在冯家村被称为"小拖"的一种带敞斗的小拖拉机。

平日里，冯家的男主人冯得春开着小拖出去拉土、拉砖，出一趟车十天半月，虽辛苦，倒也能勉强维持一家人的生活，为了今夜的大计，冯得春不得已跟主顾撒了谎，回来满足妻子的强求。

小拖盖着草席卧在院子里，凤举望了望小拖，想着心里的"大计"，浑身像着了火，让她痛苦、难受、难以安宁。

左右相继盖起的楼房让凤举一度萎靡，月季安慰着她，学着那些登上邻家楼房的宾客们居高临下望见自己院子的时候说的话：

　　"别看这家还是瓦房，收拾得可真好。"

　　"全村也找不到第二个呢。"

　　月季的话像燃料，凤举听得心里好过一些。

　　想起月季，凤举的脸泛起羞红，"女大不中留，留来留去都是愁"，当真是不假，这没良心的"浪货"自打和村里那个瞎了一只眼的周老倒的儿子周志伟好了以后，就再也不如往常顾家，凤举夫妇发现猫腻后，便四处放话："有合适的媒茬，给月季瞅个。"

　　凤举松了口，说媒的纷纷找上门，月季不吃不喝闹绝食，最后一个媒婆来家的时候，正将男方描得天花乱坠，月季阴着脸从屋里出来，媒婆拉着月季的手："姻缘天注定，这闺女和那小伙可是老天爷配好的模样。"月季甩开媒婆，瞪眼道："老天爷的事你也知道，你还是人不是人了？"

　　媒婆无趣，红着脸对凤举道："你闺女这脾气，出了门子还指不定咋坑人一家呢，罢了！"媒婆往外走。

　　"你才坑人呢，挺着一身疙瘩肉到处坑人。"月季追着骂。

　　媒婆走后，月季撒泼的名声就传开了，说媒的都不再来。

　　至于月季看上的志伟到底好在哪儿，凤举看不出来，倒是对他打遍十里八村的恶名深有印象，整天打架斗殴的流氓，还小了月季一岁，加上他那个穷家，月季嫁过去，定是被打死的命。

　　"去他家就是挨打受气，没吃没喝，饿死你这个小鳖孙。"凤举把月季锁在屋里，隔着门教育她。

"我宁愿一天挨三顿打，也不嫁窝囊废。"月季在屋里应。

"你咋知道人家窝囊，你是能掐还是会算？"

"除了志伟，都是窝囊废。"月季说得决绝。

想着跑了的月季，凤举又赶紧回到堂屋，把火神爷再次请出来，烧了几张黄表，求告着逆子别冻死在大雪地里。

又一次求完了神，凤举走进院子，月季透过积雪压弯的枝丫，看到雪幕之下，母亲仰着脸。

凤举仰着脸，看着一墙之隔盖起的新楼房，闻着新窗户里喷出的水泥味。那是村里给冯得春的哥哥冯得法的二儿子冯县关批的婚宅，两米高的窗户贴着"紫气东来"，两家中间的土墙已坍塌，旧土堆在凤举脚下。

因为盖房子的事，两家吵了数次，冯得法的理是：儿子的婚房小，弟弟的院子大，都是祖上留下的东西，弟弟既然没有生出"带把儿"的继承人，就应让出几米，叫他儿的婚房宽敞一些。

冯得法有自己的理，当年冯得春娶媳妇的时候，老爹将两处宅子都写在黄纸里，让他兄弟二人抓阄，冯得法明明是抓了新瓦房，念着弟弟要结婚，不顾老婆哭闹，生生把新瓦房让给了冯得春。一年年过去，自己连生出几个儿子，冯得春却连生了几个赔钱货，冯得法刚说一句想把宅子换回来，他弟媳妇凤举就狗急跳墙似的又哭又闹，害得冯得法被儿子们嘲笑，指着鼻子说他是天下第一号傻子。

凤举哭闹也有自己的理，当年她公爹让抓阄的两处宅子，一处的确是大伯子让出来新瓦房，可另一处老宅，明明是临街的冯家老院，如今冯得法却对临街老院只字不提，连二儿子冯县关这一处房子也不提，换房只说让和他三儿子冯县勇新分的宅子换，想想那挨着坟头的村边小院，凤举就恨得直挠手臂。

积怨积了几年，冯得春念着旧情，拧着凤举将宅子让了几米。

可让了几米后，冯县关的宅子还是不够用，厕所没地方修，提出再让几米。农村盖厕所，得在地上挖个大窟窿，用来盛粪，再拿预制板篷上，粪满时掀开预制板一桶桶挖出来。

凤举彻底不依了，为了还冯得法那份旧情，无论他哪个儿子结婚成家，她和丈夫出钱出力跑前跑后，到头来还是还不完，公爹早早闭了眼，扔下这一摊子事，由着冯得法没完没了地折腾。

管事的老人们商量几天，得出个不成体统的结论：若凤举有能耐生出个带把儿的，这事就算完，若是生不出来，几个丫头哪个娶了上门女婿，冯家的宅子落到外姓人手里，凤举啊，你就是冯家的罪人！

从未怀疑过自己生育能力的凤举睁着戒备的眼，看着"紫气东来"和自家几间被数十年风雨销蚀的老瓦房，心里只难过了一瞬，便以坚定的口吻在心里安慰自己：等俺儿子生出来再看。

2. 白公鸡

清点过门户，凤举走进黑洞洞的厨房。

月季伏在花坛边，听见厨房里"吱啦"一声响。

黑暗深处，凤举划着一根火柴，火光闪出凤举的脸，一瞬间眼角细纹历历可数，点燃的蜡烛，像一朵小花，远远站在桌角，对着门外千变万化的夜雪喷出纯洁的光。凤举被蒙上了一层柔纱，坐在烛光里，宛然一个没有任何瑕疵的年轻美人。烛光穿过凤举的身体，在墙上画出闪动的影子。

又划着一根火柴，凤举麻利地点燃苞谷秆，新鲜的火苗噼噼啪啪钻进灶膛，灰茫茫的浓烟钻进凤举的鼻孔，灼热的火舌探了出来，舔着灶台，也舔着凤举的脸。

火光剥去凤举脸上的柔纱，光影开够了玩笑，夺去那些令人沉醉的幻象，认真刻画着——这是一位已不再年轻的母亲。

尘火满面的凤举不知道，在门外女儿的眼里，她有多俊、多美。

生了四个女儿的凤举，心里算着：老大满了二十岁，老小也满了两岁，今夜怀了儿子，满打满算自己也才四十出头。

儿啊，只有你才能把娘救出这比死还坏的处境。

四十岁的凤举，脸上闪耀着青春的神采，不，是比青春还要强烈，足以算是过去的半生里最强烈的了。

铁锅早已盛满井水，菜刀放在案板上，凤举的眼盯着灶膛里的火，心却放在墙角的麻袋上，支着耳朵听了一会儿，听不到任何动静。

"闷死了？不应该呀。"又塞了一把苞谷秆进灶，凤举站了起来，拽着麻袋晃了晃，里面的活物终于扭动起来，凤举舒了一口气，拍了一下麻袋，"花那么多钱，你要是死了，真是不争气。"确信活物没有死，凤举安了心，回到灶台边，继续烧火。

火苗烤得凤举双眼通红，手上的冻疮吃不消，藏不住痒和热。

"主啊，今夜里你可要说话算话。俺一辈子积德行善，只有这一个心愿。你可要让这个好运落在我身上呀。"凤举烧着火，心里倾诉着。

活物叫了起来，声音闷在麻袋里，像不会吹口哨的孩子，发出艰难的啼鸣。

水烧开了，灶房水雾缭绕。凤举站了起来，拿起剪刀，走向麻袋，以惊人的速度一把揪住活物的脖子，用力一提，一只肥大的白色公鸡被拎了出来，绑了双脚的公鸡疯狂扭动，在凤举有力的手下，发出可怜的"咕咕"声。

"有啥办法呢，谁叫你生来就是阳间的一盘菜？我可不是专门为了吃你呀！"

凤举的手一秒也不停，将公鸡摁在案板上。

这样的夜晚，任何怜悯都要靠边站。蒸气上升，杀气腾腾，凤举觉得自己像一个魔王。

"过了今夜，看谁还敢说俺家只有挨日的。"凤举想着平日里受的气，发疯般抓着流了一脖子血的公鸡，丢进开水盆里，公鸡扑腾了一阵，油光水滑的尾巴被凤举一把揪住，不再动弹。

就算有一万个不杀生的理由，凤举也不会放过这只公鸡。

月季以为母亲在烧火做饭，扭脸看一眼院子里的小拖，想必是爸爸出车回家太晚，还未吃晚饭，于是摸了摸手里的大麻袋，里面有爸爸平时爱吃的口酥和豆腐乳，她想大着胆子去厨房里说一声"我回来了"，又怕自己一现身又被锁起来。

要是再被锁起来，她亲爱的志伟又该急成什么样子。

月季瞅着机会，只想把这一麻袋吃食悄悄放进屋里，功成身退。

开水烫过后，鸡毛比菠菜还好择。

"但愿这一次就怀上吧。"凤举在心里念着。

择光了鸡毛，凤举摸着热腾腾的鸡身子，如获至宝。伸着脑袋望了望门外，迷茫的雪把院子弄得凌乱。还好，堂屋、东屋、西屋都黑着，也听不到一星半点声音，凤举放心了。

忍受着激动，凤举拿起菜刀，对准鸡肚子，一刀剖下去。掏出鸡心、鸡肝、鸡肾、鸡胆、鸡胗、鸡肠子，摊了一桌子。弄完这道程序，凤举进屋看了看表，十一点半，时间还算充足。

滚热的内脏熏得凤举翻肠倒肚。这个平时不沾荤腥的女人，却将它们宝贝一般抱在胸前。只要能得到命运的恩赐，别说让她杀鸡取内脏，就是生吞了这些脏东西，又算得了什么？

祭物已上征途，下一步也不能有闪失，凤举钻进雪幕，奔向东屋。

东屋里睡着凤举的丈夫冯得春。这个时候，冯得春是醒着的，缩在被窝里捂着口鼻，生怕连呼吸也露出来，干扰了他们的大计。按说这样决定家族命运的大事，本应夫妻二人共同担当。但凤举的婆子冯老娘已明令警告，这种事，只能由女人来做，男人参与无效。

暗处，月季在西屋的花坛边缓缓移动；明处，凤举蹲在东屋的窗户下摸摸索索。

东屋的窗下，事先挖好的土坑边，凤举把冒着热气的鸡内脏一股脑倒了进去。庄严的程序顺利走完第二步，院子里只有风声，只要人不出声，吉时一到，一切屈辱都会成为过去。

"火神爷，凤举求告您，俺家都是老实人，你可也要念着俺们的好哇。"凤举心里默念着，埋好内脏，又快速回到厨房，掀开锅盖，将开膛破肚后的公鸡丢进锅里，继续烧火，开始煮鸡。

十二点整，只用清水煮了的鸡，被凤举吃得贪婪而疯狂。

月季目瞪口呆地望着厨房里母亲的吃相，二十年来，别说是独自吃鸡，就是鸡蛋，也未曾见她吃过完整的一个。

毫无根据的"祖传生子方"发挥着神奇的作用，凤举觉得鲜美可口，但再可口，要一个女人吞下一整只鸡，也是件过火的事。吃下一大半后，凤举连脚指头也快撑爆裂了，但屈辱发挥着强烈作用。

月季见母亲如快下蛋的母鸡一般，甩着膀子在灶房里一遍遍转圈，转了无数个圈后，凤举的肚子依然撑得像个鼓，鸡肉在五脏六腑翻腾着，不肯往下走，一阵阵地往上冲，凤举捂着嘴，端着肚子。

"争气吧，你可一定要争气啊。"凤举跟自己说，满怀的希望都在肚子里，要是真吐了出来，就啥指望也没有了。

四女儿月红在冯得春的臂弯里睡得香甜，三女儿月霞本也和他们夫妻挤在一张床上，但为了今夜的大计，头两天就让她去西屋里跟着她二姐月华睡去了，至于月季，凤举连日里只骂着说：当她死了。

冯得春算着时间，忖着凤举差不多吃完了鸡，就摸着黑爬到床的另一头，脱光了衣服开始准备。

寒夜里，冯得春浑身滚烫，平日只要关了灯，摆脱生活的镣铐，只要一靠近妻子，冯得春就能快速找到激情，任凭旁人过得怎样，他也从不羡慕，只要凤举搂着他的脖子说："我是你的。"就足以让他别无所求。虽说这些年因为生不出儿子，两人常常一言不合就动手，绝望的凤举甚至拎刀威胁过自己，又是寻死，又是闹离婚，但到了夜里，只要两人身体一碰撞，万般柔情也会从他的身体里迸发出来。

但今夜，他却莫名感到恐慌，无法像平时一样正常，越紧张，越起不来。听着凤举沙沙的脚步声，冯得春把手伸进下体，慌乱搓着。

月季看到母亲一手捂着嘴，一手托着肚子，奔向东屋，心里起了一万个问号。

凤举撞开"哈利路亚"的门，省去一切步骤，胡乱脱了下装，钻进冯得春的被窝。冯得春凝视着妻子的后脑勺，一窝乱发散着炊烟的味道，深更半夜让人既没有食欲也没有情欲。

冯得春的手不停动作，但却无济于事。

凤举等了一会儿，见冯得春没有反应，回头瞪眼，不到最后一刻，还是不能出声。

窗外的雪一层层堆在玻璃上，又被风吹乱了形状，散落的，飘到别的地方，聚集的，堆成一个个雪馒头，拥在窗棂上，探头探脑，像一群洁白的天使在窥视这荒唐的人间。

和雪一起探头探脑的，还有他们的大闺女月季。

凤举进了东屋，月季便从花坛边小心翼翼地跟了过去，踮着脚在窗户上露出一只眼睛。

冯得春伸手拉灭灯泡，夜色里，十五瓦的灯泡里钨丝不甘心似的闪着金色的光，明明灭灭，让眼前的一切，宛如幻象。

3. 扫把星

凤举咬着牙关，生怕肚子里那只活蹦乱跳的白公鸡跳出来，平躺是不行的，于是侧了个身，肚子舒服了一些，又躬了躬腰，把浑圆结实的屁股凑近了丈夫。

冯得春温热的手伸进妻子的棉衣，摸着她圆鼓鼓的肚皮，几年前为了瞒计划生育，找了兽医在肚皮上划的一刀假"结扎"的疤痕还像个大蜈蚣似的趴在那里。摸着妻子同样滚烫的肌肤和那条粗硬硬的"蜈蚣"，冯得春软得有苦难言。

凤举的脖子被胡子拉碴的丈夫扎得心烦意乱，只好背过手，替丈夫捏了起来。

几次三番后，命运终于选中了他们。

忍着呻吟和眼泪，凤举趴在床上，一只手抓着床单，一只手捂着嘴，满怀着无法言说的渴望，在丈夫有力的冲撞下，完成了又一次和欲望无关的结合。

落了一身雪的月季捂着嘴，在破败的窗户下，贴着半人高的水缸，屋里细碎的声响丝丝传来，月季清瘦的身体如负了千斤重担，靠着掉了皮的土墙，月季的身体缓缓下沉。

蹲在地上，月季无声流泪，她哭着，祈祷着，她知道，她亲爱的父亲和母亲又一次开始了沉重的求子之路，多少年来，在她朴素的家里上演过多少次，甚至她脚下的泥土里，都还埋着她的

"妹妹"们。

"老天爷，请你保佑这贫困的家吧，保佑我勤劳善良的父母在这寒夜里有个结果吧。"月季祈祷着。

冯得春小心翼翼地离开妻子的身体后，凤举立即按照秘方规矩，双腿高高举起，顾不得三九严寒，把整个下半身竖立在贴着男娃娃年画的墙壁上，在蓝灰色的夜里，如一朵开错了季节的花，绽放在冰冷的墙壁上。

凤举闭着眼睛，数着时间。

数着时间吧，只要再坚持半个小时，让湿润的沃土接受了种子。夜半而来的祖宗们，你们在暗处可不要吝啬力气，上天入地的祖宗们，你们要是已经钻进了我的身体，可一定保佑好这一片田地，你们知道这颗种子的意义，现在的时刻，交给你们效力。

冯得春吻着妻子温热的手心，紧张和激动不比妻子少一分。

院子里响起了沙沙的脚步声，月季扶着水缸，心里一阵恐惧，露出半只眼睛望去——是她的三妹，月霞。

冯得春和凤举也吓得伸直了耳朵，万不该出现的沙沙声，像可笑又可怕的命中注定，越来越近。

东屋的门被推开了，带着一声微弱哀鸣的哭腔："妈妈……"

四岁的月霞出现在门口，后背被雪光托着，映出灰色轻盈的小影子，如一只落在雪地里受伤的小鸟。

月霞穿着秋衣秋裤，光着脚丫，一头毛茸茸的乱发下面眨着泪眼，寒夜里，闪着让人心疼的光。

但此刻，在父母眼里，她已经不再是那个让人心疼的孩子，而成了恶意破坏家族大计的扫把星。一阵痉挛拂过凤举的喉咙，肚子里的白公鸡猛兽一般冲了出来，凤举趴在床边，吐了一地。

"你这个小鳖孙，你跑出来干啥？"凤举吐得有气无力，伸手想把月霞拉过来打一顿，却浑身无力眼冒金星。冯得春顾不得穿上衣服，赤着脚跑下床把门口站着的月霞抱进了屋，月霞已经四五岁，懂事了，却不懂眼前的情景，本身就想妈妈想得睡不着觉，又被妈妈训斥了一顿，于是张着大嘴哭喊起来，四妞月红也被吵醒。

本该只有风声的雪夜，一瞬间屋里屋外，孩子的哭声、大人的责骂声、愤怒的巴掌声……偌大的院子变成了蛤蟆坑，东边邻居家二楼的窗户也亮了起来。

月霞人小，骨头却硬，从小到大第一次被打，哭得小胸脯剧烈颤动，冯得春胡乱穿了衣服去哄也哭起来的月红，顾不上拉住凤举。被命运抛弃的凤举红了眼，拉着月霞又踢又打，手打得滚烫还不解气，又蹲下来拧月霞的大腿，钳子一般揪扯，月霞哭得抽气。

冯得春理解凤举的痛苦，但无法忍受她把痛苦发泄在孩子身上，厉声道："她懂什么！她才多大！"

"谁叫你跳出来的！谁叫你出声的！你知不知道你把咱全家都毁了！"凤举摇晃着月霞的肩膀，月霞张着大嘴哭，小身体跃跃欲试地往妈妈身上倾斜，但又被凤举死死按住，动弹不得。

"我要找妈妈，我要找妈妈。"月霞号着。

"红天大日头的时候你不找我，非得大半夜里跑出来，你哭什么哭？我是该死了啊，好端端的大半夜你哭我。"凤举哀号着，又劈头盖脸朝月霞一顿猛拍。

凤举发了疯，冯得春劝不住她，一脚踹了过去，吼道："你疯了吗？你想把她打死吗？"

四十岁的凤举被丈夫一脚踹翻，倒在地上。遭受丈夫的暴力，凤举顾不上疼，光是那些绝望就已经填满了她的心，这不幸的女人一头跌进灰尘里，悲号起来。

"有她的时候，你出去贩猪，计划生育来抓人，我藏苞谷地里俩月，一天当一年过，皮磨烂几层，生出来这么个小东西。

"半夜偷着抱回来，你娘连瞧也不瞧，就让俺娘俩回苞谷地去，我说我得回来吃点鸡蛋好下奶，你娘说月子早就不兴吃鸡蛋了。早知道，生出来就该把她扔在苞谷地里。"

多少年来，凤举忍受着生不出儿子的屈辱，好不容易打听出一个百试百灵的"生子偏方"，又被老三这个扫把星一句"妈妈"毁于一旦，人常说孩子是"大的疼，小的娇，中间夹个受气包"，看来这中间的，不是受气包，而是扫把星。

"主啊，人间路真难走，有人光看看，有人走到头，有人走了一半，有人走十分之九……我凤举敬神又爱主，如今还是无路可走。"凤举哭着唱着，不堪回首的往事又一次卷土重来。

为了生出儿子，第二胎、第三胎、第五胎，都在她肚子里长到有了人形，幸好托人查了出来，托人钩出来，连血带肉都埋进了院子。

眼下这几个丫头，除了二十岁的老大月季是他们夫妻恩爱的结晶，下边的三个丫头都是因为看相的看走了眼，才不得已生出来的。凤举遭足了罪，也害苦了冯得春，每一个丫头落地，都让他的头在村里低一分，为了躲计划生育，老二生在凤举的姐姐家里，老三生在苞谷地里，到了老四，好歹卖牛凑足了罚款，几个有经验的老看婆都拍着胸脯说一定是个带把儿的，可一落地，仍是个丫头。

四女儿落地的时候，七十岁的冯老娘只掰着孩子的小腿瞅了一眼，便青着脸出了门，一去不再回头。冯得春蹲在门口靠着门板抽烟，一夜头发白了一半。冯得春抹了一把鼻涕，凤举裹着头巾小心问："你哭了吗？"冯得春不接她的话。月季端着一盆子带血的破布准备去洗，见她爸不理她妈，颤着嗓子道："遭罪的是我妈，可怜的也是我妈，你都不心疼她？"

"她伸伸腿儿而已，遭罪的是我，可怜的人也是我。她还需要心疼？"说罢，冯得春把烟头往地上一撩，挠着蓬乱的头发就出了门。

外出贩猪的冯得春，一走半月，脾气越来越差，偶尔回村里一趟，月季跑前跑后给他装点行李。一次，月季又让他再等一会儿，好把馒头蒸熟了给他装几个热的，冯得春站在大街上喊道："我只有干活的命，哪有吃饭的空？快点吧！"

路边的男人们见他着急的样子，便开起玩笑："你急啥？急着给你女婿挣钱盖房子吗？"

月季端着馒头从胡同出来，听见又有人挤对她爸，跳着脚骂："麻野雀，尾巴长，娶了媳妇忘了娘。你生了儿子，你也别得意。赶紧买好你的筷笼子小擀杖还有笤帚，最好把锅碗瓢勺都买齐，等着抓阄分家当个绝户头去吧！"

挨了骂的男人自觉无趣，也不好跟一个十几岁的大闺女对着骂，只好嘟囔一句："一窝挨日的，还多有能耐。"

冯得春四十三岁就已衰老的额头上拧得像一团乱麻，乱麻被女儿掷地有声的维护再次化开，稍稍抬起了头。

可凤举呢，无论在婆家还是娘家，她都无法抬头。

"对，这个小扫把星就是从苞谷地里出来的，该扔回苞谷地里去！"

月霞听到妈妈要把她扔苞谷地里，本能地露出恐惧，一边往妈妈怀里扑，一边哭喊道："你把我扔出去，我就不喜欢你了。"

"不喜欢就不喜欢吧，养个啥都比养你强。"凤举赌气把月霞往外推，月霞当了真，吓得鼻涕流了一嘴，死抓住门框，哭喊道："我长大不演活你们，我长大不演活你们。"月霞把"养活"说成了"演活"。凤举自然听得明白，几个女儿从小都知道自己家里没有男孩，父母老了就是没人养老送终的绝户头，所以女儿们最常说的话就是"我长大了养活你们"。

4. 生女好命

"养活你们"是女儿们爱的表达，爱是灵芝仙草，能医治世间一切痛苦，冯得春和凤举指着女儿们这一句话，才能活得像个人。

月霞童言无忌，却伤透了凤举的心，凤举拖着月霞，吼道："不养活我们，好，我们也不养活你。滚出去吧，没有良心的小东西！"

院子里，月季站在门口，老二月华不知何时也从屋里跑了出来，拉着月季的衣角，姐妹俩如两株开了很久的花，一身白雪，披头散发，看着她们无情的母亲和撕心裂肺挣扎的妹妹。

"妈，你不是说年龄大一岁，脾气就该小一点吗？你不要打妹妹了！"月季扑过去，把月霞拦在身后。

"你这个浪货！你还知道回家？你咋不死外面呢？"凤举见到月季，惊得鼻涕眼泪挂在嘴上。

松了月霞，凤举揪着月季，又是一顿劈头盖脸的打。

"月季，你回来得正好，赶紧抱着妹妹回屋睡觉。"冯得春惊叫道。

"睡觉？这俩小鳖孙把咱家害成这样，还有脸睡觉？"凤举浑身一震，又吐了起来。一边呕吐，一边又死命拽住月季和月霞。

"妈呀，你咋年纪越大越糊涂了呢。"月季伸手拍着母亲的后背，凤举眼前一黑，刺鼻的浊恶吐了月季半身。

"妈，妹妹不知道你们在做什么，都是我的错，该打的人是我。"月季扇了自己一个耳光。

"爸，妈，我再也不跑了，我一辈子也不结婚，一辈子给你们烧火做饭，你们老了我给你们喂饭，求你们别这样了，也别扔妹妹。要是嫌家里挤，给我在门口搭个棚子，我睡外面去。"月季哭着，月华也扑通一声跪在地上，大声哭喊道："我和大姐一样。"

孩子的眼泪浇灭了母亲的火，看看地上被吐出来的白公鸡，凤举抓着胸口的衣服，喉咙被塞了铅。逞强半辈子的凤举抽着气，无望地望着白茫茫的夜空，眼泪流够了，苦笑一声，平静地抱起月霞，伸手揽住月华和月季，没了魂儿一般，喃喃自语道："不扔，一个也不扔，都是我的罪，一个也不扔。都睡去吧，生不出弟弟，咱也能活下去。"

"爸，妈，生儿好听，生女好命啊。"月季拽着凤举的衣角，哭得肝肠寸断。

"俺几个都争气，等咱家的房子也盖起来，看谁敢欺负咱家。"一夜之间，任性的月季终于长大成人。

折腾了大半夜，月季带着妹妹们去了西屋。

永恒的苍穹除了飞雪，还是一无所有，四面八方的风吹着无家可归的雪，直到天亮。

冯家的大人们一夜无法合眼。不能合眼的，还有他们的女儿。

西屋里，昏黄的灯泡一直亮着，照着窗户上被寒风吹得呼啦啦响的塑料膜，月霞在大姐的臂弯里很快打起了小呼噜。

"大姐——"月华抽噎着，"你跟志伟哥跑了以后咱家就塌天了，我以为你不会再回来了。"

"咱妈说她也要跑——"月华抽泣着，毕竟她才上五年级。

"要是生不出弟弟，他们离婚了，你可不能不管我，你不能不要我——"月季望着窗户上被风吹得鼓起来的塑料布，听着月华肝肠寸断的哭声。

"要是咱妈跑了，咱家散了，爸再娶个后妈，后妈生了弟弟，她肯定不给我买本子和笔了。"

月华这两年被父母"闹离婚"吓破了胆，又跟着放电影的看了几回演家庭破碎的电影，吓得把本该属于她的活泼和纯真全部弄丢，白天上学也不能专心，课堂上想着想着就哭起来，下了课也是冷清孤单地躲在一边，两眼空空地坐着，成绩时好时坏。老师若问，她就只是哭，直哭得老师火冒三丈，打了一顿后，便将她扔在教室后面面壁思过。月华对着墙没思出什么过，倒是想出了一万个"父母离婚"后的保身之路，首先一条便是上学，月华是尖子生，对上学充满希望，只有上学能救她，于是悄摸攒了一床本子和零钱，藏在褥子下，要是父母一散伙，自己还有本子和笔用。

"你这种人就是太自私，光想着自己。"月季悲哀地说，"爸妈千难万难，也没让你缺吃少穿，你就光想着自己。"

"不对，我根本不是这样想的。"月华忽地坐起来。

"很对，你就是这样的人，你就是嫌弃咱家。"月季伸手拉灭灯泡，夜的寂静充溢流散开来。

"我没有嫌弃，俺学校盖了楼房，咱家还是瓦房，老师有一回叫写作文，写：我的新学校。俺班那些在家没住过楼的，都写着：来学校都不想回家。"

"你就是那个不想回家的，你也是这样写的吧？"

"不！我写的是：金家银家，不如自己的老家。我一放学就想着回家。"月华不认大姐对她的责备。

"你记着，咱家不会散，咱家的楼房也会盖起来。"月季对月华说完这一句，窗户已微亮，于是便起床烧火做饭。

凤举望着墙上贴的男娃娃，清晨，窗外送来微弱的光，将男娃娃的脸染成蓝灰色，娃娃沉默不言地笑着，黑眼睛"凝视"着凤举，两只嫩藕般的小手抓着摇篮的边，仿佛时刻准备着从摇篮里翻出来，用张开的小肉嘴冲她叫一声："妈妈。"

"生女好命。"凤举望着墙上的"儿子"笑了起来。

生女到底是不是好命，暂时未知，对于已进入不惑之年的农村夫妻来说，命的所有意义是开花结果，是继承。女儿再可爱可亲，但终究是花，而不是果。一朵花从绽放到凋零，好比女儿从出生到出嫁，花属于枝头的时间，和女儿在父母身边的时间，其实相差无几。时光的长和短，快与慢，都会在他们为期不远的暮年变成"一转眼"。到时候他们就会和所有老人一样，感叹着：一转眼孩子结婚了，一转眼人就老了，一转眼该去"看庄稼"了。

想起"看庄稼"，凤举不禁又悲戚起来，"看庄稼"是什么？"看庄稼"就是人老了，死了，躺在棺材里，埋在自家田地里，替自己的子子孙孙们守着田地，看着他们一天天耕作，一代代生生不息。可若是没有儿子，女儿们一个个出嫁后，田地和宅基会重新被分配，到他们老死的那一天，没人"扛孝杖"不说，他们躺在地头该是多么尴尬，他们死不瞑目的双眼看的又是谁家的庄稼呢？那些扛着锄头来田里的人，又该以怎样的口吻指着他们坟头的野草嘲笑一句：看呀，那里埋的是个绝户头。

"咱不是绝户头，咱家姓冯的小子多的是。"冯得春说的是自己的三个侄子们，多年来他不止一次用他那三个侄子来安慰凤举，可往往适得其反，凤举不但不领情，还总是格外小心地提防着那几个小子。

"他们可听我的话呢，一条根里出来的，靠得住。我心里有数。"三更半夜，冯得春握着凤举的手，生动地描绘着几个侄子平日里如何如何在村里维护自己。

"心里有数的是他们。"凤举说着让冯得春胆寒的话。

"你就是个皇帝，等你老了，躺进南北坑里，他们也会夺走你的一切。"凤举毫不留情地打击冯得春。

造子计划又一次失败，冯得春自食其苦，不顾老客户的重托，误了事，损了信誉。

年关将近，大雪封门，冯得春寻不到挣钱的活儿，愁得整日喝酒，顶着一头花白的头发急得满村打转，无形的命运和有形的皮囊到底是相辅相成，当冯得春频繁地空着手、白着头在村里游走时，真是一副"绝户头"的形象了。

镇上里里外外的活都被瓜分掉，要想挣到钱过个像样的年，得跑远路，去平顶山拉煤。远路拉煤和近路拉土不同，得有一位手脚麻利的"帮车"才行。可冯得春一没有得力的儿子，二指望不上凤举撒下几个孩子跟着出车，所以几年来，无论多大的狂风恶浪，冯得春都是孤军一人出车。至于他那口口声声几个"靠得住"的大侄子，都是什么货色，凤举一清二楚，尤其老三冯县勇。

冯县勇生得憨头憨脑，她娘生他的时候，在裤裆里憋了几天，出生时脑袋太大，接生婆别着她娘的裤裆掏出来，脑子受了伤。

冯县勇相亲无数次，次次碰壁，但他家上上下下从不承认他脑子有问题，冯得法更是逢人便说：那是因为村里批的新婚宅子又小又挨着坟地，人家姑娘胆小才不愿意的。

5. 活路

在家里憋了几日，冯得春终于坐不住，唤着月季去别家寻点塑料布，把双腿缠住，等着大雪一停，一人出车去。

冷酷的苍穹终于放出仁慈的光，太阳一出来，冯得春就开着车出了远门。临行别无他话，只叮嘱月季一句："你要再和那个二流子鬼混，咱家就算毁了，你自己好好想想。"月季给父亲的腿上缠着挡风的塑料膜，"嗯"了一声，果然从此不再提志伟二字。

积雪被阳光晒化了底，化得满村流水，新建的楼房都刷着白粉，在阳光下闪着光，高楼里的雪水顺着水泥地往低处流去，邻居是高处，冯家的老院子自然成了最低处，月季鸟窝般的小家，尴尬地成了接受雪水的"坑"，尤其是大门口，泥水深得大人孩子无法出门。

破旧的瓦房以前是怎样，如今还是怎样，雪水从屋顶漏下来，滴滴答答在堂屋里下着小雨，月季半夜被"雨滴"惊醒，找了几个塑料盆子接住。家里过得一日不如一日，自己却跟着志伟私奔了，月季心里正后悔，听到院子里一阵哗啦啦响，莫不是又下雨了？月季摸着黑下床，走到院子里瞧，西边的楼上立着一个黑影子，那是她的二堂哥冯县关招呼了几个狐朋狗友在二楼喝酒，半夜喝涨了肚子，正站在楼上往下撒尿，冯县关撒完尿，趁着酒劲唱起了歌。

"二哥，你别唱了。"

"一吃一喝，就想唱歌，多管闲事。"冯县关说。

"我尿的是自家地上。"冯县关指着楼下的土地。

"别一厢情愿了，俺家的地一尺也不再让。"

"那不由你妈一人说了算，就是你家这院子，也得谈一谈呢。"

"谈也是把俺家换到街上去，我不会叫俺家搬到坟地去。"

"你说了不顶事，你家这一群黄毛丫头，白糟蹋了这院子。"

"那你们就再想八千年吧，咱爷死了，魂儿还悬在头上呢，他不答应，我更不答应。"月季警告着冯县关。

真是荒唐，她爸爸冯得春还活得好好的，甚至比她的大堂哥都大不了几岁，堂哥们就打起了她家的主意，要是换回临街的院子，那倒是一件好事呢，她家也会像所有临街的房子一样，盖上几间门面房，开个小商店呢。可要是换到挨着坟地的小院，月季胆大不怕，几个妹妹可是吓得连门也不敢出了。

儿子、楼房，一桩需要运气，一桩需要的是下苦出力。

"没有男孩就得受欺负吗？我就不信！"月季心里发着誓。

冯得春不在家，凤举也闲不住，跟着村里的媳妇们四处找活干。鸡飞狗跳的那一夜过后，月季依着父母的愿，见了志伟当真一句话也不再说，只拿眼意味深长地看着，志伟啊，你自己家里都顾不住，拿什么来拯救我呢？

突然消失的月季让志伟夜夜难眠，又不敢明着去她家找，只好天天守在冯家出门必经的胡同口，等着她现身。

踩着泥水，月季抱着四妹去商店买白糖，出了胡同就瞧见志伟和两个小伙子蹲在地上抽烟，见月季出来，两个小伙子同时"哎——"了一声，月季不说话，志伟就蹲着一动不动，看着她穿着他买的粉红色的外衣，缓缓走过。

买了白糖回来，两个小伙不见了踪影，志伟还在原地蹲着，月季咬了咬下嘴唇，柔情地望他一眼，志伟的眼就泛起了痴狂。

"你走近点不行吗？"志伟站了起来。

"远近有啥不同？我答应他们了——"月季恢复冷静。

"我可没说答应。"

"我不想毁了俺家。"月季转身，留给志伟一个泥泞的背影。

"你的鞋湿透了！你裤子上咋这么多泥？"志伟追着问，"我给你爸买了条烟，你捎回去吧。"

"不要，咱俩往后一刀两断，你走吧——"月季不再回头。

现实之下，爱情只是枉然。月季的心里，只有她漏着水的破房子。

十九岁的周志伟任谁瞧着，也是浓眉大眼长得结实的小伙子。可惜的是，长得高大威猛的志伟偏偏生在一个更穷的家，娘是哑巴还瘫在床上，爹瞎了一只眼，上头两个姐姐，下头两个妹妹，日子过得如一摊稀泥，在日渐发达起来的冯家村，地位不比月季一家强。

凤举年轻时也算是标志美人，虽嘴上从不说自己是凤凰，但却把她的大闺女捧得比天高，渐渐长大的月季遗传了她的长眉凤目，人夸月季漂亮的时候说："可是咱村里最漂亮的人物了。"

凤举骄傲地回应着："俺闺女别说在咱村最漂亮，走到哪儿都是最漂亮的。"

心高的凤举怎能接受女儿嫁给一个除了会打架，一无所有的人，不顾一切是年轻人的通病，凤举已不再年轻。

月季买了白糖，走到大门口放下月红，刚会走路的月红歪歪斜斜进了屋，月季在门外捡了根树枝，长腿伸在墙上，刮着脚上的泥。

"这是谁家的妹子，腿这么长？"光棍冯县勇去街上买苹果，一眼瞅见粉红色的背影，惊得一瞬间身子天崩地裂般炸开，单脚立在泥水里一块红砖头上。

月季听出冯县勇的声音，摸了摸自己的右脸，秋天被他扇的一耳光似乎还在发烫，想起秋种时，在地里被他扇得前扑后仰的狼狈相，不由得低声呸了一句，但又要感谢他，若不是他扇了自己一个耳光，自己赌了气一人开着拖拉机去种地，又怎能遇见她的志伟呢。

冯县勇脑憨，嘴却贱，见了姑娘媳妇就挪不动步。

月季本不想理他，但又碍于自己到底是个妹子，只头也不回道：

"你干啥去呀，县勇哥？"

"我去买两袋子苹果。"听到月季的声音，冯县勇丧了气，"你这大衣可好啊，几块钱买的？你啥时候回来的？跟着志伟出去都睡哪了？"

"四姐，咱县勇哥买苹果呢，叫他抱着你去吧。"月红在门口闪出小脑袋，月季将她揽过来。

"见你偷着回来抱被子了，你俩住的窑洞？"

"住的大酒店！"

"大酒店？"

"是的，志伟说谈恋爱的都这样，你没住过吧？"

"住过，谈恋爱的才开始都这样。"冯县勇硬着头皮回答道。

"你瞅啥呢？"月季瞅见冯县勇大公鸡似的单脚站着，眼珠子盯着自己的腿。

"没瞅啥，瞅错了。"冯县勇一慌神，脚下的红砖就错了位，踩了一脚泥水，供人过路的砖头也跌进了泥坑里。

"你这一踩，俺门口连个路也找不着了！"月季道。

冯县勇弄了一裤子泥，鞋又进了水，愤愤道：

"要路干啥？我给你找个棍儿，从你家门口过，得坐船。"说罢，冯县勇踮着脚就要走。

"你给我把砖头捞出来！"月季挡着他的路。

"捞出来？你做梦吃东西呢？我不捞。"冯县勇的憨劲又上了头，自己弄了一裤子泥还没处说理，凭啥要他捞？

"你踩掉的砖头，你就得捞。"

"打这里走的人多了，人家是飞过来的？人人都踩过，叫我捞？"冯县勇的脑子一根筋，若是换作脑子正常的男人，别说是自己踩掉的砖头，就是和自己不相干，也会伸把手帮了这个忙。

"你算得精，凭啥？"冯县勇拧着脖子问。

"我精？你们自己都一身绿毛毛，还说人家是妖精？"

"我就不捞，你能咋着？"冯县勇上了劲，拔脚就要走。

"我不同意你走，你就别想走！"

月红胆小，缩着身子往月季身后躲。

"四姐，你也不同意是吧？"

月红一个劲地往月季屁股后头钻。

"志伟和他几个朋友在街上呢，后晌来找我，你给我等着。"月季冷笑一声，抱起月红，抛出一个意味深长的笑，进了屋。

"我一个见过世面的人，我怕啥？"

志伟是个什么货色，冯县勇再清楚不过，冯县勇脑子笨，上学迟，十岁才上一年级，和志伟同校过，至今还记得他咬着一根树枝给自己文身的样子，刀片把两条胳膊划得鲜血直流，一碗白酒擦去鲜血后，胳膊上显出一条龙和四个大字——纵横四海。

冯县勇没胆去惹志伟，只好憋着气去捡砖头。

走到胡同口，果然看到志伟和几个青年，青年们抬着一块预制板，志伟手里搬着一摞大砖头，看到那一行人朝自己走来，冯县勇的心里像装了一颗手榴弹，站着一动不敢动，只等着志伟给自己一砖头，可那一伙流氓却像没看到自己，眼睛都不斜地进了胡同。

冯县勇胡乱从摊子上拉了一袋子苹果，扛在肩膀上，绕过月季家的那条胡同，走远路回家去。

6. 秋种

傍晚，凤举从外头回来，走到门口惊喜地大喊："月季呀，你可算干点好事。"门口的水坑不但被填满，泥洼里还铺上了预制板。月季坐在屋里不出声，在母亲一惊一乍的喜悦里，摸着自己凋零的爱情，将粉红大衣脱去，装进箱子里。

半月后，冯得春从平顶山拉煤回来，却闪了腰，忍痛呻吟一路，走到门口瞧见新光景，喜得满脸堆笑，百十斤重的预制板，老婆孩子是抬不动的，冯得春断定是侄子们干的，捂着腰杆子笑吟吟地向凤举道："你不是说俺侄儿靠不住吗？路还不是给你铺好了？"凤举也当是那几个侄子干的，只说："好歹还讲了一回义气。"

"这东西多沉呐，干得不赖。"冯得春得意扬扬。

"也不知道手磨破了没有呢。"凤举也有点心疼了。

"什么意思？你们以为是谁给咱铺的路？"月季见他父母越说越离谱，将之前的事一五一十讲出来，并强调，"俺县勇哥买了苹果回来，生怕俺妹妹要，还是专门绕着咱家扛回去的。"

听完月季的话，冯得春受了冷水一泼似的，伤心起来。

凤举和冯得春气了一夜，但更生气的，却是冯县勇。

本来回回路过二叔家，冯县勇都窝着气，按他爹冯得法的逻辑，冯氏家族的所有宅子都该姓冯，他二叔没本事生出姓冯的儿子，这样一处祖传的好地段大宅就应该让出来，要是他家来日谁招了上门女婿，别说他入了土的爷爷不同意，就是不相干的外姓人也会笑话，平白让给一个外姓人算怎么回事？

更何况他二叔还半真半假地说过几回，实在生不出小子，就把月季她二姨家的男娃过继一个来当儿子呀。

为此，秋天收了苞谷商量播麦种的时候，冯得法趁机和几位家族老人说起过这事，意图明朗。

"真要这样弄，那应该商量商量。"老人们听说冯得春还准备过继一个外姓的儿子，纷纷摇头。

"商量啥？我家的事自然是我说了算。"冯得春只当是玩笑话。

"薪火相传，伦常有序，冯家的宅子不能落外姓人手里。"

"我家里四个姓冯的娃娃，咋就成了外姓了？"

"那四个早晚是别人家的。"

"俺媳妇儿才四十，还年轻哩。"

"哎呀，别说你那个媳妇了，吃东西像个老鼠，走路像个蛇，屁股小得像个嫩倭瓜头，也就只能生一窝丫头片子。"冯得法的话引得男人们哈哈大笑，冯得春虽有意见，但毕竟是自己亲哥说的，于是也不往心里去，但这话传到凤举耳朵里，非但多了许多话，"生一窝丫头片子"也变成了"生一窝挨日的"。

凤举气得拎起一把铁锹就要出门找人拼命，月季死拉硬拽把她拖住，凤举指着月季骂：

"可把你吓死了，咱一家都被人骂成挨日的。"

"妈，你不要傻，马上要播种了，咱家的九亩地还指望他们呢。"

"咱不享这狗屎福。"

"你连个粪篓子都提不动，俺爸还要跑车挣钱。"

"有多大能耐使多大劲，我今天非得砍他们几刀。"

"妈，你到了地里就脚杆子发软，横竖播了麦再说吧。"

秋播的前一天，月季总算安抚好凤举，第二天，冯得春天不亮就开着小拖出车了，月季在家里烧火做饭，依着凤举的叮嘱，只负责给几个哥哥送饭，冯得春又悄悄给了月季零钱，月季去商店买了啤酒和变蛋盖在篮子里，不到正午，就提去了地头。

再亲近的血缘关系，终究是在各自的血管里流，月季在地头跑前跑后给哥哥们递水擦汗，过度的殷勤让本来愿意帮忙的哥哥们反而滋生出莫名冷漠。

夕阳西下，挥汗如雨的人终于播完了麦种，议论着天气预报准还是不准。月季的三个哥哥坐成个三角，互相扔着烟卷，月季赶紧划了火柴去点，入了秋，哥哥们不愿意喝啤酒，从自己带的篮子里摸出白酒，各自倒进塑料杯子里，坐在地头就着变蛋喝起来。

"端起端起，总算种完了，喝两杯。"冯县勇抠着脚上的泥。

"今天刮了风，明天肯定会下雨。"月季焦急万分。

"天气预报不一定准。"二哥说。

"准不准也不怕了，种子都卧土里啦。"大哥抽着烟。

"俺家的地一亩还没种，快点吧哥哥。"月季急得团团转。

"急啥？今天种不完还有明天。"哥哥们剥着变蛋。

"要是预报得准，明天下雨咋办？还是今天种吧。"月季央求着，抬头望了望天，西边是还未落尽的夕阳，东边已涌起了墨迹般的乌云。

"天气预报就没有准过，你家就那么倒霉？"冯县关瞪着眼。

"你一个大闺女，知道啥是流汗？当俺是骡子吗？"

"骡子也有歇着的时候。"

"端起端起，今儿非喝个痛快。"哥哥们说着。

时间像一缕轻烟，转眼带走了最后一抹夕阳，夜色降临，哥哥们就地躺在黄土上，闭眼咬着夏天残留的苞谷秆，竟打起了呼噜。

"你们耍的什么鬼把戏，当着太爷的面说好了帮俺家种地，那话热得叫俺爸高兴好几天，到头又泼一瓢冷水？"月季终于憋不住，望着四下空旷的田野，心急如焚。

"又刮风了！快点吧大哥，雨要来啦。"月季揪着麦种袋子，拉到哥哥们面前。

"大风灌你鼻子眼儿里了？说话这么冲！"

"你妈不是能吗？又是耶稣又是火神爷，她有能耐扛着铁锹砍人，叫她求求火神爷明天别下雨。"大哥说破了话，脸也不再端着，一句话噎得月季满脸粉刺疙瘩红了一片，到底是坏话传千里。

"对，叫她求她的天父去。"

三个堂哥铁了心给月季为难，但心里也都清楚自己的能耐，读书上学不行，种地都是一把好手，莫说他们叔叔有九亩地，就是再多九亩，大雨来临之前，就算一夜不睡，他们也能就着月光给种完，但他们的婶子心眼儿实在太多，素日里把他们当狼似的防着，甚至在家听到他们说话，就赶紧把叔叔的烟酒都藏了去，生怕他们占一点便宜。年年帮着他们种地，还被她恨得咬牙拿刀要砍人。于是他哥几个事先就商量好，偏要拖到最后，等着风举说句软话。

"给你们买酒点烟，越敬越不吃敬！"月季气得发抖，像风里的一棵小草，理清哥哥们玩的花样，希望破灭，别人家的男人，到底是指望不住。

"算啦，俺家的地我自己种。"月季踢翻地上的酒杯，背对着夜风，头发被吹得乍起来，屈辱在心里交叠，血跟着逆风倒流。

"人作妖，我就不信天也作妖。"

"这是说的什么话，谁作妖了？"哥哥们跳起来。

"俺爸把念头都想弯了，把你们当亲儿子疼，活脱脱三条白眼狼，还天天算计着俺家的房子！人要是分三六九等，你仨就是最下等的——"

没等月季说完，冯县勇一把将手里的酒瓶子朝她摔了过去，月季惊叫一声躲闪，心里吓得软了三分，嘴上却更加硬起来。

"想打我？打吧打吧让你打，我看你敢不敢？"月季顶着冯县勇油腻腻的粗胳膊，一点也不像开玩笑，冯县勇抢起手，一个巴掌拍了过去，打得理直气壮。

月季第一次被人扇耳光，双耳嗡嗡叫，脸像涂了一层辣椒油。

趁着月光，月季拉着架子车回到家里，凤举趁着月光在院子里剥着苞谷棒子，见月季兴冲冲地进门，问："地都种完啦？"

"种完了，人家的都种完了。"

"感谢主。"凤举满意地在胸口画了一个十字架。

"妈，你以后别再求神求耶稣了，他们哪有时间管你的烂事！"

听女儿的语气，凤举猜出八九分，惶恐地问："咱家的没种？他们的种完了？他们干啥去了？"

"他们在地头东边一个西边一个南边一个，抽烟喝酒呢！咱家的地，我自己种，我就不信没有男人，地就没法种了。"

除了被扇的一巴掌，月季一五一十将地头的事跟凤举学了一遍。

"妈跟你一起下地，领上你妹妹们，咱娘几个把地都种了。"凤举捋清楚来龙去脉，自责起来。

"你去了也是碍事，好好在家带妹妹吧。"月季说着，将麦种一袋袋从架子车上搬下来，又去屋里找出秤杆子，将麦种称了起来。

一亩地二十五斤麦种，这是冯家村种麦播种的规格，但为了防止种得不匀，月季特意将麦种提到一亩地三十斤。

第二天天不亮，月季便将麦种拉到家族公用的拖拉机前，甩着马尾辫子突突突开着拖拉机进了地。

大闺女开拖拉机，当真是好风景，还有没种完地的庄稼人立在田野里，看着月季穿着一身白衣白裤在拖拉机上拼力，"铁姑娘"的形象在庄稼人心里升腾起来，勤劳拼命的女人，谁看一眼，心里的爱就会燃烧起来。

7. 相遇

　　月季开着拖拉机在地里突突的时候，志伟正领着几个青年在田里转悠，丰满而荒凉的平原一望无际，多少种子躺在泥土里，只等着秋雨一来，好让它们发出希望的嫩芽。

　　种了地的人求雨，未种地的人怕雨，月季开着拖拉机，嘴里念着：老天爷你可千万别下雨。

　　车轮下汹涌着翻开的新土，夏天埋在土里的秘密被唤醒，数不清的蛐蛐蚂蚱顺着翻开的苞谷根钻出来，要是在平时，月季肯定要跳下车，拿塑料瓶子装他几满瓶，回去给妹妹们炒着吃。

　　周志伟光着膀子在田里转悠，双臂的文身张牙舞爪，看似整日打架斗殴的志伟，在村民眼里，虽别无长处，却是一个难得的孝子，他的哑巴娘眼瞅着到了准备后事的光景，可家里穷得一人只有一条裤子，别说是操办丧事，就是连一口像样的棺材都定不起。好在亲戚里一个还算富裕的叔开了预制板厂，表示愿意免费给他娘做一具水泥棺材，志伟坚决不同意。

　　"预制板太冷，俺娘怕冷。"志伟说。

　　"能有个装身子的匣子就不错了，白给的东西还挑三拣四？"族人们笑话他，连他爹周老倒都说："你娘一辈子啥罪没经受过？还怕预制板冷？"

　　"就是因为俺娘受了一辈子罪，才不能让她在预制板里再受罪。"

志伟在田里转了几天，终于相中一棵没有主的桐树，招了几个朋友一大早来地里，准备着砍树，给他娘亲手做棺木。

老桐树裂了纹，像是专门等着时间入土，志伟骑在树干上锯着干裂的树枝，旷野之下，望见一个大闺女甩着马尾辫子在开拖拉机，青年们也看到了，都扭头望着远处。

"这女的咋自己开拖拉机，她家男人呢？"志伟道。

"老二不是啥都能手到擒来吗？让他过去试试。"青年们起哄。

"那女的是个凤凰，也是个泼妇。"叫"老二"的青年嗫嚅道。

"你从小爱包红指甲，娶了媳妇也是个怕老婆的命。"

"谁怕谁不是人养的！"

志伟骑在树上眼望着一身白衣的月季不说话，青年们在树下挤对着老二。老二被挤出了胆量，仰脸望着志伟："哥，你坐稳点，我把她弄过来让你问问。"

"那你可得小心点。"志伟道。

"放心吧，我说到哪儿办到哪儿。"老二朝月季走去。

"美女——"老二追着月季的拖拉机喊。

"喔——"远处的青年们吹起口哨，月季听不见人喊她，却听到一阵阵尖锐的哨声，回头看看，也算是认识这群人，于是摘了车挡。

"你穿着一身白，咋看都不像干活的啊。"

"不像干活的？那我像干啥的？"

"像啥不知道，他们几个都说你是咱村里的凤凰，想叫你过去说说话。"老二没头没脑地奉承。

"你有事没？我还忙着呢。"月季又挂了挡，见老二拽着拖拉机不撒手，没好气地说，"你回去跟他们说，我不是凤凰，是家禽，我还忙着刨食呢！"老二碰了一鼻子灰。

青年们笑："你不是说到哪儿办到哪儿吗？咋这个尿样子？"志伟问他："她都跟你说啥了？"

"她说她不是凤凰，是个家禽，还——忙着刨食呢。"

志伟坐在树梢上，望着田野里拼命的月季。这个在世人眼中可恨的青年，为着一家人在村里不受人轻视，多年来，只和成群的青年鬼混，只晓得义气、刀枪棍棒，而在心底的另一边，又何尝不渴望爱情，只是那比月季家更潦倒的家，几乎耗尽了他所有的少年心思。

手里砍着树，心里全是月季的模样。一截截树枝簌簌落下，徒劳地挡着志伟的眼，月季的白衣模样在志伟心里放出万丈光芒，收拾完最后一捆树枝，志伟和青年们互相递了烟，坐在地头休息，志伟望着"刨食"的月季，沉默不语。

夕阳西下，志伟终于说："老二，你去问问她还有多少地没种。"

"那货又滑又烈，不知道有没有准话呢。"老二奉了志伟的令，又一次硬着头皮去跟月季说话，不再奉承，直截了当地问，月季却出乎意料改了口吻，叹道："只种了两亩。"

又一个夜晚来临，月季开着拖拉机回到村里，将车开到公用的晒谷场，一身疲惫地往家里走。

凤举抱着月红，牵着月霞，站岗似的立在胡同口，厨房里月华烧着火，温着凉了的晚饭，炊烟从烟囱里冒出来，往胡同深处弥漫，波浪一般的雾里终于闪出熟悉的影子。凤举脱口一句："感谢主。"

见月季回来，妹妹们相继伸出小手，指着月季笑了起来。凤举捏着月季头上的乱草，心疼道："你可算回来了，地种了几亩？"

"还有多半。"月季疲惫地喝着稀饭，凤举一边哄着闹瞌睡的月红，一边把盆子找出来，唤着月霞洗脚上床。

月华立在一旁道："我写作业去了。"

"你写去吧，一会儿我刷锅。"月季打着哈欠吃着饭。

天黑透了，月季在院子里打着井水洗碗，又求告着：第二天太阳还得出来呀，俺家的地还没种完呢。

月季洗着碗，看到大门口闪着一个黑影子，心里吓得直咯噔，莫不是回来得晚，在地里遇到了不干净的东西，跟着回家了？

月季不怕人，也不怕鬼，站起来问："那是谁呀？"

浓重的夜色里，黑影子一动不动。

"我去看看那是谁！"黑影子背对着月季，月季听出人的呼吸，惊恐归于平静，"你是谁？你站门口干啥？"

黑影子不回头，不吭声，月季想走到他前面去看看，黑影子却先她一步迈了腿，朝着胡同幽深的方向走去，月季本想大声训斥一顿这莫名其妙的人，但又顾虑着不想吓到母亲和几个妹妹。

硬着头皮跟出去，黑影子似乎有意等她，步子迈得时快时慢，月季快跟不上了，黑影子就停下来等。

"你到底是谁？"月季喘着气问。

"你过来就知道了。"黑影子终于吐了话，年轻男人的声音惊得月季心跳加快，跟着鹰一般的黑影子，一直走出了村庄。

村口桥头下，月季停住，黑影子站在桥上，也停了下来。

"你到底是谁？鬼鬼祟祟干啥？"

"你过来看看就知道了。"黑影子轻笑一声，仍不回头。

"你要是再走呢？"月季生气了。

"我不走，再走就是狗。"黑影子转过身，月季认了出来，原来是志伟，虽从未和志伟说过话，但毕竟是同村人，月季舒了一口气。

"是志伟呀，你干啥呢？"月季笑起来。

听到月季的笑，爱神的罗网在志伟心里猛然间就张开了。月季一步步走上桥，志伟的心被强烈的渴望震撼着，嗫嚅着嘴唇。

"有个邻庄的男的，托我来喊你。"

"哦？那是谁？"

"你去了就知道了。"志伟说着，往桥下走去，月季又一次相信，跟着他的脚步，缓缓走进村外的树林。

黑色的树林，月季越走越害怕，追着志伟小跑起来，想抓住他问问，到底要干啥，志伟听到她嗒嗒嗒的脚步声，也小跑起来，流萤飞舞，蛐蛐和不知名的小虫吱吱地叫着。

坟头林立的老树林里，一身白衣的月季飞奔着，喊着志伟的名字："周志伟，你到底想干啥？你要我是不是？"月季生气了，忽地站住。

一阵风吹来，撩着月季的头发，瘆得月季脖子一凉，起了一身鸡皮疙瘩。树林不见五指，志伟不见踪影，月季转身，比鬼更可怕的终究是人，月季后悔起来，志伟打人不眨眼，杀人定是也不眨眼，灭顶的恐惧让月季浑身战栗起来，又一阵风吹过，月季哭了起来。

只有流萤的树林，怕是不会有第三个活人了。

"你这个骗子。"月季哭着，身后突然伸出一只温热的手，颤抖着搂住了月季的腰。月季吓得腿一软，靠在了身后人的怀里。

"对不起，我白天忙了一天，顾不上帮你种地。"志伟环抱着月季，吻着她的头发。

第一次被男人拥抱，月季不敢再哭，耳朵听着他温热的呼吸，依靠着他的肩膀，莫名的悲伤刺进心里。依靠是什么，月季不知道，二十年的人生每天都像是刚开始，却又每天像是在走着绝路。

七岁学会蒸馒头擀面条做家务，十二岁去地里除草撒化肥，十六岁跟着父亲出车拉砖，被人讥笑了几回，父亲就再也没让她出去，几年来除了帮母亲带妹妹们，又东跑西跑去各村找活干，包月饼、包饼干、包糖、织地毯、做草帽、做皮鞋，十里八村的活计干了个遍，可自己的家，依旧过得愁苦悲戚。

虫萤的声音仍在周围，却让人听不到。

"我不比别人好——"月季突然挣脱。

"最好的都在你身上了。"听着背后的声音，月季跑出树林。

半夜回到家，凤举坐在屋里，青着脸问道："你上哪儿去了？"

月季红着脸不说话，凤举又道："你不吭气就成了吗？你到底干啥去了？"

"我干啥都得跟你请示吗？明天还要去种地，我睡去了。"

"你可算有功了，说不得。"凤举把蚊香点好，不再多问。

8. 交换

第二天刚到地头，天就下起了小雨，种地的人纷纷提着麦种往回撤。月季一人坐在拖拉机上，久久地等候，望着田野里辽远的地方，心神恍惚起来。昨夜树林里的一切好像已过去，又好像依旧存在，月季摸着被志伟吻过的头发，爱情也不过是做做样子。

突然一声口哨，月季看到她等的人正从远处赶来。

志伟骑着自行车，带着浩浩荡荡一行青年，在田间被小雨淋得黑亮的路上，飞一般驶来。

种完地，细雨还未停，但在遥远的天际，却露出一抹晚霞，白色如云的月亮如梦一般浮了出来，几颗星星站岗似的守在天边，月季拎着白色塑料壶哗啦啦倒出清水，青年们嗷嗷叫着伸出泥手抢着来洗，志伟摘下湿漉漉的草帽，望着满脸通红不敢看自己的月季。

"出着月亮下着雨，河里漂个大闺女。"月季说着语无伦次的话，脸颊一片绯红。

志伟帮着冯家种地的事很快在村里炸开了，凤举却是最后一个知道的，她只觉得闺女有点不正常，不再像往日一样守着家，天天吃过晚饭就抱着月红串门子去了，半夜三更才抱着睡着的月红回来。

又一个夜晚，凤举剥着手里的苞谷，眼睛一刻不离地盯着月季，刚放下苞谷穗子去厨房舀了一瓢清水喝，月季就又不见了踪影，凤举问埋头写作业的月华："你姐上哪儿去了？"

"放火去了。"月华手写得飞快，头也不抬。

"放火？她放的啥火？"凤举跳了起来。

"她说她辣椒吃多了，上火了，得出去吹吹风，放放火。"

"不要脸的闺女，她放的是邪火吧！看我不逮住那个赖货剥了他的皮。"凤举耳边嗡着连日来的闲言碎语，蹬着一双黑布鞋，就去了志伟家。

隔着半人高的破败土墙，凤举一声声喊着："月季——"

志伟的爹周老倒从屋里慌张跑出来，黄鼠狼似的伸着小脑袋，哑着嗓子问："您喝罢汤啦？有事？"

"老倒，你把俺闺女放出来。"

"睁着眼睛说梦话，俺啥时候见过你闺女？"老倒赔着笑。

"打定了主意是吧，呸，别做梦了，快叫你那没出息的流氓儿子出来，把俺闺女还给我。"凤举怼着老倒。

"你闺女大门都不曾踩过俺家，不信你进去瞧瞧。"

说着，院子里的黑狗跑了出来，冲着凤举不识好歹地汪汪起来，凤举怕狗，跳着脚躲到墙根，骂着："老倒，你别说屁话，快点叫俺闺女出来。"

"俺家只有一地苞谷秆子，没有你闺女，你自己进来找吧。"周老倒快快地进了屋，黑狗围着凤举跳了几圈，摇着尾巴也进了门。

凤举不敢进周老倒的家，又咽不下恶气，撮着墙缝一个猛子上去，骑在墙头上，左邻右舍跑出来看热闹，夜风吹着墙头的草，凤举揪着屁股下的荒草，一把把往下撒着，一声声骂着："老倒，你这个独眼龙，你快把俺闺女放出来。"

村头的西边，无人问津的破窑洞前，志伟怀里抱着月季，月季怀里抱着月红，志伟的嘴贴着月季的脸，呵出令人心跳的热气，月红早已在大姐怀里入睡，月季像是什么反应也没有，竖着耳朵抱着月红站着一动不动。

"有了今天，难保还有明天。"月季轻声说。

"你是我的全世界，要明天做什么。"

"跟你说这话，就像对着空气说，啥用也没有。"月季说。

"我知道你的心思，但我顾不上有这心思，俺家——"月季理智清醒，连日来母亲明里暗里那些带刺的话提醒着她，快乐不会久停。

志伟拥抱着月季，品尝着爱情的滋味，月季有多冷静，他就有多疯狂，但却在疯狂中一次次保持着克制。

"你帮我种了地，我——"月季迎接着他的呼吸，"以心换心，咱俩现在公平了。"月季斩钉截铁地说。

"你跟我交换？"志伟问。

月亮下面，月季站着，志伟蹲着。爱情让人流泪，志伟不是石头，要是交换，他还欠她太多。

夜空中一声凄厉，尖锐刺耳的口哨刺破苍穹。

"天呐，有人来了！"月季拍着怀里同样受了惊吓的月红。

"志伟——你领的哪村的妞？"对面的土坡上，两个青年拿着手电筒鬼使神差地冒了出来。

"哎呀，还是个小媳妇儿，叫俺过去看看。"青年们缓缓走来。

"不准看！"志伟腾地站了起来，来人登时止了步，悻悻离去。

"怎么办？"月红哭起来，月季哄着拍着。

"人家回去肯定乱说，开了这个坏例子，咱俩长不了。"

月季抱着月红跑回村，留下志伟在窑洞前惘然迷失着自己。

月季嘴里说着决绝的话，心里却和他不能分离。志伟啊，要是你真是个顶天立地的男人，你就快一点顶天立地吧。

月季思量志伟的能耐，论打架来说，十里八村，还没人敢对他说个不字，若是有了志伟做依靠，至少不担心她一家老小受人欺负，至于赚钱的事，志伟才十九岁，也保不准以后能发达呢。

高瞻远瞩的月季心里一横，盘算着回到家里如何摊牌。

"笑话！"凤举和出车回来的冯得春商量半夜，总结出一句"笑话"。

"就他那欠了一屁股债的家，擦干净屁股都得几十年，咱闺女嫁给他，喝水吃风？"凤举把月季的门哐啷一声上了锁，坚信自己的眼光没有错，冯得春自然也不同意，但年轻人的天谁说得准呢？看那志伟也是个有能耐的，别的不说，单说给他娘做棺木这一桩事，就让冯得春的心活泛了一点。凤举看透了丈夫的心思，将平日那些八竿子打不着的孬事都往志伟头上扣，月季被锁在屋里，贴着门仔细听着，听见她娘说出一句不靠谱的，就扯着嗓子喊一句："那是没有的事！"

志伟满村转了几天，不见月季的面，死了一样的月季突然消失得连影子也找不到，志伟不好大着胆子去冯家要人，只好夜里爬上冯家的瓦房，趴在长满野草的瓦檐儿上，听着里面的动静。

整齐而杂乱的冯家院子，到了晚上就成了蛤蟆坑，月霞和月红打着架，月华兴冲冲地刷锅洗碗，嘴里嘟囔着她还有多少作业没有做多少课文没有背。凤举只和冯得春吵着嘴，一声声"靠不住""跟着他吃风啊"。而他朝思暮想的月季，仍旧连个影子也不见。

一次见不到，还有两次、三次。志伟夜夜趴在冯家屋檐上等着，没有任何隔音的老瓦房里终于传来了熟悉的声音。

"俺永远是大姐最忠诚的朋友。"是月华的声音。

"嗯——"月季嘴里塞着吃食，绝食十几天，没把她饿死，功劳全在二妹。

哪怕只是一声"嗯"，也让志伟的心终于落进了肚子里。冯家村里最富攻击能力的少年，被爱情惹得坚强都成了回忆，软弱地趴着。

"挑好的先吃，大姐，你别光吃馒头。"月华说。

"吃完差的，剩下都是好的。"月季嚼着东西。

"我去过他家，比咱家还破呢。"月华说。

"跟着喜欢的人，住哪都是皇宫。"

"你见过皇宫？皇宫长啥样？"月华嘲笑她姐。

"皇宫——跟县城里那些大酒店差不多吧。"月季苦笑着。

几夜的测试，志伟摸清了冯家的路数，凤举会在半夜把门打开，怕月季在屋里拉屎撒尿，第二天再锁上。

至于月季是怎么跟着那个流氓无声无息从家里跑出去的，凤举想不通，为了防她那手脚麻利的闺女跑，连墙头都让冯得春扎满了带刺的枣树枝，大门锁了两道，日防夜防，到底还是叫她跟男人跑了。凤举脸上那些本不明显的皱纹一夜之间就深得像水沟，只有冯得春还沉得住气，使唤着几个侄子找了几天，侄子们又都摇着头回来。

"罢了，她活不长久了。"凤举哭着，捏着手心里月季跑时留下的字条：别找我，就当我死了。

凤举拿着字条冲到周老倒家，骂了周家祖宗十八代，骂完了又哭，可怜起她的闺女来。

"主啊，火神爷，这孽障到底跑哪儿去了，只有你们知道。你们也得跟着她跑啊，可要保佑她，别回来是个没气儿的冷人。"凤举日日夜夜祈祷着。

9.帮车

家里跑了人，剩下的人还要吃饭，冯得春又开着小拖出车了。凤举洗着衣服，"儿子病"又犯起来，要是有个靠得住的儿子，那不听话的孽种，哪怕死在荒山野地，她都不会掉一滴泪了。

月季跟着志伟没有去荒山野地，先是在隔壁村里的废窑洞里躲了一夜，第二天就真的去了皇宫般的大酒店。县城里，志伟带着晕车吐得嘴唇发白的月季买了一些橘子后，走到一个辉煌的酒店前，月季看着明码标的价钱，死死拽住志伟，一面说着："人人都睡过的床不干净。"一面又说着，"我不要这虚的，住一夜也带不走。"

月季哄着志伟，好不容易才把他拉走，县城里逛了一日，月季千挑万选，选了一件最便宜的粉红大衣，志伟的兜里已经见了底。

月季一路恍恍惚惚，赶着最后一班进村的车，同志伟一前一后又回到了窑洞里。废弃的窑洞黄土稀稀松松，荒草堆着洞口，像一张动物的大嘴，志伟先进了窑洞。

"我不进去——"月季朝里面喊。

"为什么？"

"进去给你当老婆使呀？我才不进去。"月季羞红着脸。

"那你就在外面站岗吧。"志伟当真不出来，月季就干站着，志伟忽地跳出来将她抱起，月季搂着志伟的脖子问："这窑会不会塌？"

"那得看运气了。"志伟吻着月季的脸。

"我可不能死，我家的事还多着呢。"

"我死也不会让你死。"志伟亲着月季的眼睛，却亲到了眼泪。

"我又没真死，你哭什么？"志伟抱着月季，坐在土窑的墙根下。

"要是下雨咋办？这里要是流成了河咋办？"

"那也不怕，我会水。"志伟说。

"你要是死了，俺家就真成绝户头了。"月季悲戚道。

"我是你家的？你不是不给我当老婆使吗？"

高冈上的窑洞离天最近，狂野之上，玉宇清明，月光徘徊着斜进洞口，志伟将心爱的人抱在臂膀里，"睡着"的月季心怀着责备，眼前浮现出离家后的情景，头发花白的父亲满村寻找自己的时候，是不是又被人笑作绝户头。

二十世纪九十年代的农村，冯家村里的绝户头自然不止冯得春一家，人以群分，生不出儿子的女人们喜欢亲近"同类"，一身"儿子病"的凤举，自从月季私奔后，"病情"日益严重，整日抱着月红和一个叫播娘的"同类"女人各村流窜，打听奇奇怪怪的生子秘方，这才上演了一出三更半夜吃白公鸡的大戏。

秘方没让冯得春得到儿子，却让他失了挣钱的活路，冯得春只得独自走远路去拉煤，装煤卸煤不说，矿上的那个叫小成的老板还横竖看他不顺眼，偏让他等到最后。冯得春开着破旧的小拖在风雪里赶路，遇到逆行的车辆，强打着力气磨方向盘的时候扭了腰。

"都是你惹的好事！"凤举拿着膏药在蜡烛上烤，烤得膏药软了，"啪"的一声糊在冯得春的腰上。

"你还跑呀？跑到天上去！"凤举骂着月季，"把你能得全世界也装不下了！"

私奔回来的月季自知理亏，蹲在院子里打着温井水给妹妹们洗衣服，任凭她妈怎样骂，都不再还嘴。

月季洗着衣服，裤裆里一股热流，冲了手上的洗衣粉，跑厕所脱了裤子一看，来了例假，回屋叠了几层卫生纸。

"妈，我身上又脏了。"月季穿着白裤子蹲在地上继续洗衣服，凤举没好气地瞅了她一眼："大过年的，你跟个蜡似的一身白，还叫不叫咱家过年了！"月季也不还嘴，回屋又找一条黑裤子。凤举见她穿着一条黑裤子，更不顺眼："你穿那黑裤子干啥？下黑上白，多吉利？"

月季知道自己气得爹妈动了大气，当真不再像往常一般顶嘴。

年关将近，月季闻着各家各户炸鱼炸鸡的油香，盘算着家里的生计，且不说生儿子、盖新房子这两桩大事，就是平日里一家六口人的开销，也得把她爸的腰杆子累断，要是爸爸的腰没伤着，年前倒是挣钱的好时机。

冯得春在家养了几日，腰伤渐渐好转，强提着劲又要出车了，算好时间，第二天出发，年三十还能赶回来吃顿饺子。月季给家里使不上大力，只好悄悄使着小力，听到镇上有收头发的，就拿着剪刀剪去留了十几年的长发，提着黑溜溜的马尾，去镇里卖了一百块钱。剪了短发的月季穿上父亲的一身旧衣裤，冷不丁一看，宛如清秀少年。

冯得春出车的前一天，月季全副武装好，求着爸爸带她出车，冯得春终究拗不过，同意月季跟着出车。

可自打冯家村有了小拖赚钱这个活路以来，见过半大小子跟着老子帮车，也见过泼辣媳妇跟着自己男人帮车，谁曾见过大闺女帮车的？别人都是雄赳赳气昂昂的父子兵，而冯得春却带着个细胳膊细腿的大闺女。冯得春心里既疼闺女，又怕被人笑话。

漫天星辰的村庄，庄稼人的窗户一扇扇亮起来，种地之外，都千方百计地寻着活路，凌晨三点，月季跟着冯得春上了车。

一行行小拖鱼贯排列，砖垛垒得重重叠叠，冯得春开得缓慢，尽量和那些父子兵们拉开距离，月季带着灰扑扑的帽子，生人看不出男女。又一次出车，月季站在后边兴奋异常，叽叽喳喳地跟她爸说着话，冯得春却不应她。

"爸，你是不是还生我的气？"月季扶着车栏，趴在冯得春耳边大声喊，冯得春依旧不应。

"你是觉得我哪儿不好？"月季又问。

"你样样都好，是我没能耐，我生我自己的气。"

月季听出父亲的话里藏着自责，又想起志伟，可志伟在哪里呢，自打上回在胡同口她同他撂了狠话，志伟就再也没出现过。难道他就这么狠心？但在月季的心里，悲苦和欢乐都不会久留，能久留的，只有自己的家。

"闺女，下辈子投胎先揉揉眼，挑个有本事的爹妈投。"

"你和我妈就最有本事，俺们都是排着队来投的。"月季大声道。

"长大你就不这样想了。"

"现在咋样想，长大也咋样想！"

月季的话终于让开着小拖的冯得春笑了。

"看看男女有啥不同？人家月季都上路帮车了。"一路怕人笑话的冯得春却听了一路夸赞的话，心里舒展起来。

"我把心挖给了你，你却说要我走，这真是一个笑话。"志伟靠着村头一棵老树，枯死的树干上笼着薄雾，志伟咬着牙，准备把那个没良心的女人从脑子里赶出去。棺木已刨出了形，青年们和他一起靠着老树休息，见他闷闷不乐，也不敢再提月季二字。

后来的日子里，志伟也见过月季几回，但回回见到她，她都忙得恨不得飞起来，志伟追着问她："这几天都干什么去了？"

"我挣钱去了。"

"我们啥时候再在一起？"

"我没有空，俺家的房子还漏着呢，明天得找人修房子。"

"这都怨我——"

"跟你有啥关系？你自己的家都顾不住呢。"

月季狠过了头，志伟也绝不是死缠烂打的种，平平静静地听她说完，低着声音问："你家的事我撑不起来？"

"你先顶住你家的事再说。"月季毫不留情。

志伟知道失去爱情的根源，给他娘做好棺木后，就撇下跟着他混的兄弟们，提了几瓶好酒，进了他远房亲戚的预制板厂。

十九岁的少年，事做得滴水不漏，很快便得到他那个远方叔叔的赞赏，失去爱人之痛的志伟心也越发狠起来。他叔刚给了他几天管事的权力，他就二话不说开除了几个年长他二十多岁的中年男人，被开除的男人常年浑水摸鱼，他叔早看在眼里，只是碍着同乡的面上，留着情面留着人而已。志伟大刀阔斧地除去了寄生虫，他叔别无二话，就是苦了志伟，被开除的男人们夜夜摩拳擦掌蹲在村口，单等着志伟一个人出来，上去结结实实捶他一顿。

10. 拉煤

月季跟着冯得春一路风尘，走了两天赶到煤矿，正赶上头几次为难冯得春的小成在犯愁。小成财大气粗，又喜欢接触三教九流，跟一个黑社会的头目喝了几次酒，人家就说要用他几吨煤。可跑车的都是下苦人，一听说跟黑社会打交道，纷纷避之不及，就算小成每车加了双倍的钱，下苦的出车人依然纹丝不动，统统在路边排成一条龙，只等着拉自己的"平安煤"。

描龙画虎的小成挽着胳膊，踩着雪在矿上转悠，月季一眼看到他胳膊上的文身，想起志伟来，想起一句"仗义每多屠狗辈"，于是悄声跟冯得春说："爸，咱去吧。"

"这可不是你热心的时候，强出头，让人笑话。"

"到了这里，可都是人家说了算。"月季说。

"那是真的，这矿是他的。"

"那就是了，给他办事，谁敢笑话？那可是双倍的钱。"月季继续说。

"是牛是马都有自己的分寸，咱有力气去干，怕没那福气去要钱。"冯得春知道他闺女的狠劲儿，又高兴，又担心。

"爸，这可是个机会，人家都坐在鼓里，咱可不能糊涂。"

头上顶着雪，月季的话越说越烫，冯得春还在犹豫的时候，月季忽地跳下车，举起胳膊朝小成喊："老板，我们拉。"冯得春只得附和着站起来，朝小成点头赔笑。

"好！给他挂上牌子，路上所有路口免费。"小成没仔细看月季，只当她也是个跟着老子出车的小苦力，长得皮肉二两重，还挺有骨气，小成没再说什么，一个劲地就拿着手机打电话。

月季第一次见到手机，如此简单的小黑匣子，竟能隔空与人交谈，得花多少钱才能买得起，月季不敢想。

带着小成发给他们的"黄牌"，果然畅通无阻，几天几夜过去，除了睡觉的时间，冯得春和月季无暇闲说一句，紧赶慢赶，在限定的时间内完成了所有任务。

父女二人一身煤黑，脏得看不出原来的样子，最后一车煤拉完，月季拽着冯得春去小成办公室要钱，冯得春迟疑不前。

"哪有下了车就伸手要钱的？"

"爸，挺挺腰板，咱把活干得这么好，哪有不来报告的理。"

小成的办公室里，青龙白虎卧在桌子上，背对着月季父女的小成眼窝里眯着水，依旧打着电话。穿西装的年轻男人进来，瞧见月季父女，小声道："你俩不懂规矩？谁让你们进来的？赶紧给我出去！"月季推搡不依，冯得春和年轻男人一起拉着她的胳膊往外拽。

"乱纷纷的干啥呢？"光着头的小成看着一身漆黑的月季父女问道。

"事先说好的，拉完煤就给钱，俺和俺爸来结账！"月季站得笔直，声音清清脆脆。冯得春心里敲锣打鼓。

"你是个女孩？"小成惊得睁大眼睛，揉揉眼窝里的水。

"老冯，这闺女是你家当家的吗？"小成示意年轻男人出去。

"老板，是的，这是俺闺女，还小着哩，说话总是太满。不急着要钱。我这就把她带出去。"冯得春赔着笑。

"下苦的人，心情可以理解，煤都拉完了吗？"小成挠了挠头，拉开抽屉拿出几盒烟，朝冯得春扔了一盒过去，冯得春慌乱接住。

"拉完了，一车也不欠。"月季说。

"噢，干得不错，老冯，你有福气呀，带着个精兵悍将。"

听小成夸赞，冯得春的腰杆子登时高了一大截，咧着嘴笑道："她是个烈性子，从小说一不二，要是个小子就好啦。"

"女孩能干，更好。"

"你越这样说，她越上劲呢。"

小成点着烟，又把打火机扔给冯得春，似乎还有什么话要说，又抬手看看腕子上的表，伸手拉开抽屉，拿出一沓子钱，把刚才出去的年轻男人唤进来，交代着："黄牌子以后就挂老冯车上。以后再装煤，见到老冯的车让他排第一位，谁在前头挡着，就让谁后退。"

年轻男人鸡啄米似的点着头。

"谁不后退就把谁的车砸了。"小成补充着。

小成一系列的阵势让月季激动，爸爸常年在镇里拉砖，半年下来，还不如在这里拉几天煤，要是在这矿上拉上几个月的煤，她家的老瓦房盖成新楼也不难指望了。

"我还要去别的矿上看看，你俩洗洗澡，在矿上食堂里吃个饭。要是还有别的需要，跟他说一声。"小成指着年轻男人道。

揣着一沓子钱，月季看不出有多少，冯得春拉着月季匆匆下楼："只多不少，多得太多呢。"

清点着怀里的钞票，冯得春按捺不住激动："闺女，咱家的房子有砖啦，这些钱足够买几万匹大红砖呢。"

洗过澡的月季又露出了明媚模样，烂漫的年华在少女的脸上肆意洋溢，月季走在矿上，下苦的拉煤人目睹着漂亮的假小子，都移不开目光。小成出了矿厂，又忘记带皮包，开着车掉头一回来，月季的明目皓齿就浸透了他的眼窝。

冯得春还在吃饭，小成和蹦蹦跳跳唱着歌的月季撞了个满怀。

"小鬼，你的嗓子眼太小了，唱的歌我听不清呀。"

"那您给我找个话筒，我站桌子上给您唱。"

"我今天没带话筒，下次你再来吧，不用站桌子上，我给你找个最大的话筒，也给你找个最大的舞台，让你负责唱歌。"

"啊，谢谢您，我唱的都是低级的——"

"我可以终止你的低级——"小成的眼眯成一条缝。

"你爸真有福气，我就没你这样的闺女！"小成伸出大拇指。

"您有孩子吗？看您还很年轻呀。"

"有一个，马上也有第二个了。"

月季听着小成的话，眼瞅着他手里的皮包，不知里面装了多少钱，想起村子里出现的偷盗，不禁为小成担忧起来，红着脸说："您这么有钱，可要小心点呀，遭了劫咋办？"

"遭劫？哈哈哈，矿上的钱，就算贼用车拉，三年也拉不完呀。"

小成说着话，手机又响起来，从车里拿出一包茶叶，塞到月季手里，示意是给她爸爸的。月季推搡着不敢接。

"我都是空着手来的，哪好意思要您的东西。"

"那你下次再来的时候给我补上。"小成回头说。

"我家有点穷，没有东西拿得出手，我下次来还是一样空着手。"

"你来就行，空着手也行，最好——自己来。"小成被手机里的声音催得连连摆手，硬将茶叶塞给月季，开着车出了矿厂。

仰慕强者的月季带着难堪的表情，望着车尾的白烟，心里一阵激动，又想起她的志伟来，亲爱的志伟，你也会有这一天吧？

回去的路上，分秒不虚度，冯得春开着挂了黄牌的小拖哼着小调，抽着烟，月季心里脑里全是那个光头小成给她掏钱的样子，要是她的志伟有一天也有这样的能耐，她一家可就真有了顶天立地的靠山啊，得意的月季揣着茶叶在车后头唱起了大戏：

> 出府来吹的是百鸟朝凤，
> 一路上吹的是鸾凤和鸣。
> 文状元来迎亲那个满城惊动，
> 这个说新女婿长得好相貌端正，
> 那个说新媳妇长得好多么水灵。

月季的歌声惊扰了田野的宁静，路过曾经和志伟幽会过的窑洞和树林，月季的心血又激荡起来，而志伟，也在用他的行动证明着自己的赤诚。月季和冯得春不在家的时候，为了让凤举母女几人睡得踏实，志伟夜夜怀里揣着斧头睡在冯家门口，莫说是贼不敢走近半步，就是惦记着把厕所盖到二叔家的冯县关，也悄悄收了心思，招呼着人，在自家院子里挖起了粪坑。

好事结伴而来，过了年冯得春和月季把几万匹红砖头垒了一院子的时候，凤举母鸡似的扑着双臂飞奔进屋，找了一根棍儿将大门抵住，扬脸瞅着垒砖的父女二人，露出非比寻常的笑容。

美妙的春天里，迎春花和四季常开的月季花一起吐着芬芳，凤举仰着脸，眨着忽闪闪的大眼睛，说："我怀上啦。"

11. 喜事

到底祖宗显了灵，年前的那一夜没有白忙活，凤举几近暮年的身躯里又一次孕育了希望。月季和冯得春蹲在砖垛上，惊得张大了嘴，月季想对终于又怀了孕的母亲说点什么，几只迎着春风的麻雀呼呼啦啦从树梢飞了起来，冬天残留的几片枯叶被震下来，落在月季的头上。春日的空中荡起刺耳的噪音，像是什么大型机器发出疼痛的尖叫，噪声过后，一个妇女的咳嗽声从天而降。

"都在家呢吧？都听着啊。"妇女咳嗽了一下。

和全村每一户人家一样，冯家上下都仰着脸，凝视着蓝色苍穹。

"通知孕检——所有的已婚妇女，别管年龄多大，明天晌午吃罢饭全部到村支部，例行孕检。

"再说一遍，所有的、已婚的，明后两天时间，凡是没有来的，都是有问题的。

"已经怀孕的妇女，出门带上准生证，你买菜也好，串门也好，务必做到证不离身，以免抓错人，耽误事。"

喇叭机械重复，和往年一样，这样的通知不念几十遍是不算完的。

终点又成为起点，月季一家又陷入困境，夜晚的野猫在窗外哀叫，月红在凤举怀里叼着奶头睡去，身体被凤举的胸膛夹扁，只露出半个红脸蛋，在母亲干瘪的乳房前依偎着。凤举哭肿了眼，冯得春的老娘终于进了院，七十岁的老人头顶着一块蓝手巾，慌张破门而入。

"家里没出啥乱子吧？"冯老娘问。

"听喇叭上吆喝，吓我一大跳，怎还有心坐着呢？还不想办法？"冯老娘说着话，冯得春一家沉默不言。

"该来的不是每年都来吗？妈，也不用哭成这样。"月季端着冒着热气的米汤，递给凤举，凤举摇头掉泪。

"谁想去谁去，反正我是不去。"凤举说。

"你不去，那告阴状的会饶了你？"冯老娘急得跳脚。

"老天爷咋不收了这群人呢，半年来一趟，还叫不叫人活了。"

"说是让去检查，捉住就是引产，万万不敢去。"冯老娘说。

空气成倍紧张起来，月华站在一边拼命地咬着指甲，冯得春打发着月季带妹妹们去西屋睡觉，月季突然想起母亲肚子上的那条"蜈蚣"，眼睛转一下，说："妈，你不是结扎过吗？这才俩月，他们能看得出来？露出肚皮叫他们瞧瞧，就说结过扎了。"

月季一句话，说得愁云飘散，冯老娘坐了下来，冯得春低头划了一根火柴，抽起了烟。

月季带着妹妹去西屋，走到门边，回头看了一眼，堂屋里昏黄的灯光下，母亲摸着自己的肚皮，将耶稣和火神爷都搬了出来，跪在地上双手合十。

排队孕检的妇女黑压压一片，村大队的门口拉着血红的横幅，赫然写着：该扎不扎，株连全家；该流不流，扒房牵牛。

生过儿子的女人们眉飞色舞，凤举抱着月红挤在人群里，故意装着笑，接着女人们的话。

"俺媳妇就是会生，让她生闺女，她就生闺女，让她生小子，她就生小子。"一旁抱着孙男悌女的婆子们互相攀比。

"人呐，只要不做亏心事，主会保佑的，要啥有啥。"

"放个屁都得显摆显摆。"冯老娘也挤在人群里，翻着白眼和人争论。月季拉着兴奋异常的月霞，拿眼瞅着凤举。

"靠主保佑的事，都是好事，咋不能显摆，丑事才没人显摆。"

婆子们的话气得冯老娘摘了头上的蓝手巾，瞪了凤举一眼，扒着人群挤了出去。

凤举真像自己做了亏心事，低着头露出凄惨模样。

"大蜈蚣"果真救了凤举，驻村的计划生育小组一掀开凤举的肚皮，瞅了一眼就呼啦盖上，伶牙俐齿的小姑娘尖着嗓音说：

"结过扎的快点下去，别磨磨蹭蹭，后面人还多着呢。"凤举提了裤子从床上滚下来，连滚带爬出了大队。

又换了一个世界，月季的心又饱满起来，快乐直升云霄，领着妹妹跟着母亲在村里走着，一路说笑。

月季一方面故意和母亲说笑，一方面警觉地四下回顾，进了胡同，凤举相信自己躲过了一关，夹紧的屁股终于松下来，肚子里那核桃般大的"儿子"算是保住了，凤举又画起了十字架，挺着肚子仰脸说："感谢主。"

转了弯，冯家门口堆的红砖垛安详地卧着，砖顶的麻雀们听见人声，扑着翅膀飞向远处，凤举和月季互相对视一下，母女二人会心一笑。喜悦总有限度，天底下没有一种幸运是绝对的，当凤举和月季欣喜地看着孩子们在门口追逐嬉笑的时候，冯家大院门口冷不丁闪出一个陌生男人，和正追着月红的凤举撞了个满怀，唬得凤举捂着小肚子一个趔趄，几近打滑摔倒。

"呀，这女人怀孕啦！"陌生男人冷着脸，瞅着凤举，"你没去大队检查？"

"你是哪里的人？你是干啥的？"月季慌着问。

陌生男人不应月季，伸出一根指头指着天说："要是怀孕，你这可是犯法。"

"你不能瞎说，俺妈根本没有怀孕。"月季硬着头皮说。

陌生男人仍旧伸手指着天："你妈要是怀孕，你们这可是犯法。"

"老天爷，看天说话，俺妈可是结过扎的，也检查过了。"

"我不看天，只看法。"

"妈，你赶紧掀开衣服给他看看吧。"月季慌乱伸手掀开凤举的衣服，露出凤举干瘪的乳房和那条狰狞的"蜈蚣"

陌生男人不瞧凤举的干瘪乳房，只拿眼死盯着"蜈蚣"，瞅了半晌，嘀咕着："别是一笔糊涂账吧。"

陌生男人终于挠头离去，月季和凤举站着不敢动，盯着远去的背影，心里都明白，怕是瞒不住了。月季给母亲整理着衣服，走远的陌生男人又突然回了头，远远地给了她们一个可怕的目光。

春日高照的院里，月季在厨房烧火做饭，火烧得越旺，心越如焚。孩子们也都很懂事地不再嬉笑，因为计划生育小组进村的大事，冯得春也无心再出车，一家人沉默着，等着。

饭做好了，谁也不愿张口去吃，凤举把筷子横放在碗沿儿上，掉着泪念一句："感谢主。"月华从村头小学回来，还不知家里塌天的大事，牵着不敢吭声的两个妹妹在院子里玩起来，拉着一个小板凳快快乐乐地唱着："小板凳，挪一挪，我跟耶稣坐一坨，人家问我弄啥哩，我跟耶稣说话哩。"年幼的孩子又笑起来，在院子里互相追赶。

月季坐在厨房里的苞谷秆子上，靠着被烟熏黑的墙壁，听着妹妹的歌声，终究搂不住疲惫，缓缓闭上了眼。

空无一人的家里，月季烧着火，案板旁的麻袋里咕咕咕咕地蠕动着，白公鸡又一次被装进了口袋，月季将一把把干草往灶膛子里塞，白公鸡死命啼叫，红光满面的月季急得焦头烂额，拍着麻袋说："你叫吧，叫吧，再叫你也不会说话，谁叫你生来就是阳间的一盘菜，你要有本事说一句人话，我就饶了你。"

"还是做鸡好，做鸡多简单呐，吃吃睡睡，到了不过挨一刀，做人才难啊，还要盖房子、生孩子……"

白公鸡不说话，墙根立的破席卷子却说了话，陌生的声音冰冰冷冷的："想不难容易得很呐，我有一条路。"

"什么路？"月季忙问道。

"这路又窄又长，有人光看看，有人走到头，有人走了一半，有人走十分之九，到头来……"

"到底是什么路？"月季打断席卷子的话。

"到头来，谁不是跟着我走。"席卷子说着。

"路在哪里呢？指给我看看。"月季站起来，走向席卷子。

"就在你眼前呀。"席卷子笑了起来。

"你妹妹拿的小板凳，你拿过来，踩上去，再拿一根绳子。往那梁上一甩，这路又长又窄，容易得很呢。"席卷子说。

"这真是一个好办法。"月季明白了，冷笑一声继续烧火。

"你说的是死路啊，也好，我愿意。"月季冷笑着，说着迷惑的话，"我还没出门子，死了也进不了祖坟，只能埋在地头，当个看地头的鬼，让其他鬼见了笑话，我还是洗洗澡，打扮打扮，当个好看的鬼吧。"

"好，你打扮吧，我等着。"席卷子笑起来。

月季也笑起来，死命往灶里添着柴火，铁锅里的水咕咕嘟嘟冒着泡，水烧好了，月季轻轻站起来，端起一锅滚油般的热水悄声走到席卷子边，席卷子催着："你可要快一点呀。"

"好——好死不如赖活着，你这吊死鬼，想要我的命？门都没有。"

呼呼啦啦，月季将一锅开水倒进了破席卷子，吱吱哇哇，鬼哭狼嚎，破席卷子成了一堆烟灰。

月季被一阵浓烟呛得咳嗽起来，挥舞双臂，挣扎着睁开双眼，粉红大衣被未燃尽的柴火烧了半个角，吓得月季尖叫一声。

死路原是大梦一场。

12.挪活

树挪挪死，人挪挪活。

月季哭着跟爹娘说完晌午做的梦，关键时刻冯得春拍板决定，带着一家老小奔别的活路去。可一家老小集体出逃，绝不像筷子那么直顺，既然风声已走漏，那就得越快越好，容不得世事变化无常。

天又擦黑的时候，月季的穷家已收拾完毕，大院门，堂屋门，都让冯得春和月季摘了去，扔在夹道里，凤举又找来两张破席，半卷着吊在两扇门上，只等天一黑透，就开着小拖举家出逃。

在预制板厂忙得焦头烂额的志伟又几天没见到月季，摸着黑提了一瓶白酒来冯家，万没想到却是人去楼空，望着门上的破席卷子，素来冷静的志伟心乱如麻，想到这两日计划生育进村的光景，心里也猜出了八九分，忧伤的志伟只好离去。

七天七夜过去，冯得春带着老婆孩子终于又一次出现在冯家村里，住了七天窑洞的一家人都瘦得脸窝子干瘪下去，月季坐在小拖露天的敞斗里，拍着身上的土，将凤举和妹妹们头发里的乱草摘去。计划生育的驻村小组终于撤离，村子里恢复了宁静，再也见不到一个慌张的妇女。

落花流水依旧，穿过僻静的桥头，月季远远望见离家不远的地方，志伟惆怅的影子，鸟窝般的穷家丝毫未损，几间老瓦房静如处子，月季迫不及待从小拖上跳下来，她所爱的一切，都还在等着她。

志伟远远地望着月季一家缓缓驶来，脸上的阴霾没有随着爱人雀跃奔来的身姿消去，在月季吊着破席的大门口，志伟不安地后退。

几万匹红砖不见踪影，抵了超生的罚款，冯家上下一片哀号。

"回屋睡吧，爸，妈。"月季肿着眼，站在空无一物的院子里，唤着爹娘。夜晚的星辰浮游在天际，隔壁楼房里又传来杯盏的叩响，满足于幸运开端的凤举拢着夹了白丝的黑发，在未吐芽的光秃秃的枣树下，再也掉不出眼泪。

"院子空了，头发白了，再挣这几万匹砖，得要了你爸的命。"

"院子空了，也是好事，弟弟在你肚子里，可该安心使劲长了。"

月季安慰着母亲。

"月季呀，若你真是个男孩，该多好。"凤举摸着短发的月季，自打剪了头发，她几个月来除了穿过一回志伟买的粉红大衣，整日里都套着父亲的旧衣，灰扑扑没了水灵模样，但月季的脸，终究是被青春支撑着。

几天几夜不能合眼的月季，在预制板厂外转悠了几个夜晚，看她亲爱的志伟和所有下苦的人一样，一身尘土，搬着百斤重的板子，月季贪婪地盯着志伟的脸，好把他从眼里印到心上。志伟的汗流在自己脸上，他不知道，在他看不见的地方，那些伴着尘土的血汗，都变成眼泪流在了月季的脸上。

志伟啊，你要长成顶天立地的男人，究竟还得多少年？月季无法估算，这世界，到处都是交换，看看吧，宅子要交换，妈妈肚子里的孩子要交换，甚至连她的爱情也得交换，老天爷，还有什么是能交换的呢？志伟啊，你慢慢长吧。

伸手不见五指的凌晨，月季又一次穿上了恋人送给她的粉红外衣，用香皂洗过脸，镜子里又浮现出动人的脸庞。

早春的空气清冷凛冽，冷清的院子里，月季洗过一家人的衣服，蒸好了一锅热气腾腾的白馒头，用她歪斜的字迹，在母亲给火神爷烧的黄表上写着：妈，衣服洗完了，院子里搭不下，你记得去屋后收衣服。

又一次逃离家门的月季，一个月后终于在凤举的祷告声里回了村，这十里八村最标致的一朵花，却是一个不幸的归人。

月季从矿上回来的时候，是一个礼拜日。

其实她一路上都好好的，进村后见到老的叫太爷、太奶奶，见了小的叫叔叔、姑姑，她还知道自家在村里辈分最低，一点也不糊涂。她不但脱去了那件至爱的粉红外衣，还打扮得十分时髦，穿着牛仔裤高跟鞋，短发烫得像个主持人，全村的男人争着去望，月季肩上的挎包圆鼓鼓的，比上一次离家出走回来时装的东西还要多。相向走来的冯家村人都迎着她热乎乎地喊上一句：

"月季，你回来啦？"没赶上和她碰面的人，只好瞧着她的背影哑着舌头念叨一句："这月季，当真是咱村里的凤凰啊。"

月季矜持地笑着，人问她，她不回答，机器一般向前走着。走到自家胡同口的时候，一拐弯，望见她那如鸟窝般的家，她就不正常了。

老猫趴在胡同口的枣树根上，月季依旧像见了老人一般，笑眯眯地弯着腰叫道："爷，您别睡呀。"老猫吓得一个猛子就蹿到发了芽的枣树梢上。

月季也不抬头看那受了惊吓的猫，依旧赔着笑，将本属于青春的脸挤出万条皱纹。

凤举又牵着几个孩子去教堂了，冯家空荡的院子里只有春风在摇曳，残花被风吹着，落满了屋顶和院落。

月季一步一步走着，迈着沉重的脚步，一步步走向大门口。邻家楼房里的母鸡带着一窝小鸡娃跑了出来，在门口的草窝刨个不停，月季望着那母鸡憨笑道："妈，你又带妹妹出来玩啦？"母鸡自顾刨着草，睬也不睬她一眼。

坐在空无一人的大门口，月季头埋在裤裆里，盯着绷得紧实的牛仔裤，带着让人看不懂的微笑，捡起地上的一根树枝，刮着干干净净的高跟鞋，要是志伟再看到她脚上沾了泥，又该招呼人去抬预制板给她铺路了，要是那样的话，他的手上又该磨出多少水泡。要是那样的话，她又该有多心疼呢。

锁了门的院子，月季进不去，只好又一次爬上墙头，但这一次，她却不去避开那些扎手的枣树枝，鲜血染满了墙头，月季翻不过去了。

进不了家门的月季使劲拍着门。

我的家，我在这里度过了二十年让人不安的时光。若我是一匹马，也情愿为你战死疆场；若我是一朵花，也情愿枯萎在你的地上。在这片片残躯的春光里，如果我已凋谢，也请你一定妥善地收藏，不要让这满目疮痍的身躯，再一次远离流浪。

月季哭着，卸下肩上的挎包，流着鲜血的手撕扯起来，她想拿出包里那些丰富的食物，和那足够再买几万匹砖的几沓子钱来，但拉链却卡着里面的绒布，死不松口。

月季不正常了。

她摇着头尖叫起来，声音吓跑了刨食的母鸡和鸡娃，引出一个愣头愣脑的傻媳妇，傻媳妇躲在墙角，伸出迷糊的脑袋，恐慌地望着眼前的景象，眼见月季先是把皮包抱在怀里撕扯，又举过头顶拉拽，皮带被扯断，饼干掉了出来。傻媳妇看着地上的饼干，忍不住探出身子，刚准备伸出手去捡，却被月季一声喝道：

"看什么看？滚！"

"疯子，谁要你的东西！"傻媳妇缩回身子，却并没有"滚"，悄悄藏在枣树后面，露出半只眼睛。

月季终于扯累了，胳膊耷拉下来，脸色更加苍白，对着脚下志伟给她铺的预制板，大口吐着气，鼻涕和眼泪流到嘴里，月季低下头，伸出血淋淋的手指。

鲜血流进嘴里，原来人的血竟然是甜的。

"我的血是甜的！"月季抬头，露出鬼一般的笑容。

傻媳妇吓得魂飞魄散，扑通一声坐在地上。

"原来我的血是甜的！你尝尝吧。"月季说着，一骨碌爬起来，向发了芽的枣树走去。

傻媳妇吓得挪着屁股往后退，黑色健美裤被预制板磨出了洞。

"你跑什么啊，四妞。"

"你吃了死孩子啦？"傻媳妇吓得尿了一裤子，被力大无穷的月季一把摁住。

月季骑着傻媳妇，终于将拎包扯开，杂物撒了一地：香油、香皂、衣服、项链、火腿肠、烟……傻媳妇还没来得及数一数还有什么，一抬头看见月季整个上半身脱得精光。

脱光了上身的月季没有了平日里的丽姿，露出骷髅般的肋骨，曾经美丽可爱的胸脯，此刻只有青色的血管在一层薄皮里流淌。

鲜花凋零也有一个过程，但眼前这个活生生的青春少女，却如一座华丽的楼房，一瞬间枯朽，曾经所有的辉煌都随着她扔掉的最后一件内衣，跌进了脚下的预制板。

傻媳妇在地上打了个滚儿，连滚带爬地跑走了。她必须把这个消息第一时间告诉月季的妈，还有她满村都知道的相好——志伟。

少年
阿加

第一章　辍学

出了正月很多天，山村的田埂还未发青，白天依旧很短，偶尔连续出几天太阳，那光辉里也满含着清冷。在镇子和村落之间，几座山和几条河还在一动不动地睡着，寒冷的季节未走远，万物仍旧萧瑟着，挂在跋山涉水求学的孩子们往返的所有路口。

14岁的阿加和同村的伙伴鹏鹏正在大山深处移动，巧妙娴熟地跳过那些丑得吓人的石头，两个孩子谁也不愿张口问对方什么话，作为同样交不起学费的同龄人，在对友谊的领会方面，同进同退是不言而喻的和谐。但这次返校，两个孩子之间出了一些模糊的间隙——鹏鹏的家里突然有了救星，在外打工的姐姐寄了一笔钱回来，堵上了他学费这个窟窿，而可怜的阿加却没有这样一个姐姐。

好朋友的背包里除了干粮，还装着学费，他的笑声就不再和往常一样了。鹏鹏一面拨弄着枯草一面吹着口哨，一言不发的阿加抬起眼来，凄怆地说：“你别吹了。”

“我做什么事得罪你了吗？”

“没有——”贫穷让阿加失掉了勇气，变得软弱而敏感。

“学校贴的通知是截止到下个星期，还有很多时间。”

“别说这个了，让我透一口气吧。”谈到学费，让阿加更为生厌。

一路上阿加想着鹏鹏那个神通广大的姐姐，又想到自己的父亲；一个在外打工两年的女孩就给家里开了天窗，一个在田间无益地消耗了一生精力，到头来却连他的学费都交不起了。要不是父亲几年前学了泥瓦匠的手艺，勉强让他读到了初二，他上学这件事小学就会截止了。强烈的对比，让阿加觉得，务农是天下最愚蠢的工作，而外面的世界，挣钱的门路应该比这重重叠叠的荒山还要多。

出去闯荡的念头晃动着阿加的神经，一路穿过崇山峻岭。

到了镇子上的学校时，荡气回肠的铃声刚刚响起。

那个辍学的孩子从城里回来后，随着下午返校的学生也溜进了校门，学生们在校园里见到他，顿时静成一团，辍学的孩子穿着所有人都意想不到的衣服——印着骷髅头的黑色夹克，宽大的牛仔裤。他没有跟任何人说回来的意图，也没有做任何动作，但时髦的装扮已经让所有学生一致认为，他一定是去过了天堂。

"上课了，你们都没有听见铃声吗？"阿加的老师陈文胜背着手走来，但没有人听见他的呵斥，仿佛整个世界都凝聚在那旗帜一般的骷髅头夹克上，阿加和鹏鹏也游蛇一般跟着那个"不良少年"。

"学校已经没有你的位子了，你还回来干什么？"陈文胜双臂像一把钳子，撇着人群。

"回来看看，也想回来跟你说一句话。"辍学的孩子带着微笑，从裤兜里掏出一包香烟，向陈文胜递去，惊得他一下慌乱起来，他想：这孩子该是在外面吃尽了苦头，特意回来表示

126

悔意的吧。

"你教的东西，我在外面一个也用不上！"傲慢的孩子说完这一句，竟还伸出一根小拇指。

"学校是文明的地方，不要在这里蹦来窜去。"

"我只是回来看看我的朋友。"那孩子朝阿加瞥了一眼，露出一个坏笑，阿加碰到那笑容也礼貌地回赠了一个。

年过半百的陈文胜扶着鼻梁上的镜框，气得眼前一片虚无。而穿着补丁衣服的少年们却直愣愣地盯着那孩子的背影，羡慕到无以复加的程度。直到进了教室，脸上还带着恍惚的神情。

晚自习的课堂，学生们还在议论着那件黑夹克。陈文胜敲着桌子，课堂终于安静下来，学生们看着他寒酸的装扮，沉默中仿佛异口同声在说，看看吧，你耗去半生精力混成了什么样子。

"你觉得他很威风吗？"陈文胜特指了一下还没缓过神的阿加。

对于老师的责问，阿加一向不会还嘴，只羞着脸沉默。

"该上学的时候混社会，不相信知识，只能多行不义必自毙！"

这个时候在学生们的眼里，陈文胜的话成了强词夺理。

"作为农村的孩子，如果不好好学习，盲目地辍学出去乱闯，只会是搬石头砸自己的脚，不但砸了自己的脚，也砸了自己的路。羽翼未丰就出去乱飞，那未来的路，一定是走向灭亡。"

千篇一律的教诲，学生们又不耐烦了，阿加算是班里成绩最优异的，习惯地拿着笔头在本子上一句不漏地记着老师的话。

"阿加，你不用再写了。"陈文胜打断他的记录，将最有升学希望的他领出教室。

"你们家的情况，也传到了校长耳朵里，学费的事，你先不用慌。"

阿加感激地点了点头。

"但学校有学校的制度，人情，不能一直做……"陈文胜说的是他上学期拖欠学费的事，让阿加搓着衣角更无地自容起来。

下了晚自习，赶了很久山路返校的学生太过劳顿，早早入睡。阿加伏在窗前，仰望着夜空，蓬乱的黑云散去，露出不可思量的浩瀚模样，美得吓了他一大跳。

出去才有出路，这众所周知的事，他仿佛突然明白了。

"不能被穷困玩弄于股掌之间。"思考一夜的阿加决定不再继续接受贫穷带给他的耻辱，至于陈文胜振振有词的教诲，阿加突然觉得谬误百出。

带着迫切愿望煎熬了一个星期，又一次放学回到家里，挨饿数天的阿加呈现给父亲的是一副更加瘦弱病态的模样。

"喝一碗粥吧。"父亲以为他生了病，又像喂养婴儿时的他一般，瘸着腿端来一碗米浆。阿加喝了一口。

"味道怎么样？"父亲问，"你生下来就是喝这个长大的。人家娃娃喝奶长大，你是你爹一勺勺米浆喂大的。"

"我妈呢？"阿加从未见过自己的母亲，童年时还问过几次，被父亲呵斥过几回"再别问这混账话"后，就再也没有问过，但这一次，阿加却毫无征兆地问了一句。

"早死了！"父亲脸上一点笑也没有。

未曾得到的东西也谈不上失去，阿加并不难过，他的生命里本来也就没有妈妈。

"学校又催学费了——我听到学费就浑身发软。"阿加嗫嚅道，"鹏鹏也交清了，就剩我自己，我觉得，很不光彩。"

听到"学费"二字，父亲也慌起来，但自从三个月前在工地被一根钢管扎进了小腿后，他已经没有了收入，之所以还能维持他们的生计，是他瞒着阿加在做另一件更不光彩的事。他仓促地拉着一块破布，将阿加不曾留意的一包板蓝根盖了起来。

"我不想读书了。"阿加说得冲动，但心意已决。

"我想出去闯一闯，爸爸，我已经长大成人了。"阿加坚定了语气，说出自己已经思考得玲珑剔透的念头。

父亲沉默，不敢相信他细弱的孩子突然就长成了一棵大树。

"你不赞同吗？我一定能闯出一番天地的。"

"你让我想一想。"

"想多久？"

"一个星期吧。"

14岁的阿加躺在床上，有生以来第一次在自己的家里失眠，摸着脖子上的喉结，木床被他翻得吱吱嘎嘎响个不停，眼前全是带着骷髅头的衣服和外面的世界，神魂飘荡了半夜，阿加咳嗽着，嗓音已经很像是男人一般的音色了。

又空着手去学校，放学时阿加被滞留在教室里。

"我联合了几个老师，准备各自出一分力，把你的学费先凑一部分出来，等以后——"陈文胜想给阿加建一个保护区。

"老师，谢谢你，我想先回家去，我——"辍学的事在阿加嘴里含了一下，又忍了回去，他不想当面让老师绝望。

"我家里还有很多事情没有做，我爸爸受伤了。"阿加说。

"好吧，你先回去吧，我抽空去你家里一趟。"

被渴望征服的阿加一路奔跑着，提心吊胆地回到家，见父亲坐在藤椅上喝东西，身边放着一包板蓝根。

阿加果断问道："爸，你想好了吗？"

父亲不作声，喝完东西后，拿出一个纸包。

"想好了。你不能跟着我一生一世，你已经长大成人了，闯闯也是对的。你已经是个结结实实的小伙子了。"

父亲忘了孩子因为营养不良而发育得如微草般的体魄。身高只有一米五五的阿加，看起来像个十一二岁的孩子。

第二章　扬帆

听父亲这样说，阿加喜悦得不敢相信，又从他坚定的表情肯定，这一切都是真的，于是欢心得跳起来，发出愉快的叫声，抓着门梁将身体吊起来，打着晃，展示着自己的青春活力。

"我看那些建筑队的包工头也都没上过学。"父亲将纸包打开，露出一沓面额不等的钞票，"我只能给你280元。"父亲说得心如枯井。

"足够了！"未来变得光明透彻起来，阿加眼睛发着光。

"一分钱难倒英雄汉，切记不要乱花钱。"

"我知道了，我明天就走吧。"阿加怕父亲变卦。

父亲已经把阿加看成一个大人了。"我想还是等一等，七不出门，八不归家，后天你再动身吧。"

　　还要再熬两天，收拾好行李，时间过得更慢，把家里所有当下的活儿都做了一遍后，天还是亮着的，想起已经交了学费的鹏鹏，阿加本觉得没有必要跟学校再说什么，但自豪感让他想跟鹏鹏告个别，于是用男孩子最骄傲的口吻跑到鹏鹏家门口喊道："鹏鹏，我要溜了。"

　　"溜？"鹏鹏吃着姐姐寄回的饼干，惊诧道。

　　"我要飞走了，飞出咱们这小山村，到外面的世界去。"这是叫人不敢相信的话，吓得鹏鹏连饼干也不敢再吃了。

　　"你去跟陈老师说一声，我不读书了。"

　　"你要去哪里？"掉了饼干，鹏鹏抓着阿加的肩膀。

　　"北京！"

　　"北京？你真有决心。你有钱吗？"鹏鹏惊得松开手。

　　"当然有，我爸给我的。"

　　"你爸可一点也不穷啊，他对你真好。"

　　"嗯！"

　　"我能去市里一趟就心满意足了，你真行。"

　　阿加谦虚地笑了笑，觉得作为被欣赏的人，自己要沉得住气。

　　"很远的路呢，我要回家收拾了。"

　　"那——祝你好运。"鹏鹏伸出手。

　　"再见——"

　　鹏鹏像一棵落寞的小树，朝着阿加努力挥手。

　　"我回来的时候请你去城里喝酒。"

"再见——"即将起航的阿加，觉得鹏鹏成了不幸的人。

和鹏鹏隆重告别后，阿加的离开就有了一些仪式感，两天后的凌晨，父亲将280元和沉甸甸的干粮袋交到他手里。

"穷家富路，吃的要带足。走累了就停下来歇歇。"举着火把的父亲，脸上的颜色和火把一样，火光里闪着晶莹泪点，仿佛这是他一生最伤心的事。

"我知道了。我会挣大钱回来的。"阿加接过火把，兴奋异常。

"镇上的电话号码你知道吧？有难了就打个电话。"

"我知道了。"

"出去就算千难万难，切记不可做违法的事，咱家穷归穷，祖上可没出过犯罪的人。要是犯了法，咱家十八代的清白就毁了。"

"我当然知道。"阿加一遍遍说着，但他不知道的是，手里的280块钱是父亲卖血得来的，至于父亲连日来偷着喝的板蓝根，也是血站发给卖血人的福利。早在他失业的前几个月，家里的生计就靠他一个月卖一次血来维持。

冬夜的寒意还在弥漫，阿加穿着黑色棉衣、中山装改成的裤子，脚蹬着一双3块钱新买的黄胶鞋上了路。

山村静寂，树林哗啦啦响着，路上没有行人，阿加突然想起，如果自己把家里全部的钱带走，又带走了这么多吃的，父亲的生活又该如何继续。脚步沉慢下来后，阿加悄悄折回去，拿出80元塞进干粮袋里，隔着篱笆墙将袋子抛进了家门。

从村庄到镇子上，还有五里山路。有了雄心的人，再崎岖的山路也不难走，听着松林传来的风声，阿加并不觉得冷，作为一个伟大的逐梦者，肉体与精神都应当坚韧。

举着火把，阿加近乎小跑着，很快就到了镇上。

和镇子一同来临的还有饥饿，穿过冷冷清清的街道，小镇还沉浸在黎明前的灰白里，但卖早点的摊位已冒起了白烟，包子和馒头发出的香味飘在空中，触着阿加的嘴唇，但花了1.5元买了通往县城的大巴车票后，他只有198.5元，不敢再多花一分。

饿得失去平衡的阿加在大巴最后一排坐下后，车上已经没有其他空位，陆陆续续上车的人多起来，买了票却没有座位的男人们开始骂骂咧咧，女乘务员嚷道："一个萝卜一个坑，都坐好，马上要发车了。"

"我们这几个大萝卜咋办？"无座的人和行李争夺着空间。

"出门还想称心如意，还出来干啥？"乘务员嘟嘟嚷嚷骂着，没有座位的人互相拥挤，将挤得变了形的身躯贴在行李上，阿加舒展着斜躺在自己的座位上，真切地体会着幸运。未来之门好像突然揭开了面纱，露出他幻想中的模样，只等着他走近，大喊一声：芝麻开门。

将注意力集中在对未来的幻想里，勉强睡了一个小时，车终于驶进县城，阿加已经饿得几近昏厥。

车站的小吃摊形形色色，包子的香味混合着汽油味，让人无法忍受，但更重要的事是买票，从县城到市区的路更漫长，票价也更贵，又买了一张车票后，阿加的身上只剩下193.5元，对于从未进过市区的孩子来说，这是他人生的新里程。

握着车票，身边全是细咽慢嚼吃早点的人，不能再带着饥饿上路了，小摊上的包子让人着迷，阿加闷声不响地站在一个摊位前，揉着眼睛，掩盖着面无人色的饥饿。老板见他半天不说一句话，热情地问："喂，小孩，还没睡醒啊？回家睡觉去吧。"

"我要去北京的！"话像一句儿戏，逗得老板哑然一笑。

"行呀，去北京，你一个十来岁的孩子，这是见了鬼啦？脑袋里想的是什么？北京那是什么地方，去了吓死你。"

"大不了挨饿，没什么好怕的。"阿加咽了口水。

"这话说得不错，趁你这两条腿还扛得住，赶紧回家去吧。"

"我要买一个包子。"阿加不想再跟他废话，掏出一沓零钱。

"哦——"老板打量着阿加，这种不上学在车站里瞎晃悠的小孩，不是小偷就是混混。老板狐疑地拿出一个包子扔给他，阿加接住，贪婪地咬了一大口，大方问："多少钱？"

"5元。"老板毫不客气。

"5元？"阿加吓得把咬在嘴里的包子吐了出来。

"你坑人！"

"就坑你了，怎么了？"对"小偷"和"混混"从不留情的商贩瞪着眼，对立的火苗一旦点燃，通常会把矛盾煽动得不留余地。

包子铺的纠缠最终以妥协结束，生平第一次被坑了5块钱巨款的阿加，委屈得想大哭一场。

坐上去市区的大巴时，兜里只剩下188.5元。缩在大巴的座位上，阿加悲哀地咬着包子，茫然无助。

窗外下起了雨，冷风将雨水斜着吹进阿加的脖子，将他本来就凉透的心又浇了个痛快，一切还未开始，路上已布满荆棘，在大巴车号角般的喇叭声里，阿加如遁入飘摇之海，看不到陆地，也望不见帆影。但生平只见识过县城的少年终于坐上了去市区的车，目前的状况虽不乐观，旅程也算是朝着希冀扬帆了，阿加安慰着自己：加油。

第三章　赶火车

第一次到达大城市，第一次见到火车站，除了大、人多，阿加还觉得，城市是一个令人永远不会生厌的地方，数不清的高楼和霓虹灯抓着人的眼，那来去匆匆的时髦身影，让阿加伤心得想大哭一场，深感自己和父亲的生活是多么灰暗糟糕。

"城里人过得可真好啊。"感慨一番后，阿加浑身又充满了力量。

买火车票不需要身份证，阿加也没有身份证，挤在人群里排队买到票后，自由的少年彻底从一个"富翁"变成了穷汉。去北京的路费居然需要120元！但这没有关系，远走高飞闯天下的计划基本已经实现，现在需要做的，是找一个小旅馆住下来。

按照父亲交代的常识，住宿要远离车站，但又不能太远。因为车票是第二天凌晨3点的，于是阿加顺着车站往南走了去。

不起眼的小店门前站着很扎眼的女人，穿得花里胡哨的女人向每一个迎面走来的旅人献上殷勤，但对阿加却一点也不感兴趣，好像她们根本看不到他，阿加也不屑于理会她们，按照父亲的叮嘱：不要理会那些拉客的女人，那都是骗子。

但最终还是有一个老妇女看上了他，拿着"住宿"牌子，在最偏僻的角落冲他喊着："住宿啊？来吧，这最便宜。"

听到"最便宜"，阿加心动了一下，站在寒风里的妇女穿戴也算是一路看过去最穷酸的一个了，"最便宜"该是真的。

"多少钱？"

"8元一晚。俺这价格没有人能比得上了。"

"那走吧。"阿加也确定，这的确是最便宜的价格。

一前一后同行，妇女时不时回首打量着阿加，好像他在村里的所有过往都被她看到过似的。她露出鄙夷神色，问道："第一次到城里来？"

"嗯。"

"我店里的东西都是整整齐齐的，走的时候要检查。"

"嗯。"阿加想不通自己的模样为何始终让人保持警惕。

"屋里有钟吗？"

"有，你去哪里？"

"北京。"

"去北京？你多大？"

"14。"

"哦，看着不像。"妇女回头看了阿加一眼，身高只有一米五五的阿加倒是像她十一二岁的孙子，于是不禁动了怜悯，"一个人去北京，你不害怕？"

"我又没钱，我不怕。"

来到一个叫"大众旅馆"的小店，女人口中的"整整齐齐"

无非是两张很破的床，以及霉味冲天的被子，好在墙上还挂着一个破钟。

橘子皮和脚臭味交杂的屋子里，和阿加同住的还有一位三十多岁的男人，进屋的时候，那男人正盘腿坐床上喝酒，一边喝酒一边吃着花生米，橘子皮剥了一地。

"哥——"阿加太累了，叫了他一声"哥"后，便钻进刺鼻的被子里，缩成一团，露出一窝蓬乱的头发和呆滞无神的眼睛。

那男人喝酒喝得太阳穴发烫，突然仰着脸"哦"了一声，竟吓得阿加抖了一下，男人见状"扑哧"笑了起来。

"小孩，你去哪里啊？"

"我去北京。"

"哦，有熟人吗？"

"没有，第一次去。"

"你一个孩子跑那么远你爹妈放心吗？"

"我只有爹，没妈。"阿加不想再说话，翻了个身转过去。

男人没有再说什么，和衣睡下后很快打起了呼噜，鼾声惊天动地。

"北京，北京……"阿加心里念了几千遍，这半夜竟比一生还漫长。

男人起来撒尿的时候，阿加还睁着眼，看他从扫帚上扯下一根竹梗，剔过牙后放在嘴里咂着，咂了一会儿，男人发现阿加居然还醒着，于是和眼前这个可怜的小东西拉起了话。

"外面骗子太多，稍不注意你就会上当。你出去后，不要听拉活的人的话，弄不好几个月你就白干了。"

"我记住了。"阿加凝望着口气如父亲般的陌生男人，点了点头。

"拉活的人能赚到钱，是因为拉来了你，但你不一定能赚到，坑骗都是在放松警惕时出现的。千万别相信拉活的和包工的，那就是一对相互勾结的阴谋家，你要学会保护自己。"善良男人宛如一位侠客，阿加把他的话全部听进耳朵里，用空洞的眼睛感激地望着他。

城市的夜晚比乡村漫长，黑暗中听着窗外不知疲倦的车辆穿梭，阿加缩在被窝里，被困意袭击却不敢放开胆沉睡，隔几分钟就伸出脑袋望一望墙上的钟。

凌晨2点，带着好心大哥塞给他的花生米，阿加终于跟着庞大的人流顺利进入车站。

拥挤的站台令人激愤，黑压压的人扛着行李进行着单调而激烈的运动，叠罗汉似的将列车狭小的门堵得完全看不见，没挤上车的乱喊乱叫跺着脚，身手好的索性从窗户钻了进去。矮小的阿加做任何动作都无济于事，但好在身后有人用力，随着拥挤，几乎被挤碎的阿加幸运地上了车。

脖子上汗水淋漓，阿加感到浑身的血液都在往上涌，充得脑子和耳朵一起嗡嗡作响，终于在找到座位后，火车如一个陌生的怪物，"哞"的一声大叫，阿加的心也跟着列车颤动起来。

幸运的是，他还有一个靠着窗户的位置。

夜色朦胧而可怕，对着漆黑的窗户张望了好一会儿，虽未看到什么辽阔远方，但阿加的心已随着列车疾驰起来，自由奔放的感觉让他的眼睛睁得大大的，仿佛再看一会儿，奇迹就接踵而来。

阿加开心地吃着花生米，抓一颗放在嘴里，又舍不得下咽，这半包花生米，是他一天的口粮。

"你有12岁吗？"身边的女孩打量着阿加，阿加也害羞地打量了她一眼，两个孩子都有些好奇。

"哈，我14岁了。"

"哦，那你比我小4岁，我18。"女孩的目光里满是善良。

"你去哪里？"女孩问。

"我去北京。"

"哦，我也去北京。"女孩咻咻笑起来。

"真的吗？你也是一个人吗？"碰上同路人，阿加有些迫不及待。

"我和我哥一起去，他在另一节车厢里。"女孩道。

"喔，真好，我家就我自己。"阿加苦笑一声。

"也不是我亲哥，是我对象。"18岁的女孩在阿加眼里已经是上了年纪，有对象也算正常。

"你对北京熟吗？"眼前的女孩让阿加觉得，仁慈的世界为他打开了一个窗口，心里沉稳下来。

"熟啊，漂了好几年了。"女孩快乐地回答。

"北京怎么样？"

"北京很好啊，有很多冰糖葫芦。"女孩大笑起来。

女孩愉快轻松的语气让阿加好奇她的工作，不知她有一份怎样伟大而辉煌的事业，能让她在北京活得如此快乐。

人太多，车厢里开始热起来，女孩将棉衣脱下，紧身毛衣裹着发育得饱满而充满活力的躯体，喝了几口水后，女孩开始吃零食。

"啊——"嗑着瓜子的女孩突然尖叫，双腿缩起来。

"谁抓我的脚？"阿加闻声低头，一只枯手从座位下方伸出来，随即露出一个乱蓬蓬的女人脑袋，座位底下居然有人。

"天亮了吧？让一下，让我出去。"

从座位底下钻出来的女人让阿加目瞪口呆，不敢相信那如此肥胖的身躯是怎么钻进去的。

"你算是享了一夜的福啊，睡好了吧？"女孩冲胖女人打趣。

"啊哈哈，挺尸一样，倒是睡着了，比不了你们有座的，都是阔人呢。"胖女人钻出来，冲阿加笑笑，挤着人群去找厕所了。

第四章　北京

女孩继续无忧无虑地嗑着瓜子，第一次坐火车的阿加扭着身体张望，才发现，幸福已全部在他身上，背井离乡的赶路人横七竖八地挤在车厢里，站着的，难以保持平衡，坐在地上的，也都脸贴脸辛苦得目光呆钝。仅仅是一个容身的座位，已让他有了安稳的命运，想着遥远的父亲，阿加只有感激。

"你读书到几年级？"阿加试图了解北京的生存环境。

"五年级。我上学不行，脑子不灵光。"女孩哈哈大笑。

"你在北京遇到过什么麻烦吗？"

"麻烦？让我想想——哦，刚去的时候迷过路。"女孩又笑起来。

听了女孩的情况，阿加舒了一口气，好歹自己还上到了初二，再怎么混也应该不会比这女孩子差，于是心情大好起来。

"你在北京住在哪里？"

"我在方庄，丰台区。"

"那，你做什么工作？"

"在一个餐厅做服务员。"女孩吐吐舌头，又强调道，"我们那包吃包住，还有很多小费可以拿。"

担忧彻底消散了，从女孩轻松的口气里，北京的生活有了答案。阿加不再多问，热情地帮女孩看着行李，以便她来来回回挤着人群去另一个车厢找她的男朋友。

快到北京的时候，阿加被压在心里的念头支配着，朝那女孩勇敢地问："我可不可以跟着你？"

"跟着我？干什么？"女孩感到惊慌。

"跟着你，混——我在北京没有认识的人。"阿加不再犹豫。

"哈哈哈，好啊，我看你还挺机灵的。"女孩竟一口答应。

望着女孩的笑脸，终于看到一个清晰的奇迹。

北京，终于在各种嘈杂噪声的合奏里晚点到达，人们争先恐后拖着行李下车，如山的大小包裹翻着波浪，将阿加淹没，瞬间遮断他所有视线，挤到车门的时候，阿加突然害怕起来，那女孩竟在一瞬间消失，她一定是去和她的男朋友会合了。

挤下车后，孤独在人山人海里明确展现出来，阿加迈着空洞的步伐，在人流里左右张望，却根本望不到那个女孩的身影。

也罢，计划里本也没有这样一个领路人，对于男人来说，勇敢就是一切。

晚上7点，北京下起了细冷的雨，出了车站的阿加把上衣领子紧紧竖在脖子上。北京，第一次在一片水雾里以柔情的姿态映入眼帘。顾不上欣赏一览无余的繁华，站在马路边被来来往往的汽车溅了半身水的阿加，搓着冻得发硬的手，握着全部家当。仅有的60.5元，让初来乍到的他，犹如逃难。

钞票血肉般贴在身上，他又一次饿得头晕眼花了，好在小摊都明码标价，又花了1元钱买了个大包子后，阿加还花了1.5元买了张地图。

"方庄""丰台区"，地图上印着无数字符，运气在几秒钟内就成全了他，很快找到"熟悉"的字眼。

愿望有多迫切，脚步就多有力，吃了有油水的大包子后，北京的轮廓一下子分明起来，彩霞般的灯光映得城市像发了烧，将夜空和大地呈现得通红。还好，还有58块钱；还好，自己上到了初二；还好，自己认识字。阿加庆幸着，按着地图的指示，开始寻觅。

穿过商场、酒店、饭馆、私人住宅，快到南三环的时候已是凌晨1点，走了整整6个小时，大包子的油水已经耗尽，抓了几把雪解了渴，冷和饿又一齐加身了，必须尽快找到一个能住的地方。

凌晨的路上行人无几，高速公路上车辆依旧络绎不绝，城市在深夜显露着它的另一面，流浪的动物在垃圾堆里混乱穿梭着，阿加盯着一片垃圾堆，试图寻找什么可吃的东西，但靠近垃圾桶的时候，那流浪狗猛地钻出来，瞪着眼睛望着这陌生少年。阿加放弃了捡垃圾吃的念头，也许作为一个人，本就不该有那念头。

街道尽头，终于看到一个理想的价目：住宿25元。

走到那破盒子一般的楼房下时，阿加已经累得连眼睛也快睁不开了，守夜的店员见眼前的孩子像一只怯生生的小狗，见怪不怪地领他进了地下室。让阿加想不到的是，地平线之下，居然还有望不到边的空间，在格局百变的地下室里走了许久，封闭的空间让人窒息。

没有窗户，困倦让人忘记压抑，刺鼻的小屋里摆着三张床，和阿加同住的还有另外两个打工的男人。

走了太多路，阿加钻进被窝就进入沉睡，可一瞬间，天就亮了——没有窗户，看不到天亮，只听到同屋的男人拉亮灯泡嚷着："天亮了，天亮了，快点。"

在惊天动地的声响里，男人们粗鲁地操着南腔北调，说着"赶时间""工地太远"之类的话。

阿加无法再睡，只好试探着同他们交谈，期待获得一些机遇。

"北京的活好找吗？"

"好找。"一个男人爽利答道。

"那像我这么大的好找吗？"

"你多大了？"

"14。"

"那不好找，至少得18，你太小了，哪儿都不会要。"

"那我怎么办，来都来了，我不能空着手回去。我爸还在村里等我的好消息。"

"哦，那你就碰碰运气，找找看。"另一个男人匆匆道。

两人整理着衣服，脏兮兮的工装被他们像战斗鸡一般抖得落了一屋子尘土，桌子上堆着夜里吃剩的酒和菜，阿加咽着口水。

他的境况无异于流浪猫。

"你要不嫌弃你就吃点吧，看你饿得眼都空了。"好心人指了指剩菜，阿加立刻说了声"谢谢"，埋头大吃起来。

"混北京不容易啊，小伙子。"一句话让人掉泪。

两个男人扛着行李，见阿加凄惨的样子，不禁怜悯起来，各自叹了口气，但并不能改变什么，将出门的时候，阿加突然央求："我能不能跟你们走？"

"我们是搞建筑的，你跟我们走，到了地方老板也不会要你。你太小了，还那么瘦，工地是不会要的。"

"跟老板说说可以吗？我有力气。"

"哈哈哈，你别逗能，大人累死的都数不清，何况你一个娃娃。"男人们笑过，又告诉他，"你可以找个轻松点的活，去当个服务员啥的。"话说到这里已经足够多，于是匆匆拉着箱子出了门。

阿加赤脚蹲在地上，抹了眼泪继续吃东西，走了的人突然又折回来，站在门口喊："喂，小孩。"

"这样吧，我们把地址写给你，你实在找不到活就来找我们，但工头要不要你，我们不保证。"好心人将字条放在桌子上。

外面的天该是已经大亮，但阳光不会照进地下室，阿加一手握着写得看不清的字条，一手握着仅剩的33块钱，绝望跟着他钻出了地下室。新的一天，若不能找到出路，北京之行，将足以埋葬他的希望。

地图，将整个北京缩在手里，却在眼前扩大到无法揣摩，拿着地图全城搜索，至于搜索什么，14岁的阿加不知道，没根没底的孩子走在地图上的柏油路上，犹如走在悬崖上。

城市里沸腾的生活在一群鸽子的哨声里开启，阿加走过一片片形状狰狞的高楼，又走过一片片绿植，如此欣欣向荣的都市，却没有他一寸立足之地。一群学生骑着自行车从眼前飞过，望着他们背上的书包，他悲哀地想起了老师陈文胜的那些话："羽翼未丰就出去乱飞，那未来的路，一定是走向灭亡。"

阿加驻足"聆听"着那些教诲，但不能后悔，一切还未开始。

第五章　欺骗

"总有安身之处的。"阿加抖了抖身躯，试图摇走心里的恐惧，但越走，无助就越深。时间在可悲里又过去几个小时，已走到了南二环，更加密集的高楼多得望不到尽头，让人完全意识不到身在何处。正后悔自己不该往繁华之处行进的时候，阿加突然听到有人在叫他：

"喂，那小伙子。"

还以为是自己的悲惨太过引人注目，阿加怯懦回头，看到路边写着"中介"的一个小门面，一个烫了鬈发的中年妇女正冲他摆手。

"你要找活干吗？"妇女笑吟吟地问。

惊喜来得太突然，想不到工作会主动找到他。

"来，我这儿活儿多，给你介绍几个。"妇女笑得亲切，阿加惊惶地奔了过去。

"保准儿有适合你的活儿。"妇女并不问他的年龄。

"太感谢你了，我正发愁找活儿呢。"阿加感激得快要哭了。

"你运气好，我这儿正好招人。"进屋后妇女给阿加倒了一杯水，热水在喉咙里咕噜作响，咽到肚子里让人浑身振奋。

"第一次来北京？家是哪里的？"

"是第一次，我是南方的。"阿加说着不标准的普通话。

"南方啊，我刚给好几个南方小孩介绍活儿呢，真巧。你们南方人做活儿踏实，主顾都满意呢。"妇女说着，抬手看了看手表，道，"哎呀，我还得去看看上次来找工作那小孩，看他在那边干得如意不如意呢，你先把手续办一下吧。"妇女拿出一张白纸，"手续费35元。"

"还要交手续费？"这是他万万想不到的。

"你不认识字吗？我们这里是中介，白给你找活？我们喝西北风啊？真是傻孩子。"妇女哈哈笑起来，笑得阿加不知所措。默声坐了一会儿，阿加红着脸道："我——没有那么多钱。"

妇女眨着眼，将阿加上下打量一番，飞快地在白纸上写了起来，边写边摇头，道："得啦，那就收你30元，我现在把工作地址给你写好，你拿着这条子，今天就能上工，是家饭店。"

妇女的认真严肃让人对"今天就能上工"毋庸置疑，假如还要讨价还价的话，似乎就太不识相，阿加不再犹豫，掏出仅有的33元钱，留下3元。

拿着手里的字条，以最快的速度奔跑，没完没了的街道磨砺着人的神经，立足不是容易的事，但未来之门已向他打开。阿加难抑亢奋，大笑着，呼叫着："爸爸，我有工作了！"

跑了3公里路，找到了字条指示的一间饺子馆。

当个小工也不错，至少还有饺子可吃，打量着不足30平米的小铺面，阿加庄重地整理了衣衫，推开脏兮兮的玻璃门。

"吃饺子吗？要啥馅儿的？"白白胖胖的老板是个中年男人。

"老板你好，我是来上班的。"阿加颤抖着将字条拿出来。

"上班？"胖老板接过字条，狐疑地瞅了他一眼。

"是的，中介公司介绍我来你这里上班。"

店里另外一个类似老板娘的女人闻声走来，双手在围裙上抹了抹，一把抓过那字条，皱眉道："这是谁给你写的，我们这里不招人。"

"是中介公司让我来的，我还交了中介费。她说你们委托她招人的。"阿加慌了。

"真是见了鬼了，到底谁把咱家地址弄中介去了？我们这儿不招人，也从来没有委托任何人招人，你弄错了。"老板已有些愤怒，将字条塞给阿加。

"没有错，地址就是你们这里，饭店的名字也一样。"

"小子，你遇上倒霉事啦，被人蒙啦，我们这不招人，你走吧。"老板娘摆着手。

阿加不敢相信，反复看着那字条，又到门外去看那招牌，一点不错，名字是一样的，除了没写"饺子馆"三字，于是又推开玻璃门，道："我交了30元中介费，现在什么都没有了，你们就让我留下吧。"阿加央求着。

"不是留不留你，我们从来不用服务员，你快走吧。"

"但是我真交了中介费。"

"你遇到骗子了，小孩，赶紧走，我们这里还很忙。"胖老板面露不悦之色，将他往门外推去，阿加一个趔趄险些摔倒。玻璃门"吱"的一声关上后，阿加疯狂奔跑起来。

回到中介处，万幸那妇女还在，依旧跷着二郎腿坐着。

"你把钱退给我！"阿加将字条还给她，"人家根本就不招人！"

"哦？"妇女完全换了一副表情，热情和微笑一扫而光。

"你是不是——在骗我？"阿加委屈道。

"骗你？合着我费那么半天唾沫星子就为骗你30块钱？"妇女沉着脸瞥出一个白眼，又拿出一张纸，飞快写了起来，"我再给你一个地址。在北京落脚有那么容易吗？也不自个儿照照镜子。"

接到新地址，阿加不敢再多说什么，一分钟也不敢再耽搁，拔腿出了中介公司。按照地图指示，一路拐弯抹角，竟跑了5公里路。

终于看到和字条上一模一样的招牌——恒星铜锅涮羊肉，一字不差。气喘吁吁的阿加手执字条，理了理乱发，进了大厅。

戴着眼镜的经理接过字条，咂嘴看了看，又打量起阿加来。

"我是交了中介费被介绍来上班的。"

经理上下打量过后，点了点头："嗯，我们是在招人。"

一句话让人心里的石头落了地。

"多少工资都可以，我一定好好干。"阿加感激得快要下跪了。

"你多大了？"

"18。"阿加想起在旅馆里那两个男人的话，撒了个谎。

"有身份证吗？"经理问。

"我还没有办，我没有想到这一点。"

"那我们不能要，没有身份证是很危险的。"说罢，经理将字条塞给他。

"不开工资也可以，包吃包住就行。"阿加又慌了。

"那不可能，派出所随时查人，没有身份证影响我们这安全。"

"我是中介公司介绍来的，是你们委托她招人的。"阿加把那妇女的名字和中介公司的名字说了出来。

"你说的公司和人我们根本不认识！我们也没有委托任何人。"

"怎么可能？我是交了中介费的。"阿加拉着经理的胳膊。

"胡搅蛮缠是吧？赶紧滚。"

一番争执过后，可怜的阿加被保安推了出来，并拎着他的衣领警告："不想挨一板儿砖就赶紧滚远远儿的。"

天又黑了，北京的夜空没有星斗，阿加满脸的污泥和悲怆，摇摇晃晃，跌跌撞撞，终于在那中介公司关门之前又回到原地，妇女在屋里扫着地，听到破门而入的人大吼着："你这个骗子，你还我30元钱。"

愤怒的阿加上气不接下气，发着喘吼叫，吓得那妇女直打战。

阿加一个猛子扑向她，却因为饥饿无力扳不动她丝毫，反而被她一把抓住胳膊，反扑在地。

"瞧你这德行。还敢打我？老娘今儿就让你知道什么是肝儿颤。"妇女抽了他一个耳光。

"人家饭店的人根本就不认识你，你这个骗子。"阿加绝望地挥着双臂，"你给我退钱！"

"就冲你打我，不把你送局子里就是可怜你了，想退钱？没门儿！"

被力大无穷的妇女扔出门后，阿加已精疲力竭，连日来的遭遇像一场离奇而可怕的噩梦。

晚归的学生骑着自行车嬉笑着从阿加身边飞过，那些穿着白色校服的学生白天鹅一般在阿加眼前消失。

"羽翼未丰就出去乱飞，那未来的路，一定是走向灭亡。"又一次想起陈文胜老师的教诲，阿加流着眼泪，开始后悔。

千里之外的阿加并不知道，他走后的第二天，陈文胜就骑着自行车去了他家，陈老师本想痛痛快快地教训一顿他父亲，但看到他烂着洞的左腿，憋了一肚子的话又咽了回去，无法再放开胆质问。

"你真让阿加辍学了？"

"嗯，让他出去闯闯吧。"

"他最有升学希望！"

"建筑队的老板也没有几个是上过学的。经验比学问重要。"父亲喝着板蓝根，说着让陈文胜觉得无可救药的话。

"你这样说，那我也无话可说了。"

父亲客气地劝走了陈文胜，失去"最有升学希望"的学生的陈文胜感到痛心，但并不死心，也许用不了几个月，在外碰得头破血流的阿加会重新返校。

回到镇上的陈文胜留意起两家商店的信息，1996年，全镇只有两家商店有电话，远走他乡的务工人员遇到天灾人祸，总会借助那两个电话号码给家里报信。陈文胜把阿加的名字写在商店的墙壁上，再三叮嘱那商店老板，一定要留意这个名字——阿加。

第六章　落脚

阿加荡悠悠地走着，花了1元钱买了两个馒头，能赐予人生命力的食物已苦涩到难以下咽。万家灯火依旧，寒风在背上，阿加的脚步一刻也不停，三魂六魄仿佛飘出了身体，让他变得没有了人样。他觉得自己一定是要完蛋了，幻想着自己客死异乡的悲惨下场，但更悲惨的应该是他的父亲，想想吧，父亲，父亲。

拱臂缩背，走了不知多久，逐梦的少年终于累倒在一座灯火通明的大楼门前，灯光照清了他不堪的相貌。阿加勉强睁着眼睛，抽泣了一阵后，竟模模糊糊看到了他的老师陈文胜的影子，和蔼的"陈文胜"戴着眼镜，却穿着一身黑色西服，阿加忍不住用家乡话喊了一声："陈老师。"

"陈文胜"却说出一句动听的普通话："小可怜，你怎么坐在这里？"

"陈老师，我想回学校。"困乏的阿加出现了幻觉。

"哈哈，我不是陈老师，我是这里的王经理，这位小兄弟，你认错人了。""陈文胜"脆响的嗓音将阿加从幻觉中拉回，阿加努力坐了起来，揉清楚眼目，同他说话的人的确不是陈老师。站在阿加身前显得非常高大的王经理指了指招牌，说："这里是雅河洗浴中心。"

"王经理，你们这里招人吗？我什么都能干。搓背我也能干，擦鞋我也能干。"阿加突然有了力气，拉着王经理的手哀求道。

"你是走了很多路，来找工作的啊？"王经理蹲了下来。

"我走了几千里路了，王经理，你留下我吧。"

"真行呀，走了几千里路，是从外地来的吧？我们正好需要一个擦鞋的人。"

"真的吗？"阿加不敢相信，但立刻想到自己因为没有身份证而被拒之门外的事，头又低了下来，小声说，"我没有身份证。"

"喔，是个问题。这样吧，看你这么可怜，没有身份证也暂时在这里干吧，不过工钱要少一些，有身份证的话300块，没有就只能200块了。"

陷入绝境的阿加根本不奢望工资，听到"200块"，让他觉得自己遇到了人间菩萨，拉着王经理的衣角哭着站了起来。

进入大厅，洗浴中心富丽的装潢恍若天堂，繁华得让人畏惧，阿加怯弱地跟在王经理身后，不敢抬眼去望四周。

"王经理，哪儿领来一个小叫花子呀。"浓妆艳抹的年轻女孩拍着王经理的肩膀，勾着笑。王经理也笑，伸手指了指那女孩。

"怎么呀？不许人开句玩笑呀？"王经理伸手捏了把那女孩的屁股。女孩尖叫一声，笑道："粗野。行了，不跟你说了，我要开工了。"女孩踩着高跟鞋上了楼。

阿加跟着王经理去后厨吃了一些馒头和剩菜，他狼狈的吃相让王经理忍不住发笑："你真像一只馋猫。今天太晚了，你先去宿舍睡觉吧。"

洗浴中心分三层，一楼是洗澡的地方，二楼三楼是歌厅，在王经理的安排下，阿加在北京的第一个容身之所是洗浴中心顶楼的员工宿舍。阿加万分感激，跟着王经理徘徊，哭着说了数次"谢谢"。

"好啦好啦，以后禁止再说感谢，快去宿舍睡觉吧。"王经理怜悯地拍着阿加的后背，随即忙碌去了。

所谓宿舍，不过是顶楼一个简陋的小板房，用各种废弃材料拼成，四面透着风，虽脏乱阴冷，但阿加已万分知足，躺在命运赏赐的一米见方的栖身之处，感动得无法入眠。

八九张上下铺睡着十几个基层员工，阿加盖着之前走的员工留下的棉被，臭味刺鼻，但已不再难闻，工友们见新人是个孩子，寒暄了几句便各自睡去，令人难以置信的狭小空间里睡着十几个人，鼾声四起。落难数日，阿加在北京总算落了脚，所以对他来说，一切都显得那么安宁。"爸爸，你要等我，我一定能闯出来的。陈老师，之前的我和现在的我再也没有关系了，我一定不会让你失望。"

阿加激励着自己，忘记了一路走来的艰难。

开工第一天，他被分配到鞋部的工作无非就是帮客人换鞋、拿鞋、擦鞋，这并不难做，客人们大声交谈着，阿加作为服务员和听众，在南腔北调里听得云里雾里，答错话是常有的事，但他身手机敏，来来回回像个皮球一般在浴室穿梭，王经理在门口窥视了一下，颇是满意。

虽还来不及与工友们认识，但阿加很快发现，和他同在浴室工作的，还有睡在他下铺的舍友，一个梳着三七分发型的小伙子，他负责的是服装部，于是借着空闲，阿加主动找他攀谈起来：

"你多大？我还不知道你的名字呢。"

"18，甘肃的，他们都叫我卷毛，你呢？"

"我，我也18，我叫阿加。"

"你有18？看着像十一二岁。"

"我，在老家都差点娶媳妇了。"阿加扯着谎。

"娶媳妇？哈哈哈，你肯定没有18，并且一定是连女人的手都没碰过。"

卷毛好像看穿了阿加，惊得他深吸一口气。

这时，王经理沉着脸走了过来。他是洗浴中心的大堂经理，最不能容忍基层员工抱团偷懒，他沉着脸呵斥道："工作的时候就要安心。只要有一点点不安心，这里的任何位子都不会再属于你们，我的眼睛不是在几米或几十米外看着你，我跟你们只有一毫米的距离，懂吗？"

"王经理，对不起。"阿加觉得羞愧，在恩人面前再三道歉，但卷毛则利用客人的呼叫，对着王经理点头哈腰几下就跑开了。

又到了晚上吃饭时间，数十名员工围着一个菜盆吃炒白菜，平时根本吃不完的一盆白菜居然很快见了底，阿加的手里还有没吃完的馒头。王经理不悦地走了过来，瞅了一眼见了底的菜盆，将负责炒菜的厨子喊了出去，阿加远远看着那厨子摇头、低头、点头，悄声对卷毛道："我觉得他做的白菜挺好吃的。"

"盐放太少了，正挨训呢。"

"咸淡正好啊。"

"笨蛋，就是因为咸淡正好，这么多人，不多放盐，菜能够吃？"

王经理时善时恶的表现，让阿加对他再一次失去了判断。

夜里一楼洗浴中心歇业后，二楼三楼进入一天里最热闹的状态。回到板房宿舍，因为天气太冷，窗户必须都关着，以防寒风，工友们在烟雾缭绕的宿舍里打牌嬉笑，酣饮着劣质白酒。阿加友好地奉承着，但因为口音和年龄，很难融入工友圈子，同样被工友们嫌弃的还有卷毛，于是在睡不着的午夜，卷毛便带着阿加信步出去闲逛。阿加慢慢发现，只比自己多了100块钱工资的卷毛十分阔绰，竟能在买一盒10块钱的香烟时眼都不眨一下。

卷毛自若地抽着烟，带着阿加在半明半暗的午夜街头闲逛，街头情侣们互相压着对方，拥在椅子上接吻，阿加看了一眼，羞出一脸无力自拔的尴尬，却又神迷其中。往回走的时候，卷毛拿他打趣："你这样黑瘦，还这么矮，一辈子也找不到女朋友的。"

"我还小，不忙找。"

"装嫩，咱俩一样大，我早就有女朋友了。"

"你有女朋友？"卷毛的话让阿加吃惊。

"处对象这种事，谋事在男，成事在女。"卷毛得意地说。

"你女朋友在哪儿干活？"

卷毛指着洗浴中心的大楼说："跟咱一个店的，就在二楼，她和我是老乡。"

"她叫什么名字？"

"雨妹。"

第七章　非法

怀着仰不可视的心，顺着卷毛的手指，阿加朝二楼灯火辉煌的地方望去，想象不出卷毛的雨妹会是一张怎样的脸。

男人的虚荣需要炫耀，于是卷毛领着他在没有任何预约的情况下，不合时宜地上了阿加从未踏足的二楼。

对比板房里的恶劣环境，二楼梦幻般的装潢，将天上和人间演绎得淋漓尽致，瞠目结舌的阿加无法相信，和自己一起睡在顶楼又脏又冷的板房里的伙计，居然会有一个在"天堂"工作的女朋友。

暧昧的光辉熏红了阿加的眼，顺着卷毛的指引，阿加终于看到雨妹的模样，那个只裹了一层白纱的年轻女孩，正坐在一个很像"大人物"的男人的腿上。

衣冠整齐的男人握着两个拳头，正跟雨妹玩着游戏。

"我的手里有两颗糖，猜猜在哪个手里。"男人摇晃着拳头，"猜对了，包夜5000，猜错了，包夜5块。"

雨妹白天鹅一般张开双臂，将胸脯贴在男人身上，一旁的男人搂着同样裹着白纱的女孩开始起哄，发出一阵嘶哑的怪笑。

"我来猜，我来猜。"包厢里居然还有女孩在竞争。

阿加看了这令人恶心的一幕，掉过头来，卷毛的雨妹原来是这样一个人。他眼前的卷毛一下成了一个邪恶的"半吊子"，但卷毛并不觉得可羞。

"这是个什么鬼地方？她就是干这个活的？她会是个好人吗？"阿加质问着。

"你懂什么？一无所知的蠢货！"卷毛瞪着眼说，"我看你他妈的真的只有十一二岁。"

"这些人太脏！"下楼梯时，阿加跟在卷毛身后，仍缓不过来。

"脏？你还帮他们洗澡呢，你不也在伺候他们？"

"我就算一辈子打光棍也不会娶你那个雨妹。"

"你他妈的给我住嘴！"卷毛踢了阿加一脚，"我告诉你，整个北京，没有人比她更好。"

工友们打着牌，又叫又唱，见他二人一前一后回到宿舍，指着卷毛铺位上的一大包吃食放声大笑起来："你老婆又给你送吃食了。"

"出来混，就应该学学人家卷毛，有女人睡，还有钱花。"

卷毛无视旁人的讥讽，颔首笑了几下，拎着那袋子出去了。

洗浴中心的生活除了劳累就剩下孤独，但阿加觉得自己是一个"高尚"的人，是个有正经工作的人。但疏远了卷毛后，他连一个能说话的人也没有了。

在洗浴中心干了半个多月，店里几个美女慢慢也熟悉了阿加，浓妆艳抹的她们出奇地傲慢，对待如阿加这样的小工，呼来喝去是常事，使唤他出去买烟、买饭、拎包倒水，让原本觉得比她们高贵纯净的阿加，发现自己比她们还下贱。

无聊的时候她们偶尔会拿他打趣："阿加，你真有18吗？"

"嗯。"

"阿加，你发育得这么猥琐，是不是侏儒啊？"

"不是。"还要继续生存，阿加敷衍着回答。

"他是上面8岁，下面18。你可以试试，哈哈哈。"

一个小姐开着另外一个小姐的玩笑，逗得众人一起大笑起来。

至于卷毛的女朋友雨妹，精神和性格好像真和一众小姐不太相似，对阿加也颇为友好，让他帮忙买东西的时候，甚至会给他一些小费，这样的情况让阿加不知如何面对，但雨妹给的小费，阿加是断然不会要的，看够了令人生厌的面孔，再看雨妹的脸，阿加突然发现，对于人，他真的像卷毛所言，还"一无所知"。

并不专心致志坐台的雨妹是整个洗浴中心出台率最低的，常常贴着墙根走路，客人点她的名字时，所有人看着她，她却常常像看不到自己似的，空洞着两眼，让客人不得不再叫一次。

僵硬的雨妹过早失去了灵气，只有在见到她的老乡卷毛的时候，整个人才焕发出生机。雨妹常拎着一些泡椒鸡爪锅巴之类的零食送到顶楼的板房宿舍，但也都是在深夜，还没有睡着的工友们又揶揄着卷毛："卷毛啊，你过的才是神仙日子。"

卷毛不理会旁人，但很少让雨妹在宿舍久待，常常是雨妹站在门口，细弱地喊一声"卷"，卷毛就从上铺上弹起来，领着雨妹出去了。他疼爱雨妹，常把她带到洗浴中心之外的地方，拥抱世人鄙夷的爱情。

打工生涯眼看就到了一个月，自己的样子看起来没有多少改变，但想到不久后，就将领到200元工资，兴奋的阿加沉湎在给父亲寄钱的幻想中，举着手电筒，在被窝里第一次给父亲写了信，信压在枕头下面，兴奋让人无法入眠，直到宿舍里鼾声四起，困意才向他袭来。

"砰"，一声巨响，门被撞开。

"查人的来了，快起来。"进门的竟是雨妹，上夜班的雨妹被一个男人领出去后，见门口驶来一辆面包车，经验让她意识到不妙，顿时想起她的卷毛还没有办暂住证，于是慌忙回到大厅。

穿着秋衣秋裤的阿加吓得脸色发黑，跌跌撞撞从上铺滚下，雨妹拍打着卷毛的后背，光裸的卷毛被雨妹拽着出了门，回头看阿加惊恐的样子，大喊一声："阿加，你快从后门走。"

不知雨妹拖着卷毛去了哪里，慌乱的阿加光脚跳出了窗户，打开顶楼的后门，眼前的人影登时让人心凉了个透，穿着便衣的警察举着的手电筒晃着刺目的光。

"长行市了还，还想跑？"便衣毫不费力地将阿加一把揪住。

那天晚上被抓走的，整个洗浴中心只有阿加一个，面包车里塞着十几个从别处抓来的人，涉世未深的阿加生平第一次进了派出所。

"有烟和打火机的，丢在这个篓子里。有钱包的，丢在这边这个篓子里。"带着"治安联防"袖章的民警拿着警棍，指着两个塑料桶，被抓的人纷纷掏着裤兜，阿加身无分文。

蹲在"坦白从宽，抗拒从严"的标语下，和一众男男女女一样，阿加抱着头，心糟得稀巴烂，万念俱灰的他觉得自己彻底完蛋了，感到自己活不到第二天。

录了指纹后，审讯程序开始："家庭住址，姓名，年龄。"

这不光彩的事，若让父亲和村里人知道，倒不如杀了他，于是阿加蹲在地上做出一问三不知的蠢样。审讯员一度觉得这孩子脑子出了问题，踹了他两脚后，阿加终于扬起吓黑的脸，回答道："我家里没有人了，就剩我自己。"

"在北京有熟人或亲戚吗？"

"没有。"

"那说一个能联系上你们村里的电话号码。"阿加立即想起镇子里那商店的电话，接着脑子里出现那小老板拿着喇叭去学校向陈文胜吆喝的情形，于是咽了口唾沫，道："我们村里没有跟外面联系的电话。"

审讯了两天没有结果，有结果的人陆续被家人或老乡交了保证金带出派出所，无人认领的阿加最终按照流动人员管理条例，被定为需要遣返的无证盲流，投进了收容所。

第八章　收容所

收容所里是比洗浴中心顶楼板房更简陋的大通铺，地上没有清晰的路，黑压压地躺着的一地人暴露着混乱，各色人等满脸狰狞，一个留着大胡子的男人伸腿绊了阿加一下，他瘦小的躯体就一头栽在一片破鞋上。众人爆笑起来，阿加抬起头，望着那狰狞的笑脸，突然发现，自己已与正常世界脱轨。

"没有狼，没有狗，倒来了一只兔子。"

众人大笑着，阿加无法站得四平八稳，弓着腰做出愚蠢的模样。

通铺分为两面，两面坐着的人用戏谑的眼神瞅着新来的阿加，对他极有兴趣似的吹起了口哨。矮小的阿加仿佛一只飞错地方的苍蝇，陷入时刻会被拍死的处境。

通铺的两面，也正是收容所里帮派的两方，以一个东北大汉为首的一派在左，以一个瘦高的河南人为首的另一派在右，阿加不懂选择，瞅到右边还有一片容身之地，就一个趔趄摔倒在了那里，已睡下的犯人们扭动着身子纷纷坐了起来。

"又来新人了，今天可以玩了。"瘦高的河南老大注视着阿加。

"这小偷还装一副可怜相。"

"我不是小偷，我是正经人。"阿加猫一般发出辩解。

"啊呀，敢情这收容所里养的都是正经人。"绊倒他的大胡子凑到河南人身边，样子像是他的军师。

"你们知不知道，你们都是正经人。"大胡子冲众人道。

"你没病吧？"大胡子踹了阿加一脚，随即吩咐两个人去了门口。

阿加往后缩着，不知将会发生什么可怕的事，过去的种种不幸，总体来说还能称为"磨砺"，但如今却像堕入了世界的另一面，黑暗、腥臭，见不到一星半点的仁慈。

群魔乱舞的收容所里，犯人们注视着阿加，撕裂的目光让他觉得自己真的犯了滔天大罪，不敢再多说一句话。

"玩起来，玩起来。"所有人都叫喊着。

"走个程序吧，小孩。"大胡子张着大嘴，一口就能将他吃掉似的大笑着，示意两个手下提着裤子站了起来，抓小鸡一般将阿加拎到通铺的过道上。

按照要求，阿加双手背向身后，做出母鸡下蛋的样子，胳膊高高扬起，半蹲着身躯，在原地疯狂转动起来，用自己的痛苦换来别人的欢笑。但任何不规范的动作都会将他们激怒，转得头晕目眩的阿加一头栽倒在地上。

"蠢货，你完蛋了。"大胡子踹着他，其他人一哄而上，一人踹了他几下。

"这都做不好，你是不是他妈的少了个睾丸。"阿加趴在地上，被踹了无数脚后竟尿了一裤子。

"来人了，来人了！"把风的从门口撤回来，虐待暂时收场。

"吵什么？明天还要筛沙子，都给我睡觉！"看守员声色俱厉，在门口露出一张黄油般的胖脸。

阿加的双臂已失去了知觉，他望着窗外夜空中仅有的一颗星星，在清澈寒冷的夜里发着抖。

早饭是一碗稀粥，两个馒头，外加两根咸菜，鼻青脸肿的阿加正吃着饭，一个好心的犯人凑了过来，和蔼地问："你是怎么进来的？犯了什么事？"

"我没有暂住证。"

"喔，是这样，进来就安心待着吧，但要学得乖一点。"

"我没有做错什么事，他们为什么要打我？"阿加太委屈。

"啊呀，那是在走程序，不打你，这里还要老大做什么？"

"那今天晚上还会打我吗？"

"应该会的。"

"每天都要挨打吗？"阿加绝望地问。

"差不多。"

"那要打到什么时候？"阿加哭了出来。

"坚持到有新人来，你就解脱了。"阿加的样子太过可怜，好心人忍不住点拨他，"你要懂得孝敬老大。"

"我什么也没有，工资一分也没有拿到。"

"哎呀，你这脑子，真是该换换了。"好心人左右探了探，压着声音点拨他。阿加终于明白，要想在收容所里像个人一样活着，就得有人保护，若要寻求保护，装可怜是没有意义的，必须懂得孝敬，于是照着规矩，将分来的馒头和咸菜上交一半给老大，交了"贡品"后重新坐回原来的位置，再也不吭一声。

"转飞机"的游戏重复了三十次后，收容所终于有了接班人。阿加没有被饿死，也没有被打死，命运总算宣判饶他一命。但日子却越来越难过，人犯们除了白天去工地筛沙子，晚上又多了一项任务，给彩灯厂串灯泡。

扯着藤蔓般的电线，串了一千多个彩灯泡的阿加手指已长满老茧，但游戏依然不会停，就如那位好心人所言，不做点欺负人的事，老大就没有存在的意义。阿加完成自己的任务后，识趣地帮老大做着活，连去观望那重复的"转飞机"游戏都没了兴致，在新人的哀号里，阿加毫无反应，默不作声。他已学会了冷漠。

卑鄙的日子又过了一个月，就在身陷囹圄的阿加几乎绝望的时候，收容所终于发出通告，吃过午饭开始点名，阿加和一行二十人被两名警察押着，上了一辆白色中巴车。

车窗糊着报纸，走了多远没有人知道，听着窗外狂野的风声，阿加感觉到，北京，该是在颠簸里成了不堪的往事。

封闭的车里只有污秽浊气，几个惯犯开始窃窃私语："别给扔到墓地呀，老板。"

"也别太远了，路不好走呀。"一个惯犯开了头，另一个也起了哄。

"闭嘴！不然就打发到天津去。"

听到"天津"，阿加双腿发软，从惯犯们轻松的表情来看，这该又是一个特定的程序。

车终于在一片荒野停了下来，二十个人像垃圾一样被"倒"了出来，看守员没有多说一句话，但肯定无疑的是，他们都自由了，中巴车一分钟也没耽搁，卸了货后就在树林尽头消失了。

一起被卸下的人做鸟兽散去，很快也陆续消失在黄昏里。连自己在哪里都搞不清楚的阿加，本能地跟着一个看起来还算面善的矮个子男人走，那男人发觉后眯着眼睛回头："小孩儿，你不走自己的路回自己的家，跟着我做啥？"

"我不知道路，我也没有家。"荒野深处，坟头耸立，阿加吓得浑身冒汗，吞吞吐吐地拉着那男人的衣角，"大哥，我能不能跟着你？"

精明的男人打量着阿加，似乎一眼了解了他的前世今生，于是摸出屁股兜里的一盒烟，扔给阿加一个打火机，阿加识趣地赶紧上前接住，打出一个幽蓝的火苗，点过烟后，男人意味深长地拍了拍阿加的脸："你多大了？"

"我14。"阿加说了实话，男人盯着他，若有所思。

"好吧，看你可怜，那你就跟着哥哥一起来吧。"

"我怎么称呼你？"阿加迫切地问。

"我姓赵。"

"赵哥。"阿加感激得想给他一个拥抱。

六环外只有村庄，从黄昏走到深夜，穿过一些险峻的工地，终于走上平坦的干线大道。气喘吁吁的阿加和赵哥保持着恰当的距离，漫天星辰已在夜空安顿，两人走了好一阵路。

"赵哥，你看起来是个好人。"阿加忍不住奉承。

"嗯，有时候是，有时候不是。"看到有长途汽车驶来，赵哥立即朝那汽车挥舞双臂。

又一次摆脱了困境，跟着不知底细的赵哥，阿加既觉得是不寻常的机遇，又感到莫名恐惧。万幸的是，终于又回了城。

困倦的阿加用力睁着眼皮，聚精会神地盯着一旁赵哥的手，不知道自己跟定的男人曾经犯过什么事，杀过人？行过凶？偷过东西？都不重要了，只要能重回北京，阿加愿意做出任何牺牲。

第九章　犯罪

下了车后，穿过几个路灯，又拐了无数个街角，阿加跟着赵哥进了一条僻静的胡同，黑暗狭窄的胡同里钻出一条黑狗，吓人的家伙见了赵哥，温驯地纠缠了一会儿就独自跑开了。

进到一间杂乱小屋后，阿加浑身上下已没有一丝力气，赵哥脱了上衣骂了一句简短的粗话，两个陌生男孩鬼一般从里间闪了出来，接过赵哥的外衣，狐疑地瞅着阿加。

"这小哥今天起跟你们一起住。"

"喔，知道了，大哥。"

两个男孩个头和阿加差不多，但年龄绝不相似，声带都未改变，该是比他还小。

"你好，多多关照。"身份不明的两个孩子相继伸出小手，灵巧地和阿加握了握，用不合年龄的语调和阿加打了招呼。

赵哥并不和他们同住，将阿加安顿好后，出门买了一堆五花八门的吃食回来，饿得前胸贴后背的阿加吃过饭，赵哥便招呼着三个孩子坐下来开会。

一番明示和暗示的教导里，阿加终于明白，他揽上的，是歪门邪道的差事，那两个孩子，是被赵哥训练出来的"扒手"。

开完会后，赵哥摸着两个孩子的头，表现出亲密无间的样子，两个孩子如训练好的机器，一致点头，一致大笑，等他们笑过，赵哥又沉下脸，责备他们上次的失误，分析着未得手的案例，两个孩子突然自发跪下。

"你们的手都还没断，是吧？"赵哥突然变得蛮横恶劣，"没有力气的手，早晚也得剁掉！"

孩子们低着头，一声也不敢再吭，都抽噎起来。

受完批评，赵哥又掏出一些零钱塞到他们手里，两个孩子破涕为笑。一连串的阵势让阿加深陷恐惧，这个赵哥原来是个"黑社会"，在未来，将会控制他的命运。恐惧扩张着，阿加瞪着眼不敢说话。

终于轮到了阿加。

"你以前是干什么工作的？"赵哥问。

"在一个洗浴中心当服务员。"阿加恐慌道。

"家里都有什么人？"

"我没有家人，我妈很早就死了。"阿加不敢提他的父亲。

"真是可怜啊，咳，看到你们这些可怜的孩子，我都忍不住想哭。"赵哥摸着两个孩子的头，又变得和蔼可亲了，"14岁，可以干点正事了。我出去三天，这三天你们几个不许出门。吃的用的都给你们买了，记住，我回来之前你们要是谁出去了，我会生气的，那对你们没有好处。"赵哥一面说着，一面穿着衣服。

孩子们郑重地点头，阿加不明白他的意思，但也点了点头。

被关的三天时间，漂泊数月的经历全部沿着脑子涌进心里，阿加夜夜难眠，想着自己未知的生涯，透过钢铁铸成的窗户，他的伟大梦想，只剩下窗外高楼玻璃上折射回来的一抹阳光。

过早成熟的孩子喝着赵哥买的酒，抽着烟，打发着时间。

一个孩子礼貌地给阿加也扔了一根烟，阿加推让着摆了摆手。

"你们的父母呢？"阿加试探着与他们交谈。

"父母？没有听说过他们在哪里。"

"你们平时都是怎么生活的？"

"生活？什么是生活？我们都是孤儿。"老练的孩子露出狡黠的笑。

出去踩点三天后，赵哥如期回归，打开门愉快地高喊："我的孩子们，我可想死你们了。"

分别给了三个孩子一个拥抱后，赵哥又迫切地给他们开了会。

短短几天，千百次的训练，阿加的手已磨出了血泡，他的任务远沉重于那两个当"扒手"的孩子，对于已经14岁的少年，即便身高不足，但力气已接近成人，所以赵哥安排给阿加的任务不是偷窃，而是抢劫。

目标是带着金项链的老人。

为确保出手万无一失，赵哥将一把小匕首装进阿加口袋里，叮嘱道："万一对方太顽固，这个能派上用场。你要相信自己，没有你做不到的，没有！"

"是的，没有我做不到的！"阿加带着被训练出的恶念点着头。

清晨6点，在赵哥踩好点的路口，阿加将匕首装在口袋里，手指摩挲着刀尖，心里被绝望充斥着，恐慌地站在拐角处，而他的保护人，则在一个他看不见的地方等着猎物出现。

一会儿，赵哥若无其事地双手插着裤兜，路人一般在阿加面前晃了一下。"那老家伙买菜去了，不要着急。"

等待，第一次比死亡还令人痛苦，从头到脚冒着汗的阿加注视着周遭的一切，没有行人的胡同蒙着尘土，远处一排排商店还都关着门，这茫然的人间，竟只剩他一人。

刀尖在干枯的手里摩挲，偶尔两个路人经过，也没有人去注视这沉思冥想的少年。

恶念，如飞沙走石，在阿加心里掀起狂风。

"犯罪！"父亲临别的话突然在他耳边喊叫，"咱家祖上可没出过犯罪的人。"

"要是犯了法，咱家十八代的清白就毁了。"父亲的话变成了咒语，刺着他的神经。若真犯了法，那耻辱将在村子里流传一千年。

戴着眼镜的老太太出现的时候，阿加的眼睛已经睁得酸痛，犹豫慑住了他，见阿加站着不动，和赵哥一起潜伏在暗处的孩子突然如公鹿一般从他眼前飞过，提醒他"猎杀"的时间到了。

老太太挎着背包，踉踉跄跄地迎面走来，阿加咬紧牙关，呼吸着春天的气息，朝那老太太缓步走去。

不费吹灰之力，金项链被阿加一把抓在手里。

抓下来的还有老太太一缕晶莹的白发，老太太两鬓胀起，一个趔趄歪倒在胡同的墙上，睁着灰而大的眼睛望着他，竟一言不发。魂飞魄散的不止老太太，还有行凶的阿加。

"孩子，你这是干什么？"

老太太没有发出预期的喊叫，看着衣衫破烂的阿加，伸出树枝般的手，指着他哆嗦起来，声音听上去像个病人，眼睛却似望见了故人，紧紧盯着脸色苍白的行凶者。老太太睁大双眼，缓慢起身。

"孩子，你是遭了什么难了吗？"老人的话像子弹，击中了他的心。

"对不起！对不起！"阿加几乎是喊叫一般了，手心里的冷汗将金项链浸透。逃跑的刹那间，阿加将金项链摔在了老人脚下。

"孩子，你站住，你别害怕——"老人喘着气，大声喊。

背对着阳光，阿加看着自己的影子，停住了脚步。

"我曾经有个小儿子，他从头到脚都跟你长得一模一样。他呀，打小就在苦难里长，好不容易长到七八岁——"

失魂落魄的阿加无心听老人倾诉，双腿打着哆嗦，站立不稳，趔趄着跑出了胡同。警笛像从地下钻出一般，突然荡在身后，恐惧让阿加听着自己的心跳，回头望了一眼呼唤自己的老人，狂奔起来。

"废物就是废物，没什么好说的了。"暗处的赵哥咒骂着，看到协警骑着摩托车呼啸而来，愤愤地拎着两个孩子消失了。

协警给阿加戴上手铐的时候，是在另一条胡同的拐角处，这一次被逮捕，阿加觉得自己罪有应得，配合地举起了双手。

"你们别抓他！"老太太的脚步和声音清晰可闻，阿加绝望转身，老人大口喘着气，抓着阿加的胳膊如溺水者抓着稻草。

"有人举报他抢劫！"民警厉声道。

"抢劫？我身上空荡荡的，他能抢我啥？"老人道，"你们弄错了，警察同志，他呀——"

老人望着阿加竖起眉毛，吓得阿加连眼都不敢再眨了。

"他是我娘家的亲戚，一大早跟我闹了别扭。"

"你的亲戚？"民警瞥着眼前的一老一少，狐疑地收回手铐。

"那为什么抓他的时候他不抗拒？"

"他是个怪人，就喜欢卖傻。"老人用力拧着阿加的胳膊，又挽起他的手。感受着老人温热的手掌，阿加心里一片空白。

民警终于离去，老人仍盯着他看不够，最深的真情在她眼里流露，想着让人无法喘息的往事，老人摸着阿加的头，浑浊的眼睛布满泪水，老人揩着眼泪，道："你是一个真正的好孩子。

"你遇到什么难处了？我一定帮助你，你能告诉我吗？

"你叫什么名字？"老人摸着阿加的脸连声问。

"我叫阿加，谢谢你——"阿加低了头。

"听你的口音，是外地来的吧？你的父母呢？你上几年级了？"

阿加突然又想起父亲，若父亲知道自己干了一件辱没先人的事，该会怎样地恼怒？好事不会流传，坏事却一定能让父亲跟着自己出尽洋相。老人依旧哽咽着问东问西，阿加只好硬着心肠道：

"我是一个孤儿，我没有家。"

玉
女

1. 曾经

　　曾经，在雪燕成为"玉女"之前，她的存在，让很多人感到幸福，除了天生美丽这一个缺点之外，她就像村里专治不幸的一味苦药，谁家的男孩若是不好好吃饭，看守他的老人就会说："燕子最爱吃这个，她天天想吃呢，但一顿也吃不上。"谁家的女孩若是嫌裙子不好看不愿意穿，她的妈妈就会用逼真的口气道："你瞧，燕子在门口盯着呢，她最喜欢这裙子，但是没有人给她买呀。"要是和她一同玩耍的伙伴闹了别扭，那些伙伴的妈妈也会为了不得罪对方，而十分放心地将雪燕拉出来打个圆场，当着她的面就敢说一句："都是她在中间耍的花招，那苦瓜蛋子的心眼比蜂窝煤都多呢。"

　　"苦瓜蛋子"这样的称呼，已经算是不坏的了，对于一个三岁被母亲抛弃，四岁又被父亲抛弃的少女来说，"苦瓜蛋子"是村庄里专属于她的形容。

　　而雪燕呢，那个时候闲话在她身后飘荡，她若是表现出一点点哀伤，自己就成了一个笨蛋，没有父母庇护的孩子，是人人可欺的一类，雪燕自己也知道"人怕老弱树怕伤"，父母给她一条命，却没有给她根。所以她绝不会让人们从她脸上收获他们期待的任何反应，她唯一能做的，就是把沉默挂在脸上，回到家里，找到一切能吃的东西，让自己快快长大，长成一个健康的人，离开本就不属于她的地方。

但属于她的地方又是哪里呢？她在十五岁之前，总是从自己身上寻找故乡的痕迹，她苍白的皮肤、小小的鼻子、粉红的嘴唇、洋气的棕色头发，以及天生聪明的脑袋，在遥远偏僻的北方村落里，随便找出一个活物和她对比一下就知道了，连猪狗都是一副天生应该在人间受罪的愚钝模样，所以雪燕相信，自己一定是走了十分远的路，从某个仙域来到这鬼地方的。雪燕仰着头，望着渺渺天际，年复一年地思寻。

从自己身上找不到的答案，雪燕就从地图上寻觅，在她和奶奶相依为命的瓦房里，除了贴着漫天神佛之外，还有一张发黄的世界地图，依靠着小学五年学来的字，雪燕把世界上每一个角落都研究得如数家珍，但地图却让她吃惊地发现，别说上面找不到任何与她有关的字眼，就连她所住的村庄、乡镇的名字都找不到。来来去去研究的地图也让她找不到答案，于是只好拿起她奶奶从各地神婆神汉手中搜罗来的算命书本研究起来，忙完家里的活计后，就捧着那些"麻衣相男""柳庄识女""穷通宝鉴""三命通会"消烦解闷。

总而言之，雪燕对自己落魄的命运总有一些高明的想法，生来遭受的一切厄运，只是她必须经历的一个形式。至于村里的那些愚人，他们的肉眼怎能看到她心底的涛浪，让他们笑吧，再多的嘲笑也摇撼不动她心底最深邃的地方，再多的苦难也困不住她的成长。

但那个时候雪燕还没有长成威震方圆百里的玉女，而是一个孤女。即便双亲都好好活着，她也清楚地明白，自己是一个孤女，从她母亲和父亲一拍两散又各自一去不回后，她和很多父母离异的孩子一样，没有跟任何一方，也不恨任何一方，而是无怨无悔地留守在村里，跟着自己年迈的奶奶，默默无闻地熬着奄奄一息的命运。

跟着烧香拜佛的奶奶，雪燕心灵赤诚，心存感激，若是她的父亲从打工落脚的那个城市回来，凑巧路过了她住的小瓦房，接济她和奶奶一些食物或衣物，她就感激得不知道该把手放在口袋里还是垂着了。至于她的亲娘，那天下最无情的女人，已经没有人记得她的模样了。

奶奶算是很有情义的女人，因为一心向佛，连踩死一只蚂蚁都是罪过，因此常常为自己的小儿子和儿媳能如此无情感到惊讶，但又必须理解他们，各自重组家庭后，他们又相继生了一堆孩子，这是她的宿命。至于雪燕，她是自己慢慢消失，或是慢慢长大，似乎和她的父母没有太多关系了。而她的奶奶，被亲儿子憎恨，也是情有可原的，错就错在她往年一碗水端不平，把太多精力都用在了大儿子一家身上，所以当小儿子对她绝情的时候，她必须保持沉默，并责无旁贷地替他们养着成了累赘的雪燕。

有情义的奶奶被无情压抑了数年后，终于在砍柴的路上晕倒了，拉到医院的时候，医生平静地宣布："她得了癌症。"

癌症怎么得的，雪燕不知道，但善有善报，恶才有恶报，慈悲的奶奶无故得了癌症，医生给不出答案，却给了她一个天价的住院价目单，并同情道："我不反对病人回家静养。"

"她这样的情况，住院没有太大意义。

"但是你最好不要告诉她，心情愉悦，才能多活两年。"

俯在病床上，雪燕哭得肝肠寸断，奶奶虽不知道自己究竟得了什么病，但对自己的身体极为有数，摸着雪燕的头：

"我不疼也不痒，住在医院里净叫人笑话。

"来的时候家里没关门，猫狗都该进去了。

"燕子，咱回家吧——"

"奶奶，我不能让你回家等——"雪燕把嘴里的"死"字咽了回去，眼泪哭干后，身单力薄的她还是扶着唯一的依靠，回到了村里。

等死，是两个让人发疯的字。

爱打听事的村民不知从哪里得来消息，雪燕的奶奶得了癌症。癌症在过去的时代还是稀罕的病，至于得癌症的病因，也被谣传成"味精吃得太多了"。

回家不久，奶奶便卧了床，亲儿子终于良心发现回来探望，甚至给她买了一包药。冬天的夜晚，屋子里生着熊熊炉火，父亲把一袋子药放在杂乱的桌子上，雪燕看到他举着勺子给奶奶喂药的时候，亲情突然呈现出强烈的真实感，她想拽着爸爸的衣服哭着喊一句："爸爸，你别走了。"但又怕糟蹋了那难得的感人画面，于是只双眼发直，弯弯曲曲地站在一旁，拉着胸前一缕头发，祈祷亲情长存。

"咋？你还怕我死啊？"奶奶吸溜着汤药，竭力打趣。

"别说这些没用的话！"父亲哐啷一声将碗放下，"我不是怕你死，是怕你一时半会儿死不了。你要是病个三年五载，再有本事的人也叫你拖垮了。"

"那你还给我买药做啥？叫我死了升天多好。"奶奶气得直哆嗦。

"你这样的人不配上天。"父亲跳着脚。

"那你还给我买药做啥？怕对不住我？"奶奶哭起来。

"我是怕对不住死人，不是怕对不住活人。"温情成了泡影。

最后，母子俩的对话就变成了争吵。第二天天一亮，父亲便带着憎恨的心离去，雪燕悲哀地弯着身躯，说不出求他的话，无情的男人走之前也不忘再伤一下女儿的心，好叫她永远对他断了思念：

"你跟你妈就是一个德行，站都不会好好站。一点本事也没有，长大也是个靠不住的。"

2.晕倒

雪燕不知道自己的站姿有什么不忠不义的地方，但从父亲暴怒而决绝的眼神里，看得出来他以后的打算，于是远远地跟着他一路走到村外的铁路上。荒野里的观音娘娘庙孤独地立着，雪燕躲在庙后，看父亲在庙前的公交车站和陌生人说笑，当他跳上公交车的时候，咆哮的发动机终于让她彻底愤怒了，她挥着手臂，望着父亲从窗户里探出的脑袋，一言不发地沿着铁轨跟着公交车奔跑，父亲也许怕她在铁轨上遭遇不测，也许是怕她的样子让他难堪，终于伸出脑袋喝道：

"你慢着——

"你快回家去！

"燕子，你听见了吗？你就这么不听话吗？"

直到公交车变成一个模糊的点，雪燕始终沿着轨道奔跑，当公交车消失在苍天之下的时候，怒气冲天的雪燕再也忍不住，望着远处迷离的阴云，疯一般骂道：

"你这个畜生！你永远也别再回来！你死在外面吧！"

决绝当前，雪燕没有掉一滴眼泪，苍天却看着她的不幸忍不住抽泣起来。傍晚的时候，细雨在她脸上纵横，一天的思绪竟比一生还漫长，雪燕浑身冰凉，沿着观音庙前的铁路来来回回走着，把自己走成了一个灰色幻影。谁也不知道整整一天一言不发的少女究竟低着头想些什么，风吹着荒野的树林，耳边传来比她生命还苦的歌声：

> 妹妹，好妹妹，你过得苦，你走得累。
> 妹妹，乖妹妹，叫你不应，喊你不回。
> 苦呀苦太阳，洒着漫天泪，
> 是不是你，哭得太伤悲……
> 丢了魂的人，找不到南，找不到北……
> 酸呀酸月亮，流着星星泪，
> 是不是你，想得心已碎……

歌声把雪燕心底的苦榨成了汁，终于变成眼泪无穷无尽流了出来。交叉着十根紧紧相连的指头，她蹲在地上，看着无边无际的旷野里一个男人骑着三轮车潇洒地驶了过来。

晚归的村民谢村立远远看到蹲在地上的灰影，止住了嗓子，走近看去竟是雪燕，于是忍不住吼她一声：

"燕子——你咋不回家伺候你奶奶？"

"你管我干什么？走你的路吧！"见来人走近，雪燕擦去眼泪。

"你是要你奶奶在家里等死吗？"谢村立下了三轮车。

"放屁，我一定不会让她等死！她现在不会死，将来也不会死。"

低着头的雪燕突然站起来，双手合十，朝着苍天做出一个叩拜手势，向着头顶的乌云伸去。茫然的谢村立看到，穿着一身黑衣的雪燕头顶冒着缕缕白烟。

"我奶奶三天之后就会下床。"雪燕说着毫无根据的话。

"你奶奶味精吃得那么多，得的是癌症，你小小年纪知道什么？"

"不要怀疑我的话！"雪燕发了狂，厉声道。

"你凶什么凶？这么凶的女娃看将来谁敢娶你。"

"呸！我根本不用结婚！你们这些凡胎，没人配得上我。"

谢村立丢下三轮车，走近一点，想研究研究这孩子是不是发了神经，但一走近，她就飘飘荡荡远了几米，带着不再像她喉咙能发出的声音道："我本是天仙龙女身，吉凶祸福我先知。"

"我的天，燕子，这里除了我没有旁人，你可别吓唬我。你这表演也太吓人了。"

谢村立勇敢地向前走了一步，冒着烟的雪燕就皱着一张苦脸笑起来，谢村立欣赏不了她古怪的笑，更加害怕起来。

"我知道你和你奶奶过得苦，但——你们过得不坏呀，你看看你，已经美得不能再美了。"谢村立盯着眼前站得弯弯曲曲却极为优美的线条，替雪燕难过起来。

"我不是你们嘴里的苦瓜蛋子吗？"雪燕冷笑道。

"那是别人不识货，他们都错看了你。"

谢村立越扯越远，盯着比自己女儿大不了几岁的雪燕，突然觉得，自己又变成了一个害羞的小伙子。

"算你这凡人讲得有理。你还有什么事吗？"雪燕见他立着不走，反感起来。

"我想看看你冷不冷，我知道你需要钱，我这里，只有二十块钱——"谢村立羞得满脸通红，掏出裤兜里破烂的钞票。

"这太可笑了，我稀罕二十块钱？"雪燕让他落了个失望，正准备转身离开时，雪燕突然又叫住了他，"站住！你转两圈让我瞧瞧，我今天——给你算一卦。"

谢村立虽不情愿，但看她不像玩笑的语气，只好原地打了两个转。

"告诉你一个好消息。"雪燕眨着眼，"腰圆背厚，保玉带朝衣。"

"什么意思？"文绉绉的话伤了谢村立的自尊。

"就是说，你会当大官！"

过了而立之年依然一事无成的谢村立听得十分感动，可当官是所有男人都千思万想的事，怎会无缘无故轮到他头上？

"你是不是弄错了？我要是会当官就不叫村立了，就该跟我那个在城里买了房的哥一样，叫个城立。"

"富贵相三十六种，贫贱相七十二，你就在那三十六里。"

"你说的玉带朝衣，也在我心里住过。现在年纪大了，不想那些了。"谢村立忧伤地点了支烟，年轻时的志愿好像又在骨头里发作了，但家里三个孩子嗷嗷待哺，谋生就已经够他辛苦得了，于是蹲在地上，伤感地说，"我就是农村的命，到了城里再好的床也睡不着，不想啦。"

"谁说当官要去城里，当个村长，就是大官！"

泄气的谢村立睁大了眼，盯着眼前的雪燕像盯着自己的梦想。

"你必须相信我的话。"

谢村立被刺激得心潮澎湃，摁灭了烟头，拍着大腿站了起来，将钞票塞到雪燕手里，道："燕子，这算是你给哥算命的卦金，你不能不要。"

"是的，不要钱的命，就不值钱。"雪燕接过钞票。

"燕子，哥要是真能当村长，往后在咱村里，谁敢再多说你一句，哥就把他——"谢村立噙住了豪言壮语，把自己的将来和雪燕一起压在心里，顿了一下道，"哥跟你欢乐与共——"

"错了，我该叫你叔。"雪燕苦笑一声，"文王遇太公，百事从今通。你回家去吧，相信我。"

"文王遇太公？"谢村立觉得自己的好运要从天而降了。

兴奋异常的谢村立推着三轮车走了，直到他半夜躺在床上辗转着那一句"玉带朝衣"，雪燕也没有回到奶奶身边。谢村立走后，雪燕就钻进了铁道旁的娘娘庙，她想把心里的苦楚向那永远慈眉善目的观音娘娘倾诉一下，但磕了三个响头之后，叫了一声

"观音妈妈"，就"咚"的一声倒地，脸磕在盛满香灰的瓦盆里，失去了知觉。

雪燕是在县医院里醒来的，昏迷让人留恋，死亡令人向往，但在梦里想到死亡，奶奶的身影就飘到了床前，死是弱者才做的美梦，想到奶奶，雪燕努力睁了睁眼，听到护士和她的奶奶说着可怕的话：地中海贫血，很危险。

3. 天眼

"地中海是哪个省的？在哪里？"奶奶拉着护士问。

冷若冰霜的护士被老太太的话逗笑，十分聪明地指着隔壁病床的男人的秃脑袋悄声说："地中海就在他头顶上。"说完就推着药车忙去了，雪燕被干渴激醒，望着奶奶，说了声"喝水"。见孙女苏醒，老太太高兴得手脚乱起来，喂了水后，依旧念叨着："地中海到底是哪个省的呢，你也没有出过省，咋就得了地中海的病。"

"奶，她是在和我们开玩笑呢。"喝过水的雪燕坐了起来。

"地中海不属于哪个省，也不属于哪个国家。"

"那是在哪片地上呢？为啥叫地中海？"

"是因为它在陆地之间，所以叫地中海。"雪燕疲惫地说着，扭过脸竟看到谢村立提着一兜大枣立在角落，一同立着的还有村里几个熟悉的婆娘。

奶奶是被谢村立的三轮车拉到县医院的。雪燕晕倒在娘娘庙里的第二天，烧香的女人们发现后，就当作积德行善把昏迷的她抬去了医院，第三天，她奶奶就在床上坐不住了，也许是亲儿子买的药起了作用，她摇摇晃晃下了床后，发现自己居然能走两步了，强撑着走到村口，被亲耳听雪燕说她奶奶三天之后能下床的谢村立瞧见，谢村立就再也不认为雪燕的预言是玩笑了，于是费了许多脑子，想出一个必须要去一趟县城的理由，带着老太太一起直奔县医院。一同前去的，还有村里几个最爱看热闹的婆娘。

"长得洋气，得个病也是个洋名字，还地中海。"

"燕子，你没瞧见我们几个吗？喊也不喊一声，没教养。"

"都说你在铁路上耍把戏中了邪，原来是害了娇贵病呀。"

"你这个苦瓜蛋子真会拖累人，怨不得你爹妈都跑了。"

婆娘们见她并无大碍，反倒对她不满意了，至于她的病情，谁也没有心思去探问。雪燕斜眼看着村里来的一队人，憎恶在心里翻滚。

雪燕能睁眼说话，并一开口就是天文地理，谢村立对她肃然起敬，把一兜大枣放在她的指尖，以为她会对他说几句客气的话，但她却像没看到自己，闭目沉睡半晌，突然睁开眼，盯着无人的病房大门。

"奶，门口有一个人，他一直看着我。"接着，雪燕又像是在与人谈话一般点头，又摇头。吓得婆娘们频频相视却不敢言，倒吸一口凉气的奶奶将她揽在怀里，掉起了眼泪。

"他跟我说，她闺女怀着孕被人抓走了。

"路上难产，现在还在手术室里没出来。

"你们不相信吗？"见旁人都没有反应，雪燕又说，"真的被人抓走了。"雪燕挣扎着坐起来，奶奶赶紧去扶。

"好好，我们都相信，那是谁抓走了他闺女？"奶奶哄着她。

"是红卫兵，他正在求我帮帮忙呢。"

红卫兵那是多少年前的事啊，婆娘们吓得汗毛竖直，护士推着药车又进来，老太太赶紧把孙女那一番不着调的话讲了一遍。

"这里的确有一些正常人看不到的东西。"护士满不在乎。

"她能听见有人和她说话，这是真的吗？"谢村立抢问。

"她听到的和看到的，都是真的。"

"你也能看到？"奶奶急得冒汗。

"只有她自己能看到听到，对她来说这都是正常现象，不要再纠缠了。"

"她这是——开了天眼了吗？"众人惊恐。

"是！"护士懒得解释，重症监护室里常见的"谵妄"对不懂的农村人来说，只会越解释越麻烦。

雪燕开了天眼的消息在村里滚来滚去，按照农村的说法，像她这样被神灵选中的人，三五十里就会出一个，这样的人全都身世坎坷多病多灾，被阴性的东西附着体，阳间的日子就过得极为危险，肉身凡胎抵御不了祸害，无缘无故的灾厄从出生几年后就会开始，这类人若是不明就里不依从神灵的志愿，家人也会跟着遭殃，靠山山倒，靠河河干，看看雪燕就知道了，十几年的人间生涯，被她活成了什么样子。

雪燕成仙的传奇一级高过一级在十里八村流传，先是有人说她曾经得了什么病，被她摸过一次手后就不治而愈了，后又有人说她亲眼看见雪燕早上起来端着一碗清水洒在院子里，没吃完早饭天就下起了雨。而对她的"仙力"最为信奉的谢村立，则四面八方为她散布着连自己都相信了的谎言，说他有一天躺在家里抽烟睡着了，烟头掉在床上，要不是听到雪燕在床前大喊一声"起来"，他早就被烧死了，但睁开眼后，只见起火的床单，却根本不见雪燕的影子。

而对于雪燕说自己会有"玉带朝衣"的事，却只字不提，聪明的谢村立明白，时机未到。更聪明的雪燕也明白，自己和奶奶的命运到了改变的当口，于是整日闭门焚香，令旁人难以靠近。

风吹着缕缕青烟，如神灵吞吐的仙气，春天来临之前，将瓦房上空染出梦幻的颜色，村民们在门外闻着芳香四溢的香火，对雪燕"成仙"的事，无人再敢质疑。

雪燕的"仙气"不止笼罩着自己和奶奶，不足半月，全村烧香拜佛的女人都摸着黑聚到了她的小瓦房，女人们提着糕点，拿着水果，在昏暗的屋子里一排排坐着，而雪燕则无师自通学会了打坐，盘着双腿默坐在堂屋最高的椅子上，居高临下却一言不发。

"燕子——"一个婆娘小声道。

"你疯了吗？仙家的名也是你能叫的吗？"另一个女人插嘴纠正，众人细看了雪燕的眼睛，并没有露出怒色，才都放宽了心。

"老师，咱村里五十年也没有出过您这号人物了。"

"这是神上的旨意，您可别乱了方寸。"

"往年大伙都不认识您，也不知道您是打哪儿来的，我们成天东跑西跑去别村烧香，谁知一直和您打着交道呢，要是您愿意出山，保大伙儿平平安安，大伙儿把心都掏出来献给您。"

女人们央求了半天，雪燕一点反应也没有，直到有人急得掉了眼泪，雪燕才唱歌似的张了口，道：

"我本是天仙龙女生，观音驾前立在东，只因人间千般苦，难舍师尊前来度，奉命踩云万里行，踩空一朵成凡命，三亲六故靠不上，亲生父母无感情，落难人间不自由，稀里糊涂度春秋。"

听完雪燕的唱词，众人难以想象，他们可怜的燕子竟是踩空了一脚云彩掉在村里的，而他们却万万不该没有善待过她一天，让她受了十几年的冷待嘲讽，这是众人罪过的事实，于是纷纷跪地磕头。雪燕见不久前还称她为"苦瓜蛋子"的众人被她胡编的三言两语吓得不堪，终于忍不住，仰起脸悲哀地大笑起来，在众人惊异的眼神里，整整笑了一小时。

4.开坛

"你说，她是不是神经了？"

"我的意思也是，你看她笑得多吓人。"

"你们懂什么？要想得神通，必会先神经。"

散场的女人出了小瓦房，在夜色里争论着。

"神经得越狠，神通越大呢！"

"你要是不信她，以后啥事也办不成。"对烧香求神更资深的女人辩解着，让心存疑虑的个别婆娘闭了口，打着自己嘴上的过失。

过失是可以弥补的，第三天婆娘们就选出一个办事干练的头目来，置办好雪燕出山开坛的一切行头，选定了三月初三这个日子，准备着为村里千载难逢的"仙女"开坛的事。

在瓦房里进进出出的人个个喜庆扑面，只有奶奶的脸肿胀发白，露着忧虑，夜里和雪燕睡在一个被窝，摸着她的脑袋忐忑不安。

"燕子，人活着就是等着分开，医生叫我回来的话，我都明白。我在阳间也活了七十三年，可你才多大，奶不想你为了我——"

奶奶亲着孙女的头发，抱着她还未成熟的身躯，心痛欲绝。靠着身后唯一的依靠，雪燕沉默不言。

"那些人，一口砂糖一口屎，你纵有千头万脑，能应付得了吗？我看人家都是想看你的笑话呢。"

"奶，你放心，谁也不敢看我的笑话。"雪燕咬着嘴唇。

奶奶贴着她的身体，自己养大的孩子长着什么心她最有数。

"奶奶知道你是为了什么。"

"燕子，有一句话你记住：实少虚多，欺人是祸。"

"我活一天算一天，你不能为我做昧心的事。"

"燕子——"奶奶说着话，疲惫令她慢慢松了手，在她平静的呼吸里，雪燕坐了起来，摸出枕下的《三命通会》，冰冰冷冷地对自己说：

"我的命——"

沉睡的奶奶鼾声渐起，窗外万千夜色被鸡的啼鸣撕碎，打开窗户，深吸一口朝气，黎明之光映在雪燕脸上。

"奶奶，你放心，我在这个位置上一定不干坏事。"

三月初三眨眼就到，春天的太阳被云彩遮着，苍穹之上，窥视着人间锣鼓喧天的场面，十里八村拥来看热闹的人数不胜数，雪燕被本村一帮女人拥簇着，穿着铜片子一般僵硬的法衣，头戴一朵白色莲花，身披红色斗篷，脸如大理石一般，冷漠地坐上了为她特制的椅子。

香火缭绕的瓦房，院子里挤着上百号虔诚信徒，雪燕的眼被香火熏得快睁不动了，奶奶的眼睛却始终保持着清亮，黑压压的人群里竟闪着一张足以令她发抖的脸，雪燕的亲娘竟也一齐挤在院子里，抛下骨肉十几年不露面的女人如今心安理得地站着，吓得奶奶想把她从院子里赶出去，但却哀哀地站着移不开步子，要是这女人当场和雪燕相认，十几岁的孩子能应付得来吗。

有本事的闺女如今高高在上，亲娘想把她从神台上抱下来好好亲一口，却被来宾们拥簇着迈不动腿。很快，人群里有人把她认了出来，本村几个女人一把拽住她的胳膊，低声道："你是啥时候回来的？"

"孩子是我生的，我来瞧一瞧。"

"你还惦记着她？"

女人们推搡着，制造出混乱，都怕盛大的场面出了差池。雪燕见人群骚动，披着红袍，威风凛凛地走了出来，厉声问：

"你们打算干什么？打架吗？"

"燕子——"亲娘伸手抓住她的胳膊。

"这是谁的手？快给我松开！"

"我是你妈——"亲娘没有任何征兆地大哭起来。

"哦，你还活着呢？你来做什么？"雪燕的心剧烈震荡了一下，身子往后退着。所有人的记忆都回来了，带着复杂的微笑，等着看一场人神相认的大戏。

5. 玉女

"我来——"亲娘哼啊着说不出圆满的话。

"你不用说了！让我算一算就知道。"幻想过多少次和亲娘相见的雪燕一点眼泪也掉不出来，掐着手指，怒目踱着步，道，"你是想来感受一下给仙家当妈是一种什么感受，对吧？你现在感受完了吗？感受完了就滚出去！"

想不到女儿会如此冷酷无情，众人也料不到雪燕竟当场宣布让她亲娘滚出去，母女相见，不掉眼泪是凡人做不到的。不合情理的阵势迷了众人的心窍，这雪燕，到底不是凡人。

"我是天生的人，没有凡间的娘——"雪燕道。

亲娘立着不走，拉着她的法衣哭诉："长了本事就六亲不认了，我的老天爷，是谁把你生出来的？"

"谁把我生出来的？"雪燕冷笑，"我是观音尊前玉，人间第一仙，道法天生，功力自成。你这凡胎村妇，眼昏耳聋，不知孝悌，不分西东，贪心不止，眼看祸难立至，还不速速退步，处其所在，方可免灾。"

听着雪燕出口成章的"仙言"，人人诚惶诚恐，一夜之间，人人可欺的雪燕，用非凡的谈吐把所有人都吓糊涂了。亲娘听到自己有灾，绝望如囚徒，却又不明白她口中的"处其所在"是个什么道理，大惊失色问道："处其所在怎么说？"

"意思就是你从哪里来的，就还在哪里好好待着！"

"你就这样打发你的亲妈吗？"

亲娘不甘心，又准备上去扯她的法衣了。雪燕看她一眼，目光如电，没人再敢去劝，人们听着自己的呼吸，激动地等着玉女发落。

"此人，不成伦理不成家，水性痴人似落花。"雪燕转身，"似鸽飞来自投笼，欲得翻身行不通。此人命不行，把她抬出去——"玉女下了令，亲娘被抬了出去。

债已讨完，账已算清，香火继续焚烧，观世音菩萨身披红色斗篷，慈眉善目坐在案台上，雪燕扭头看了一眼观音菩萨，心里悲哀道："观音妈妈，你才是我的亲妈，我和奶奶已经活不下去了，请你给我帮一个忙，我死了做牛做马报答你。"

神佛当前，没有人敢说一句话，跟着奶奶见识了多年场面的雪燕神情自若，越是严肃，越让众人不敢质疑，纷纷掏出五元、十元放在案台前，当作卦金，等着她开口说点什么。

看着瞬间堆成的"金山"，想着奶奶身体里那个要命的癌症，雪燕的思绪像解开了绳的飞马，字字无虚言，周周密密地讲道：

"师尊说，要先立一个规矩。"看一眼垂目的观世音菩萨，雪燕眼泪就掉了下来，微笑的观音一言不发，和众人一起等着她说话。

"乐意遵守的留下，不愿遵守的都给我滚出去。"

空气凝结着，没有一人敢动，焚烧的香火遮住了雪燕的脸。

"淘沙见金，君子劳心，收取卦金是天经地义之事。"

众人点头，雪燕激动起来，想着奶奶的救命钱，强大的力量涌遍全身，活着是如此沉重，命运，请你从今天开始就收回那些不幸吧。

"但也有三不收——"雪燕厉声道，"阳寿将尽者不收，大祸临身者不收，再无好运者不收。"

一连串惊人的话，让交了卦金的人脸绷得紧紧的，一阵微风吹过，偏偏几张钞票又从案台上被吹了下来，让众人既激动又害怕，不知是谁倒了那么大的霉，连观音菩萨也不肯要他的钱了。

定好规矩，虔诚的人极讲纪律，拿着玉女赐的序号，排着队。雪燕盘着双腿宛如一尊活着的神像，低眼看着跪在自己脚下的信徒，吞吐着白色的呼吸，庄严地说道："生辰八字报来——"

第一个信徒慌张报出生辰，不等雪燕抬眼，就高举双手发自肺腑地喊道："师父，我只有一个心愿一件事，你一定要保佑我、成全我、满足我，你最神通广大，你最铁面无私——"

"我让你说这些废话了吗？"雪燕面色不悦，打断了他的话。

"没有，但是我今天有些事要忙活，下次再来要晚些时候。"

"这是你想啥时候来就啥时候来的地方吗？就是你这种屄人会坏我的规矩。"盛怒的玉女轻弹指尖，一张钞票从案台上悠然飘下，正正好好就是脚下人递上的卦金。

"在这里，还有一个规矩，就是时间——都给我听好，逢初一、十五不查事，早上九点点名，点名不到者，过期永不再看——"

　　香火闪动的瓦房里，人们望着玉女在蒸腾的烟雾里正襟危坐。

韩博士
在
美国

1. 夜路罚款

黄昏时分，除了市中心，街上已经看不到任何行人，店铺纷纷打烊，下了班的人不会在外晃荡，到了点就开车往家赶。政府机关也在白天把该尽的责任都尽到了，过了5点半，就准时关门。只有中心路段的几家酒吧微微闪着红光，如忧郁的星辰，在远处诱惑着寂寞的人。路上只有车辆穿梭，等到该回家的人都回了家，该去酒吧的都去了酒吧，大街上就安静得毫无气息，至于郊区街道，更是冷清得连老鼠也觉得没什么可逛的。

本来就不繁华的亚拉巴马州奥本小城，孤寂是常态。

人间暗无光彩，天上却十分热闹。进入秋季后，火烧云几乎每天傍晚都要光顾奥本小城，但这天空的漂泊者行色匆匆，在西天只闹哄哄地拥挤了不到一个小时，就又被风催促着移动起辉煌的足迹，很快，那些灵动如火焰的云就被赶到了密林深处。晚上7点，夜色已将一切璀璨化为乌有。

吃过晚饭，沿着寂寞的公路，穿过森林暗影，韩博士开着车从郊区公寓赶往学校，他的老板奥本大学终身教授K教授近期给他布置了大量任务，以至于每天晚上他都要加班，泡在实验室里昼夜不分，能在枪支合法的国度里深夜赶路而毫发无伤，韩博士觉得，这两年多来，全凭他的运气。

韩博士的车已经有11年车龄，作为第三任车主，当他以5000美元从一位越南人手里购得时，这辆白色本田雅阁已行驶了13万英里。他十分爱惜这辆车，由于美国油价低廉，韩博士缓解压力的唯一方式，就是在偶尔的空闲时间里，带着干粮开车旅行。两年后，这辆高龄的本田雅阁已行驶14万英里。

车里放着广播音乐，是阿黛尔的成名作《泪在深处》，女歌手富有穿透力的嗓音如虎啸龙吟，撕心裂肺，令人心碎。

我们本可以拥有一切

如今却只能在深渊里挣扎

我的心曾在你掌心紧握

但你只是把玩，从不珍惜……

韩博士不由自主地跟着唱起来，瘦如鸡爪的手在方向盘上敲着节奏。

看到路口的Stop Sign的时候，韩博士及时踩住了刹车，凭着潜意识，他觉得自己停的时间足够了三秒钟，才松开刹车继续前行。拖着奔波的双腿和疲惫的心，韩博士扶着方向盘重重地连续打了两个喷嚏，随即身体哆嗦了一下，酸痛困乏随之而来。

"难道是感冒了？"韩博士抽了抽鼻子，感冒了也好，想到自己来美国之前母亲准备的一箱子应急药品，都已经快要过期了，若是一片也没有吃，那就太浪费了。

韩博士腾出一只手摸了摸额头，果然有些发热，到美国两年多来第一次感冒，竟让他有些兴奋。

恍恍惚惚地向前行驶，后视镜不知何时闪现出红光，这不是什么好景致，凭着基本的法律常识，韩博士心里不安了起来，赶紧降低车速，把音乐关掉。果然，后面的车也放慢了速度。"怎么招来警察了呢？"韩博士心里嘀咕着。美国大街上没有摄像头，巡逻警车都像狩猎猛兽一般猫在看不见的地方，专逮不按规矩行车的人。

身后的警车无声无息，但警示闪灯却一秒也没有停止转动，被警车跟踪不到一分钟，韩博士就老老实实地把车停在了道路最右边的草地上。

乖乖坐在车里等候发落，韩博士把挡位挂在P挡，没有熄火，连安全带也没有去掉，在美国生活的常识告诉他，若此刻盲目下车，无论出于什么原因，警察都有权默认他身上携带枪支，就算即刻将他击毙，也是合情合理。所以在美国的道路上行驶，一旦被警察尾随，最正确的方法就是尽快找个安全的地方停下来，并老老实实在车里坐着别动。

摇下车窗后，一个身形彪悍的白人警察出现在眼前。

"先生，看到Stop Sign，你应该停车三秒钟。"白人警察口吻严厉，容不得人与他开半点玩笑。

"是的，我知道要停三秒钟，刚才我也停了三秒。"明白了被追的原因，不是什么大事，韩博士舒了口气。

"那么你认为的三秒钟是多久呢？"白人警察扶着车窗，低头打量了一下眼前瘦小的异邦青年。韩博士看着窗外魁梧的身影，判定那警察至少有一米九的个头，若自己从车里走出去，他不足一米六五的身躯在警察眼里一定像个笑话。

"我看到Stop Sign的时候，在心里数了三下，One，Two，Three。我就是这么数的，足够三秒钟。"韩博士带着讨好的笑容说。

"不不不，你的做法完全错误，你不能数得那么快，你要这么数，"白人警察伸出一根手指，举在韩博士眼前，拉着长长的音调道，"One——Two——Three——现在明白了吗？你刚才的做法完全错误。"

"好的，我明白了，谢谢你的提醒，下次遇到Stop Sign，我一定按照这个速度数数。"韩博士笑吟吟地说，话音刚落，那警察又把脸扭到了车头的方向，疑似又发现了新的状况，韩博士心里紧了一下，不知道又出了什么问题，笑容僵在了脸上。

警察走到车前方，转了两圈后，神情变得更加严肃，但他没有命令韩博士即刻下车，而是让他待着不要动，转身回到后面的警车里。韩博士从后视镜里看到他在里面不知写着什么东西，但他不敢询问，只是隐约觉得，这不是什么好兆头，在警察离开的几分钟里，韩博士忐忑不安地思索着自己的问题，仅仅是在路口少停了一秒钟，难道会开罚单吗？

"先生，你的左前车灯有故障，里面有一个小灯没有工作，这十分危险，已经威胁到道路行车安全，这是你的罚单，希望你及时去修理车灯。"10分钟后，警察把几张纸塞进了韩博士的手里，其中一张正是罚单，另外两张他还没来得及仔细看。

"139.5美元！"韩博士倒吸了一口气。

警察见他吃惊的样子，好心提醒道："这已经是我能开出的最低罚款。您有什么意见吗？"

"我没有意见，我的前车灯坏了吗？非常抱歉，我没有看出来。"韩博士拿着罚单，心中万马奔腾，要是花139美元去沃尔玛买菜，足够他吃上一个星期。韩博士的脸由于心疼钱而变得扭曲，他想立刻下车看看他的车灯，但警察并不允许，瞧出他的心思，警察又近乎同情地说："如果你不满意处理结果，也可以不用交这个罚款。你可以去法庭起诉我。"警察的话滴水不漏，但从他微笑的样子里，韩博士分明意会到另一层含义，若用中国话说，那就是：有本事你去法院告我。

　　在美国上法庭是家常便饭，美国人认为解决纠纷最好的方式就是上法庭，日常生活中一切矛盾皆可上法庭。但作为土生土长的中国人，韩博士坚定地认为无论出于什么原因，上了法庭就都不是什么好事，他不相信法院里都是青天大老爷，也没有胆量去和警察对簿公堂，更何况在美国打官司必须请律师，请律师的费用非常昂贵，最普通的律师一小时佣金也高达200美元，其间各种材料费用也要自己掏腰包，再加上自己时间也很宝贵，若花大量时间和心思去打官司，他的老板K教授第一个不会同意，于是权衡过利弊之后，韩博士决定老老实实地吃下这个亏。

　　"不不，我对罚款没有意见，我不会起诉你，明天我就去交罚款，然后去修车灯。"韩博士说。警察满意地点了点头，很快就开车潇洒地消失在暮色之中。

　　警车离开后，韩博士立刻下车查看他的车灯，果然左前车灯内有一个小灯泡没有亮，是什么时候坏的，他说不上来。回到车里，韩博士把那罚单仔细看了看，另外两张纸上的内容大意是若对罚款有意见，可到指定法院去起诉云云。

"真是倒霉。"看着醒目的罚款金额，韩博士气得呼吸急促，鼻腔里准备打出的喷嚏也被压了回去，他这个月的生活费已经没剩多少，虽然在美国读博士也有一定的收入，他的老板K教授每个月从项目经费中给他发800美元的工资，但在美国生存，800美元仅仅够用来租房子。为了节省开支，韩博士和正在攻读硕士学位的师弟大东合租了一套2B2B的公寓，每人每月500美元，此外，他还必须购买保险，学校最便宜的保险每月也需170美元，在平时的生活中，就算他节约到极点，一个月下来，吃饭和日常琐碎开销也需要1000美元。

　　虽然他足够优秀，不用缴纳学费，但把所有花费加在一起，就算他极度节约，每个月也要花费1800美元左右，除了K教授发的800美元，他还需要1000美元的支持，无论汇率如何波动，1000美元换算成人民币也是6000至7000元。

　　对于单亲家庭的工薪阶层，这无疑是巨大的压力，他母亲在中国的工资每月有8000元，把三分之二的所得都转给韩博士后依旧不够。刚到美国的第一年，韩博士也尝试过勤工俭学，给一家中餐馆送外卖，虽然能挣一些零花钱，但需要浪费大量的时间，到了博士三年级，毕业压力就排山倒海压了过来，令他没有一丝打工的机会，好在韩博士在去年回国结了婚，妻子小汪是一名公务员，每月工资5000元，通情达理的小汪又从工资中拿出2000元，才勉强支撑韩博士在美国的艰难生活。

　　按照美国的博士学制，五年能拿到学位已是最快速度，只要稍有松懈，六至七年才能毕业的大有人在，经济压力令韩博士不敢有一丝松懈。

2. 回到公寓

再回到公寓已是深夜，师弟大东还没有睡觉，正穿着一件名牌睡衣坐在客厅的黑色沙发上，一手拿着手机，一手夹着一根烟，屋子被他搞得乌烟瘴气。

大东的家境要比韩博士好得多，父母都是知识分子，但是大东从小被灌输节约理念，所以来美国攻读硕士学位后，他也保持着良好的家风，花钱从不大手大脚，尤其是与朋友之间，无论关系多好，大东的原则一向是"人亲财不亲，财利要分清"。钱要用在刀刃上，大东的刀刃就是吃饭和穿衣，车是不论贵贱只要能开就行，至于住房，大东则更是认为，房子就是睡觉的地方，随便在哪儿刨个坑，能睡就行。

大东之所以来美国读硕士，在他父母看来是为了追求更好的教育，但实际上是为了他的前女友，那女孩到了美国留学后就觉得自己和他没了共同话题。为了不被女友抛弃，大东义无反顾地追到了美国。飞机落地后，痴情的大东连自己学校也没进，第一时间就去了女孩所在的城市，可悲的是，那女孩还是选择了与他分手，甚至在诀别时扔给大东一句异常残酷的话："试过西方白人以后，没有哪个女人会再喜欢中国男人。"

失恋导致原本就肥胖的大东日渐颓废沮丧，半年内体重飙升了25公斤，等他和韩博士住在一起的时候，身高一米八的大东，体重已达105公斤。

地上落着烟灰，沙发几乎被大东的屁股压变了形，让人担心不定何时它就会散架，韩博士一度后悔与大东合租。

已经走出失恋阴影的大东正笑眯眯地捧着手机，见韩博士回来，赶紧掐灭烟头，礼貌地喊了一声"师兄"。

韩博士本想凑过去坐一会儿，但看到那"天崩地裂"的破沙发，他更愿意到餐桌前去坐着。沙发是物业配套的家具，不知承载过多少留学生的身体，两旁的扶手和靠背均已破皮，大东曾建议在毕业季去路边捡一个沙发回来，虽然他们生活节约，但出手阔绰的留学生数不胜数。每年新学期更换住处，大量留学生都会嫌搬家麻烦，将数不清的家居用品丢在路边，搬了新家后又重新购置家具。于是每到下半学期期末，奥本大学城内各大生活区随处可见各色家居用品，多半是八成新的好物。大东曾说："闭着眼睛捡一个也比这强。"但客厅没有多余空地，物业的破沙发若随意丢弃，只会遭来巨额罚款，哥俩只好继续使用破了皮的沙发。

韩博士在厨房拿出一包泡面，他要吃一顿夜宵才能快速入睡，康师傅泡面在美国的价格一般是1.5美元，相当于麦当劳最便宜的一款汉堡，是韩博士加餐的最佳选择。

一边吃着泡面，一边说自己被罚款的事，大东听了之后一点也不惊诧，不但没有安慰师兄，还十分骄傲地说："我上次右转没有让直行就被罚了300美元，你这点罚款算什么。"

"还得去修灯泡，不知道又要花多少钱。"韩博士丧气地说。

"灯泡花不了几个钱，我以前去4S店修过，大灯20刀，小灯

15刀，你不是只有小灯坏了吗？就十几刀的事。"大东翻着手机，被TikTok一则视频逗得大笑不止，肥胖的身躯差点从沙发上滚下来，韩博士厌恶地瞅了他一眼。

"不是还有人工费吗？美国人工那么贵，十几刀怎么能解决得了？"韩博士不太想去4S店，他一路上都在考虑自己是不是可以在网上买一个灯泡，然后换上，但是又不知从何下手，万一再把灯罩弄破，就太得不偿失了。

"人工是按小时算的，换灯泡最多五六分钟，算上工时费我那次总共花了21刀，放心吧师兄，不会让你出太多血的。"听着韩博士大声吸溜着泡面，大东的肚子也叫了起来，但他一点也不想吃泡面，自己节约并不代表他就穷得只能吃泡面。

作为中国北方人，大东连做梦都想天天吃兰州拉面，可要想吃一碗正宗的兰州拉面谈何容易，奥本小城里没有兰州拉面馆，最近的一家位于亚特兰大市中心，开车需两个小时，油费且不说，一碗兰州拉面15美元，虽然大东几乎每周都会去亚特大吃一顿，但每次吃拉面的时候，他都忍不住在脑子里把15乘以7换算一下，这么一算，一碗拉面用人民币就是105元，而在祖国吃一碗拉面10元钱足矣，所以每次吸溜着拉面，大东都觉得自己是把10张10元人民币切成了条，碗里的面条也一定没有"钱条"多。

"师兄，你回来之前我其实做了一个梦，我梦见我去亚特吃拉面，吃得可香了，我还跟老板说多给我放点香菜，口水都把枕头打湿了。"大东放下手机，睁着一双可怜兮兮的大眼。

"瞧你那点出息，我囤的泡面还有几包，自己去泡。"瘦小的韩博士在又高又胖的大东面前显得完全没有师兄的样子，加上大东性格热情又难缠，所以和他说话，韩博士总要故意摆一摆架势。

"我才不吃这种垃圾食品，这个时间点筷子只要拿起来就放不下了，我得减肥。对了师兄，你吃不吃薯片？我买的乐事薯片太多了，看着就想吐。你要是饿的话，冰箱里那些比萨和牛排，你随便吃，我看着都烦。

"现在对我来说，一切美帝的食物都不香了，我就馋中国味，除了泡面，像拉面呀、火锅呀、驴肉火烧、肉夹馍啥的，要是能可劲儿地整，让我瘦30公斤我都愿意。"大东摸着肚皮在韩博士面前晃来晃去，他是个话痨，要是跟他聊下去，半夜2点韩博士也不能上床睡觉。

"我在梦里吃了一碗拉面，醒来后就发现我的鞋带儿不见了，你说奇怪不奇怪？就是我那双白球鞋的鞋带儿，怎么都找不见，师兄，你说会不会是我——"大东皱着眉头煞有介事地说着，突然被自己的逻辑吓了一跳，露出惊骇的神情。

"你不可能吃鞋带儿，就算是梦游你也咬不动那玩意儿，就算咬得动你也咽不下去，所以不用胡说。"在大东面前，韩博士向来十分注意自己的言行，不会随便和他开玩笑。

"是，你分析得很对，但你不能只破不立啊，那你说我的鞋带儿去哪里了？"韩博士的严肃令大东尴尬，他自认自己十分具备幽默天分，本想逗一逗"犯了事儿"的师兄，没想到被他冷漠拒绝，索性不在他眼前晃悠，又懒洋洋地回到了沙发上。

"赶紧毕业，美国这种破地方待着真是浪费青春。"

"可惜了，我这一身的劲儿，要是有个女人就好了，可惜了。"大东自言自语地说着，一条肉腿搭上沙发的靠背上，用他44码的大脚摩挲着木质墙壁，想起一墙之隔的那位白人女孩，大东重重地叹了口气，这个时候，那女孩一定是在和她的黑人男友狂欢吧。

"怎么隔壁听不到动静了呢？"大东忽地把腿收回，一骨碌站了起来，胖脸贴着墙，一副花痴模样。

韩博士已经把泡面吃完，麻利地洗了碗，就准备回到卧室把快过期的感冒药吃了，好好睡上一觉。离开客厅之前，韩博士看了一眼大东不堪的样子，突兀地给他了一句："那你就锁定一个目标，这种事情，谋事在男，成事在女。"

"精辟呀，师兄，到底是过来人。你该不会是建议我挖隔壁墙脚吧？算了，我可不想在美国被黑人打死，这代价太惨烈了。"大东还想追着他继续讨论如何谋事，却被韩博士"砰"的一声，拒在了门外。

深夜下起了细雨，打在窗户上发出令人心痒的沙沙声，公寓里灯光陆续熄灭，在大东也准备上床的时候，一墙之隔的邻居终于有了动静，隔着墙传来女孩杀猪般的咆哮，这让他感到十分失望，本想听到一些激情澎湃的声音，没想到他们又开始打架了。

美国很多房屋都是纯木质结构，廉价公寓的隔音效果更是差到极点，大东把耳朵贴在墙上听了一会儿，就感到非常厌倦。邻居打架对大东与韩博士来说，早已习以为常。起初，他们还会为女孩感到惋惜，几度试图报警，但白人女孩非要和那个黑人厮混，数次被打依然甘之若饴，这就是一种令人费解的悲哀了。

躺在床上，隔壁的战争愈演愈烈，曾几何时，公寓也有人会报警，那对情侣对半夜引来警察也曾感到羞赧，但第二天再见到他们时，两人就手牵手拥在一起，恨不得连走路时也要把舌头搅缠在一起，亲密得令人咋舌。三番五次后，那女孩就算被黑人男友打死，也没有人再想过问了。

闭着眼睛幻想出那金发女郎衣衫不整的样子，也许她此刻正双膝发软浑身震颤地坐在床上，大东的心中翻起滔天巨浪，双手积极地配合大脑，但随着幻想的深入，那美人的脸逐渐又变成前女友的模样。激情又一次失败，大东愤恨难当，去卫生间冲了个热水澡后，依然没有走出失恋阴影，于是打开音响，在卧室里狼嚎般唱起一首比他年龄还大的老港台歌：

冷雨扑向我，点点纷飞
千度高温波涛由你涌起
个个说我太狂笑我不羁
敢于交出真情哪算可鄙……

韩博士能忍受邻居的喊叫，却无法容忍大东的哀号，一脚踢开他的卧室门，见他赤身裸体的样子，正想扑上去给他一拳，却看到一张泪流满面的脸。

"你不能总是这样，你睡吧，行不行？我真的很累。"两人都沉默了一会儿，大东涨红的眼睛软了下来，抓起床上的毛毯，像个孩子似的把自己裹住，并当着韩博士的面发誓：他要与所有中国女孩断绝来往，就算抱个非洲女人回家，也不虚美国此行。

3. 修车

第二天，随着黎明的到来，下了半夜的雨悄然退去，太阳照常升起，一排排参天大树安静地站在草地上，寂寞的奥本小城又一次苏醒，四周全是鸟叫，只睡了3个小时的韩博士被闹钟叫醒，头痛欲裂，空着肚子又吃了几片马上过期的感冒药。

公寓里各种肤色的人陆续出门，白人只和白人说早安，黑人也只和黑人打招呼，而黄皮肤的亚裔们则谁也不理谁，除非是老相识。面对迎面走来的黑眼睛黄皮肤的学生，若对方不主动朝自己微笑，韩博士也没有心思和他加深印象。

韩博士没有吃早饭，连喝一口牛奶都会反胃，不到8点，他就开着车匆匆去了学校，留下大东一个人在屋里睡懒觉，在美国拿硕士学位比拿博士学位容易得多，大东有钱，也有的是时间。

上午10点，趁着K教授去开会的空当，韩博士去警察局交了那139.5美元的罚款，回来后心情已跌入谷底。接着，他又心神不宁地在实验室里打碎了两个玻璃烧杯，被管理员当着所有人的面严厉训斥了一顿，要强的性格早已锻炼出异于常人的忍耐力，韩博士笑呵呵地表示，他会原价赔偿。

午餐照例是麦当劳4.59美元一顿的儿童套餐，韩博士把赠送的卡通玩具装进了背包，时至今日，他已积攒出无数个麦当劳玩具。想到与妻子的约定，下次回国他们就必须实施造人计划，韩博士觉得，在不久的将来，这些玩具一定能派上用场，虽说送给未来的孩子略显寒酸，但玩具们毕竟也是留过洋的，更何况，每一个玩具都还带着父亲宝贵的留学往事呢。

韩博士本想咬咬牙去把车灯换了，令人无奈的是找了几个车行都车满为患，于是只好硬着头皮又把车开回学校。

距离月底还有15天，还要再花21刀去换车灯，接下来的日子真没法活了。

车灯没有换，就会有再次被警察罚款的风险，韩博士索性把车扔在学校的停车场里，计划晚几天再去换车灯，无论加班到几点，他都准备用两条腿走着回到公寓。从距离上估算，开车20分钟的路程，预计要走1个小时20分钟，早上从公寓出发去学校容易，无非是早起一点，但是夜间从学校回公寓就比较难了，在美国走夜路的风险有多大，韩博士早有耳闻。

实验室里一位叫哈娜的印度女生也好心提醒他："韩，你最好在兜里装50美元，万一遇到持枪抢劫，你就赶紧把那50美元塞给歹徒。我就遇到过一次，不过那人没有动粗，倒像乞丐一样向我要钱，但是我很清楚，如果我不给他，他就会变成歹徒。"棕色皮肤的哈娜所言属实，韩博士有些犹豫了。如果他长得像大东那样人高马大，偶尔在夜间徒步还是有些底气的，但他太过瘦小，身高不足一米六五，体重也只有53公斤，对于一个男人来说，当危险真正来临，他不会比女人多出什么优势。

再三权衡，韩博士最终没有选择徒步回家，第一次厚着脸皮请实验室里另一位同胞把他送了回去。

又一次深夜归来，一天只吃了一顿饭的韩博士已经快支撑不住，他不愿意总在实验室里吃泡面，因为从不参加聚会，实验室里那些不同肤色的同学们早已对他指指点点，甚至有人还给他列了一张饮食表格，精确地指出，他在博士二年级时一共吃了120包泡面、99个汉堡、100根香蕉。虽然是玩笑，却令他无地自容。

一进门就听到大东的欢呼，他从学校拿回一张宣传单，兴奋地对韩博士说："师兄，你听说了没？下周奥本要举行车展。"

"是吗？"韩博士已经饿过了头，长长吐了口气。

"告知各位同学：奥本大学一年一度世界名车展将于11月8日举行，地点是Lee县欧佩莱卡市中心大教堂前。"大东举着传单郑重其事地念，他刚来美国一年，还没见识过奥本大学的名车展，以韩博士对他的了解，他对车展的兴趣百分百是为了车展当天的免费美食派对。

"听说这场地很费劲才租到，太好了，咱一定得去。"

"去干什么？给车展当装饰品啊？"韩博士不置可否地笑着，起身又去厨房找出泡面。

等待泡面泡开的工夫，韩博士如数家珍地给大东介绍了往年车展的盛况，按照往年惯例，参展车辆分别有科尔维特C8、奔驰C63、奥迪RS5、巴博斯G63、法拉利458、宝马X5、科迈罗黑武士、保时捷帕拉梅拉和卡宴等等。每年大约有100辆豪车参展，由于此项活动为奥本大学华人学生会组织，所以参展车主无一例外都是中国留学生。

"你觉得是我那辆破本田有资格参展，还是你那辆破尼桑有资格参展？"韩博士跷起二郎腿，挖苦着大东，也挖苦着自己。

"那咱们去蹭饭的资格还是有的吧？这上面写得清清楚楚，

车展当天烤肉及所有美食免费随便吃，欢迎所有同学参与狂欢。能蹭吃一整天呢，咱为啥不去？咱不去就傻了。"大东又开始抽烟，一张胖脸在烟雾里难掩喜悦。

大东的话其实正合韩博士心意，早在回来的路上，他就听说了车展的事，在过去两年，他一次也没错过免费吃饭的机会，如今和大东住在一起，像这种厚脸皮的事，自己绝不能第一个提议。

"去蹭饭？去要饭还差不多。"韩博士打趣道。

"要饭就要饭，到时候开我的车去，哎，有了——"大东来了兴致，一只手做出拿着话筒的姿势，唱起了他改编的歌：

"我开着车，你端着碗，咱们哥俩一起去要饭，豪车咱不看，只要午餐和晚餐，不吃到天黑，绝不把家还……"一首《敢问路在何方》被大东改得令人喷饭，韩博士笑得直咳嗽。

意见达成一致后，大东嘿嘿笑道："说不定我还能在车展上捞个生活伴侣呢，都说留学生的恋爱最完美，国外一个，国内一群，怎么到我这儿就鸡飞蛋打了呢，不行，这厕我不能认。"

"你不是发誓再也不找中国女孩了吗？怎么这么没骨气？"韩博士吃着泡面，故意揶揄大东。

"我也没说要找中国女孩呀，等着吧，且看我如何成为华人之光，出国留学不找个外国女人同居，回国后怎见江东父老？"扔了烟头后，大东从他满地乱扔的名牌鞋堆里找出他的哑铃，有板有眼地练了起来。

"你可真会把自己当回事儿。"韩博士倒希望大东赶紧找个人去同居，合租之初，谁能想到衣着光鲜的大东如此邋遢，来美国一年，他别的没学会，倒学会了美国人用洗衣机洗鞋子的陋习，要不是韩博士制止，他能把拖把头也扔洗衣机里去洗。

当然，大东也不是混账得一无是处，有时候这小子还是很细心热情的，听说师兄的车灯还没有换，也没敢再开回来，他立刻表示第二天早点起床，送韩博士去学校，随后，他又详细地介绍了他之前修车的地方，怕韩博士记不清店名，又拿出纸和笔，写好4S店的名字，叮嘱他就在GLEEN大街的北头。

第二天，按照大东的指示，韩博士很快就找到了那家4S店，在一个加油站的附近，门头上写着：University Tire and Auto。

进门后，一个白人接待员礼貌地向韩博士打了个招呼。

"下午好，先生，您看起来很熟悉。"接待员热情地与韩博士握了握手，问，"有什么可以帮助您的吗？"

"我前车灯里的一个小灯坏了，我还有急事，能快速帮我修好吗？"韩博故意表现得很着急，希望能在5分钟内解决问题。

"好的，请问您有预约吗？"接待员问。

"这个没有。"韩博士说，大东虽然没有提预约的事，但是他也应该明白，在美国办事，大部分情况下都应该提前预约，这是他自己的失误。

"没有预约的话，现在工人还在忙，需要等半个小时，等待时间不会算到修车时间里，您愿意等吗？"接待员问。

"换灯泡需要多少钱？修好需要多长时间？"

"大约15美元，可能需要几分钟。"

"好吧，我愿意等。"韩博士看了看手机上的时间，15美元和大东说的价格相同，加上几分钟的人工费应该是21美元无疑，看来行情本就如此，于是爽利答应。

"先把您的钥匙给我，您可以在休息室里喝咖啡或看电视。"接待员拿走了韩博士的钥匙，又提醒他，如果觉得咖啡苦可以加牛奶和糖。美国所有办事机构的咖啡都是免费供应，韩博士不客气地连喝了两杯。

半小时很快过去，在韩博士喝第三杯咖啡的时候，还没见到工人的影子，好在等待不需要花钱，韩博士只好耐着性子捧着纸杯继续看电视。又过了半小时后，接待员终于重新出现，告诉他：

"您的车灯已经开始换了。"

韩博士看了看手机上的时间，已经是下午2点，出于谨慎，他提出在一旁观看修车的要求，接待员一口答应，领着韩博士去了修车间。

修车间的一侧是一间装有透明玻璃墙的等待区，接待员告诉他，可以坐在等待区观看修车过程，但韩博士还是走到汽车跟前，仔细把自己的车打量了一遍。

"您的车灯里有一根电线有老化的迹象，要不要一起换掉？"修车工是一位年轻的男性黑人，20出头的样子，双手带着布满油渍的黄色手套，诚恳地对韩博士说。

"电线老化了吗？换电线需要多少钱？"韩博士问。

"电线很便宜，但是很关键，您的车灯之所以坏就是电线的问题。"黑人修车工说。

"那就一起换了吧。"

得到韩博士的同意，年轻的黑人修车工非常开心，给了他一个灿烂的微笑，就埋头苦干了起来，但是客人在身边盯着令他有些紧张，于是告诉韩博士，车灯很快就会修好，让他到隔壁玻璃房坐着等会儿就行。

等待的空当里，远在祖国的妻子小汪打了语音电话过来，听着妻子亲热的话，韩博士心中涌起万丈柔情。小汪说她已经开始吃叶酸了，准备放了寒假就到美国向他要孩子，叮嘱他提前把身体养好，让他多吃一些对男人好的东西，如各种坚果、生蚝、鱼虾等，据说都能提高精子的质量。韩博士捂着嘴，生怕旁人听到什么，好在玻璃房里只有他一个人。

隔着半个地球的夫妻俩情意绵绵，不知不觉已过去半个小时了，韩博士突然想起了修车的事，于是哄着妻子赶紧睡觉，三五步走到汽车跟前，发现修车工居然依旧埋着头在工作，汽车的引擎盖已经打开，各种零件铺了一地。

4. 明天更漫长

看着被拆得七零八落的零件，韩博士不敢相信自己的眼睛，明明是换个车灯，何必拆发动机呢？

"请问你是不是搞错了，我说过只是换车灯，为什么要拆其他部位的零件呢？"韩博士气愤地问。

"我正在努力工作，我会尽快完成的，先生，请您不要着急。"工人脱下手套，拿着雪白的毛巾在黑得发亮的脑门上擦了擦，一头的汗水证明他是真的在努力工作。

"我上次换车灯几分钟就换好了，进门的时候你们也是这样承诺的，现在已经过了半小时。"

"是的是的，但是您的车问题有些复杂，我需要去请教我的老师。"修车工抱歉地说。接待员见状立刻走了过来，与修车工嘀咕了一阵后又转向韩博士，告诉他问题非常复杂，工人已经耗费了大量体力，现在必须休息一会儿。

"工人有权休息15至20分钟，按照法律，休息时间是算在工时费里的。"接待员口气十分轻松。

"我想知道，彻底修好究竟需要多长时间？"韩博士已怒不可遏。时间就是金钱，这句话不愧出自美国人之口。

"我认为，最多不会超过一个半小时。"修车工耸了耸肩膀。

"请你把所有零件还原到原来的位置。"韩博士气得血脉偾张，这分明就是一家黑店，自己真是脑子进了水，居然相信大东那个不靠谱的二流子。

"这个当然，就是因为无法将它们复原，所以才需要请教我的老师，请您放心，一定会让它们各就各位。"修车工说完，就把手套和脖子上的毛巾都扔到一边，心安理得地去了休息室喝咖啡，留下韩博士看着一地的零件，心急如焚。

给大东打了五次电话，都被他立刻挂掉，几分钟后，大东发了一条信息过来，说他正在K教授的办公室里接受训斥，有什么事给他留言就行。韩博士只好把一地的零件拍了照片，又把受骗的经历大概描述了一下，大东没有再回复。他果然不靠谱。

15分钟过去，透过玻璃，看到那修车工终于从沙发上站了起来，他还算客气，没有磨蹭到20分钟。韩博士看到他开始打电话，听不清说了些什么，只见他不断地点头，表情严肃，仿佛真的是一位十分敬业的工人。

"我已经问清楚了，您的车很快就能修好，请您继续在休息室等待。"打完电话后，修车工又戴上了手套。韩博士知道，自己的辩论毫无用处，只好继续等待。

大东还没有回复信息，韩博士又回到休息室，无心再继续喝咖啡，他已经明白自己被坑骗，可这黑店一系列的操作完全无懈可击，若要去法院起诉他们，理由又该是什么呢？来回思索，只能等到下一步再做打算。

等修车工终于把引擎盖"砰"的一声盖上时，韩博士看了看时间，不多不少，他又整整用了一个半小时。

"先生，您的车已完全修好，您可以付钱了。"修车工露出一排白牙，万事大吉地拿毛巾擦着脸。

"一共多少钱？"韩博士阴沉着脸问。

接待员又及时走了过来，手里拿着一张账单，微笑着说：

"这是您的账单，每一条花费都非常详细。灯泡是15美元，电线15美元，工人的工时费是每小时110美元，他在休息室内喝咖啡用了15分钟，但这15分钟属于工作时间休息，这是必须算到工时内的。"接待员逐条念着，韩博士惊得眼镜差点掉地。

"他一共用了2个小时15分钟，所以一共是277.5美元，我可以给您打个折，您只需支付275美元即可。"

"换个灯泡要275美元？这太疯狂了！"接过账单，仔细看过上面的内容后，韩博士完全不能控制情绪。

"这个价位我不能接受！我以前修过车灯，小灯是15美元，大灯20美元。我进来的时候你们也说修小灯是15美元，并且是几分钟就能修好，我不可能支付275美元，我没有那么多钱。

"你们太过分了，完全不合规矩，并且没有我的允许就把其他零件都拆下来，浪费了我的时间，居然还要收这么高的费用？"

一手拿着账单，韩博士又拨了大东的电话，此刻他需要救兵，不能任凭他人宰割，大东依旧拒接电话，好在他还发了条信息过来：师兄，你先别交钱，我马上过去。

"先生，您应该感谢我们，我们不只是为您换了灯泡，还检测出了电线的问题，因为电线老化，灯泡才会这么容易坏掉。"接待员巧舌如簧，黑人修车工不说话，只拿大眼睛瞪着他。

"您的电线并不好换，就是需要很长的时间，美国人对工作的态度是严格的，我们修车行业每小时110美元的劳务费不可能改变，所以账单没有任何问题，您必须支付。"

"那这也太贵了，完全超出了我的承受能力。"韩博士沮丧至极，撑着一股劲儿为自己辩护。

"那这样吧，我给您一个高级会员的折扣，八折，您只需要支付220美元。欢迎您以后多光顾。"接待员拿出一个计算器，飞快地算出一个新的数额。

"不行，220也贵了，请给我时间考虑考虑，我有个朋友要过来了解情况，请给我一点时间。"

把接待员和修车工打发走，韩博士已经气得浑身颤抖，嘴巴急促地抽搐着，身在异国他乡，吃亏的事他经历过太多，但今天这道坎太过窝囊，自己居然亲眼看着别人挖坑，然后跳进去挣扎。

20分钟后，大东风风火火地闯了进来，见到同胞，韩博士像得到了一种力量，勇气大大提升，但是负面情绪还是支配了他，一见到大东，就没好气地说："你给我介绍的这是什么地方？有这么坑人的吗？"

"这价钱不合理呀，这不是抢钱吗？"大东拿着账单反复查看，把接待员和修车工都喊了过来。

难得师兄弟二人齐心协力，飞着唾沫和接待员争论了半天，那狡猾的白人只是耐心地点头、摇头，到他说话的时候，还是只有一句："账单合理，必须缴费。

"我们做的是小本生意，我们这一行根本发不了财。

"如果你们觉得不合理，可以拿着账单去法院起诉，但是我们店里也有常驻律师，对于打官司，我们是非常专业的，美国是法治社会。"接待员终于烦透了，口气不乏威胁。

"修车不专业，打官司专业，这是他妈的什么玩意儿。真是他妈的太过分了，这就是黑店。"大东用中文骂骂咧咧。那接待员回到门口，索性关上玻璃门，一副不给钱就不让走的架势，随后又拿起电话，不知是不是准备报警。

哥俩都犯了愁，傻站着不知如何是好，于是坐到休息室的沙发上，车行里没有人再理他们，玻璃墙外驶过一辆警车，吓得俩人对视了一下，好在那警车闪过后并未回头。大东突然想起来，他在一家中餐馆吃饭的时候遇到过一个老乡，那老乡是老牌美籍华人，在美国住了25年，或许能向他请教个招数。

"那你赶紧给他打个电话。"韩博士已束手无策。

拨通老乡的电话，大东先是寒暄了一番，接着把他们的冤案一五一十地讲了一遍，大东转过身和老乡说话的时候，韩博士与他紧挨着，能清清楚楚地听到手机里的声音，随着那老乡的解说，韩博士越听越感到愤恨无力，还没有完全好透的感冒令他一阵哆嗦，头痛得简直无法忍受。

"师兄，这次估计得认栽了。"挂了电话，大东叹了口气。

"我那老乡说：人家看你年轻，也许根本不懂车，所以故意拖延时间。反正你是学生，过几年就毕业了，他们坑骗学生可以一届一届地坑，不愁没有学生来送钱，他们不需要回头客。

"也不要说他们只欺负中国人，他们不只是欺负中国人，他们哪个国家的人都欺负。如果起诉他们，请律师的费用非常高，一场官司打下来，得几千刀，无论从金钱还是时间上对咱都不利。

"这些美国人不止咱们惹不起，其他国家的留学生也惹不起，被坑的人数都数不清，这儿没有正义，咱只能认栽了，你得想开点。"五大三粗的大东，语气像个小姑娘。

韩博士绷着脸不说话，抬头看窗外的天空，天是深蓝色的，一堆堆雪白的云纯洁得不知人间疾苦，三五成群地挂在天上。马路对面是最常见的绿植，高大的落叶乔木因为长得太过肆意，所有枝丫都在空中扭曲着，一副张牙舞爪的魔鬼模样。树下是连绵不尽的草坪，在美国的大地上，树可以自由生长，草却不能，美国人对野草的态度是零容忍，草坪上每一片叶子都被修得整整齐齐。韩博士望着远方，想到远在祖国的母亲和妻子，握紧的手慢慢松了下来。

"师兄，我知道你没钱了，我给你出一半怎么样？不用你还。"大东仗义地说，他觉得自己也有一定的责任，毕竟是他指引着师兄到了这坑人的地方。

"大东，如果我起诉他们，赢了呢？"又沉默了片刻，韩博士把身子转了过来，一句反问，惊得大东手机差点落地。

离开4S店后，韩博士像换了一个人，驱车回学校的路上，他把车窗全部打开，放了一首他最喜欢的《明天更漫长》，把音响调到最大分贝，窦唯不羁的歌声震撼着一切：

> 迈开大步匆匆忙忙奔波波去寻找
> 寻找一份能让自己感到欣慰的骄傲
> 不顾一切疯疯癫癫跌跌撞撞地奔跑
> 奔向那份能让自己感到安全的怀抱
> 离别了昨天去拥抱希望
> 告别夜晚等待天亮
> 过去的辉煌不再重要
> 明天更漫长……

耶鲁之约

1. 出门之前

进入11月，耶鲁大学委托各州校友开始为正在高考的学生进行面试。11月1号递交了申请后，华裔女生温迪接到面试通知是在11月18日。

迄今为止，温迪已经为六所常春藤大学写过报考作文，每所大学的作文题目大致相同，耶鲁也不例外，无非是"你为什么申请这个学校？""你如何使用本校提供给你的教育平台？""你认为本校有哪些资源能帮助你成功？""你为什么要进行高等教育？"等等。此外，还有一个全国统一的作文题目：请描述你自己。

不低于500字的作文，每所大学都坚信以此能读懂学生的心，衡量出他们是否适合本校。至于其他成绩，如ACT/SAT/GPA/联考等，都属硬件装备，只需查看成绩单即可。用来"读心"的作文将直接决定有没有必要与该生进行下一步接触。

华裔女生温迪与全美的高三学生一样，都在这个月为写作文苦恼不已，除此之外，报考哪些大学这件事她必须压在心底，因为消息一旦流出，将会如冷雪般压在全校同学的心上，作为常年位居全年级第一名的全优生，温迪会成为每个人的威胁，乱了每个人的心。所以她必须保密，不能有任何透露，用她的父亲汤教授的话说，"即便用显微镜也不能看出丝毫破绽"。

面试员是一位本科毕业于耶鲁大学的中年白人男士，面试地点约在佐治亚水族馆附近的一间咖啡厅。无论对于耶鲁还是学生，面试都是一场至关重要的对话。

吃过早饭，温迪暂时放下面试带来的心理包袱，悠闲地往嘴里扔了一颗口香糖，她的嘴巴还留着豆浆和比萨的混合味道。

房间里光线明亮，六面落地窗外是森林和草坪，高挑客厅里挂着白色与浅灰色重叠的窗帘，天花板上是造型典雅的复古吊灯，映衬着红橡木做的家具与地板。作为典型的中产华裔家庭，温迪的家看起来温馨又不失庄重。

靠在沙发上，温迪耐心地嚼着嘴里的口香糖，一只脚在空中随着音乐打晃。钢琴是姐姐弹的，她早餐吃了一个苹果后就一直在弹琴，从黎明弹到现在，为了让一家人在上帝的祝福中开启美好的一天，姐姐先后演奏了 *Jesus Love Me*、《展开清晨的翅膀》《这一生最美的祝福》，等等。另一只脚踩着地毯，纯羊毛面料让温迪的脚感到非常舒适，正宗的美国人都喜欢这种感觉，恨不得整栋别墅里所有角落都铺满地毯，温迪也喜欢。在几年前父母决定购买这片社区的别墅时，她也曾要求选择整栋屋子铺满地毯那种户型，但被汤太太苦口婆心地劝阻了，因为她的父母都是正宗的中国人。偌大的别墅，只有一楼客厅铺了一块比沙发大点的羊毛地毯。

为了让家更富有中国韵致，客厅的立柜被父母摆满了来自祖国的青花瓷和陶俑，美国人用来挂油画和水彩画的玄关处，也都挂上了中国山水画，到了过年的时候，家里还会贴上大红窗花，门外也会贴上红色春联。但温迪生在美国，长在美国，美国的阳光和雨水还是把她养成了一个美国孩子，她说的中国话都带着泡泡，舌头像永远伸不直似的，也欣赏不出那些站在柜子上的灰头土脸的小人儿有什么别致之处，即便父母再三强调，那些小灰人儿叫兵马俑，作为中国陕西人，那是温迪的根。

把口香糖嚼得干燥无味后，温迪的心也跟着干燥起来，家里的其他成员都被她打发到了各自该去的地方，没有她的召唤，人人都自觉地与她保持着距离。

时钟走到7点半，温迪站起来兜转了一圈，眼睛不觉落在一幅兰花图上，中国画的妙处在于，只要看上一眼，就让人不会轻易忘记。兰花图的旁边是全家福，里面锁着一家人幸福的时光，拍那张照片的时候温迪还是个小学生，一家四口还住在那种每月缴纳800美元房租的公寓里。汤教授和汤太太微笑着坐在前排，两人身上穿的衣服是几年前在Sam's超市买的特价款，姐妹俩则像天使一样站在后面，歪着脑袋傻笑。那个时候，温迪的姐姐刚考上一个不理想的大学，还怀着某种希望，但大学毕业后，她就跟改头换面了似的，脾气阴晴不定。

全家福旁边是温迪与同学们的三张合影，最左边那张照片里，所有人都拿着自己的乐器，右边那张所有人都举着网球拍，位于中间的照片则是温迪正和一位对手下象棋，身边拥挤着各种肤色的同学。

三张不同的照片，温迪都站在中间位置，学校里的乐队、网球俱乐部、国际象棋俱乐部都由她一手创建，这是温迪的骄傲。

端详着那些照片，不觉走到跟前，温迪伸手触摸着那些笑脸。

"劳根、亚历克斯、艾瑞克、萨拉……"相片中人的肤色以白色和黄色为主,黑色皮肤寥寥无几,合影中唯一的非洲裔男孩艾瑞克笑容极富感染力,此刻,他正露出一口洁白的牙齿与粉红色的舌头冲着温迪大笑。艾瑞克成绩平平,但温迪知道这并不会成为他升学的障碍,美国所有的大学都有不成文的录取原则,肤色越深的学生,在高考中反而越有优势,若是艾瑞克也接到了耶鲁的面试通知,即便是各项成绩第一名的温迪,单凭肤色这一关,也很难与艾瑞克竞争,除非她把皮肤换成正宗的白色。

摩挲着相框,温迪的手停留在一个东方面孔的女孩脸上,除了额头的形状不同,在旁人眼里,她们黑色的头发与黑色的眼睛,加上相似的体形,总让那些正宗的美国人认为她们来自同一个家庭。

女孩叫劳根,是温迪最好的朋友。每一张照片里,她们都相互紧挨着,劳根总喜欢用"步调一致"来凸显与温迪的友谊,她会穿上与温迪颜色一样的衣服,也会和她一样扎起高高的马尾,她常常搂着温迪的脖子,向她的韩国同胞们夸耀:"这是我最了不起的朋友。"从外貌上来看,二人宛如姐妹,但劳根的身体里流淌的是正宗的韩国血液。无论来自中国还是韩国,在学校里,她们有一个共同的名字,那就是——亚裔。

照片已是陈年旧物,友谊定会历久弥新,温迪对此坚信不疑。

时至今日,温迪还没有把她即将面试耶鲁大学的事告诉劳根,她克制着打电话的冲动,想象着劳根因为惊喜而尖叫的样子,觉得父亲让她保密的那句话有些过激,即便旁人会嫉妒她的前程,但在劳根身上绝不会发生这种事。

距离面试还有两个小时,清晨的阳光将所有角落都照得清清楚楚，温迪在屋子踱着步，看看全家人都在做什么。

别墅一楼是全家人的生活区，有汤教授开放式的study room、姐妹俩的钢琴室、一家四口的运动健身室、汤太太的查经室，而作为避难室的地下一层，则被汤教授改造成了放映厅。

美国没有毛坯房，美国人对装修更是一无所知，这座拥有旋转楼梯的500平米精装修大别墅，60万美元即可拥有永久性产权，美国中产阶层都买得起。永久产权意味着永远交税，佐治亚州的房产税为1%，因为房子都是纯木质结构，每年还需要缴纳高昂的房屋保险，但对于目前年收入20万美元的华人教授来说，这些都不算什么。

汤教授在电脑前正襟危坐，认真地敲击着键盘，见小女儿走来，下意识看了看腕上的手表。

"你该换衣服了，温迪。"汤教授站了起来。

"爸爸，其实我想给劳根打个电话，前几天她还问我来着。"

汤教授微微一笑，没有立刻回答，但也没有一点表示赞同的意思，房间里琴声戛然而止，姐姐幽灵一般披着一块花哨的披肩走了出来，夹在父亲和妹妹之间。温迪惊得张了张嘴，觉得自己就算在百里之外打个喷嚏，姐姐也能立刻听到。

"胡闹！你不能控制住自己的得意吗？"姐姐严厉地说。

"我可没有想过得意，劳根前几天又问我都报考了哪些学校，她一个月前就不停地问我，还跟其他人打听来着，我不想让她乱猜而已。"温迪很尴尬，想不到连自己的姐姐也这样认为她。

"那她告诉你她报考哪些学校了吗？"姐姐问。

"这个倒没有，她一个也没有说。"温迪嘟囔道。

"那就等你顺顺利利地拿到耶鲁的通知书再说。那个劳根倒是机灵，这个节骨眼上打听别人的隐私，她自己怎么保密得严丝合缝的？她四处打听是她做贼心虚，她把你的机密套出来，再散播到全校，你就成了当箭靶子了，她好渔翁得利，说到底，这种人就是太有心机。"

"你不能这样说我的朋友，劳根她是天使。"温迪觉得姐姐已经把劳根妖魔化了。

"天使？你以为只要有翅膀就是天使啊？苍蝇还长着翅膀呢。"

听着姐姐的惊人之谈，温迪耸了耸肩膀，不再与她争论，踩着旋转楼梯"嗒嗒"上楼换衣服去了，但是身后仍飘着姐姐与父亲过分担忧的对话，这让她觉得不可理喻。

在二楼利索地换好衣服，温迪又给自己化了一个淡妆，因为从来没有化过妆的缘故，眉毛画得像两只扭曲的毛毛虫，吓得温迪赶紧用洁面乳把脸洗了个干干净净。

一切收拾妥当，透过楼上的窗户，温迪看到母亲正在后院打扫卫生。温迪家的后院是典型的美国东南风格，拥有大片草坪，院墙外面是茂密的树林，所以只要一天不打扫，院子里的落叶和松针就多得让人没法再看。汤太太已经扫完了落叶，扫把扔在一边，蹲在草坪上开辟出的一小片菜地旁，正仔细瞅着自己种的菠菜。

"妈妈，我收拾好了！"温迪冲着窗外大喊道。汤太太抬头望了望，立刻丢下她的菠菜苗，慌张地离开了后院。

又回到客厅，整装待发前，温迪手里提着双肩包，穿着一件干练的小西服，打扮得十分得体。她英姿飒爽地站在最中间，任由全家人像蜜蜂围着鲜花似的包围着她。

2. 咖啡厅的面试

出门之前，父母和姐姐把她上上下下打量一番。

"看看今天的天气，这是个好的开始，感谢主。"汤太太在胸前画了一个十字。

"一定要沉住气，这是非常难得的机会。"汤教授不由得伸手摸了摸女儿的脸，如抚摸自己的一件杰作。

"这只是一场普通的面试，爸爸，我一点也不紧张。"温迪笑了笑。她还不知道自己有多么了不起，也不知道整所高中也只有两个人接到了耶鲁的面试通知。

温迪的小西服是一件很正式的美式少女款礼服。柔和的蓝色外套搭配一件粉色衬衣，她把粗黑浓密的头发梳成马尾，甩在后脑勺，在黄皮肤的映衬下，看起来活力四射。但她的姐姐却觉得她看起来像个头脑不够聪明的笨蛋，因为她的额头相比本土美国人来说，实在是太大了。姐姐伸手为她整理着额前的头发，温迪老老实实任由摆布，直到被她的指甲挂住了鬓角。

"你把我的头弄得很疼。"温迪说着带气泡的普通话。

"我给你买的发卡去哪里了？你的刘海太不老实，应该用发卡固定住，这样才能显得你的头没有那么大。"姐姐环顾四周，终于在壁炉上看到那个她认为富有诗意的紫色发卡。

"没人会端详我的头。"温迪有些烦，想到姐姐对劳根的全盘否定，觉得她是因为迟迟没有结婚才变得性格古怪。

"带上发卡会更吸引人。"姐姐拿着发卡，试图把温迪向上飞扬的刘海压下来，以便遮住她的大脑门。

"我的额头是我的骄傲，我不想遮住它。"温迪躲闪着。

"你应该穿白色西服，蓝色这件显得老气。"

"你不要干预我的事情，我不喜欢任何人为我做主。"温迪拒绝得直截了当。

作为过来人，姐姐认为她更了解面试的每一个细节，想到自己就职于加州的那家银行，每天在鸡零狗碎的琐事中消耗生命，正是因为当年高考失利，未能进入常春藤名校，如今在事业上才会总不能如意。"想我这本该蟾宫折桂的手，也只能在银行里干些加减乘除的勾当，就是因为当年没进常春藤。所以，你绝对不能步我的后尘，否则，将会和我一样，岁月似黄叶凋零，人生一片荒凉。"姐姐总能以哲学家自居，任何时候都能语重心长。

"咱们陕西有句老话：他大卖葱娃卖蒜，老子英雄儿好汉。就凭你爸的智商，咱温迪肯定能考上耶鲁。"汤太太望着汤教授，眼里闪着星星，转头对温迪说，"等你晚上回来，妈给你搓麻食吃。"汤教授夫妻都是土生土长的陕西人，即便来美国二十年，也保持着家乡的饮食习惯，烩麻食这样的家常饭，一直是全家人的最爱。

"妈，得是我和温迪的DNA不一样吗？"姐姐喊道。

"瓜尿，你喊啥？都多大了，脾气还是这么歪，人活着不能总是随心所欲，东跑西颠，你赶紧正经要个朋友才是正事。"汤太太看一眼大女儿，千言万语呼之欲出，"你再单身下去，身体里的激素都会失衡。"

"我就是因为激素太平衡了，所以多巴胺和内啡肽才不能绑架我的大脑。我只遗传了爸爸的严谨和警惕，这不能怪我。"敷衍母亲的时候姐姐总是游刃有余。

"我是瓜尿，我们温迪可不是。"姐姐提起温迪的马尾辫，亲昵地揪了揪。

"还是找个华裔稳妥，我还得去同乡会打听打听，继续给娃安排相亲，你说呢？"汤太太望了望丈夫。

"又相亲，上帝啊。"姐姐仰头长叹。

"你已经三十出头了。"汤太太看了看壁炉前的时钟，长篇大论暂时咽了回去。

"师父，别念了。"听到催婚，姐姐立刻抱着自己的头，做出孙猴子被紧箍咒施法的模样，逗得一家人都笑起来。

"看你还说我。"温迪得意道。

"你是我和爸爸妈妈共同教育出来的，我当然有义务说你。"姐姐收起笑容，变魔法似的掏出一个精美的皮面笔记本。

"你最好在路上翻翻这个本子，我已经把最佳回答写在了上面，不要紧张，就是很普通的聊天，与之前你面试过的大学一样，耶鲁也会问你七八个问题，你已经面试过几次，但耶鲁这次一定要更加慎重，千万不要因为紧张而做出模糊不清的回答。按照我教你的方式去回答，不会出错的。"姐姐说。

"我不想按照你的方式，要上耶鲁的人是我，不是你。"温迪嘴上强硬，但还是把本子塞进了背包。

"温迪，我们会继续在家里为你祷告，无论能否被耶鲁录取，你都是我们全家的骄傲。"全家人分别给了温迪一个拥抱。

潇洒的温迪冲家人打了一个脆亮的响指，就开着自己的白色丰田车出发了。和大多数美国高中生一样，在她过完16岁生日后，父母就花6000美元为她购置了一辆二手日本汽车，驾照是温迪自己开着车去考的，而考驾照支付的那40美元则是她利用课余空闲打零工赚来的。

不知道会拉开一幅怎样的序幕，出门后温迪有些茫然，只不过，凭着自己的学习成绩与出色的才艺，她的心总归是踏实的，但在行驶的路上，她又隐隐觉得不太舒服，说不清是哪一种直觉，让她感到，通往耶鲁的路，也许不会那么顺畅。

大地明辉普照，天上是纯洁的浮云，风吹着树叶飒飒作响，草坪似柔波轻浪，美国南部的太阳即便在冬天也不会闪射出寒光。温迪从郊区出发，两眼光芒炯炯，胸膛随着海洋般的草坪没有秩序地起伏着。

孩子出发后，汤太太宣布，全家人要为温迪做禁食祷告，也就是说，在温迪回来之前，所有人都不能再吃任何东西了。

顺利抵达咖啡厅，温迪一眼就认出了面试员，当她落落大方地走到那位正襟危坐的男士面前，面试员立刻绅士地站起来向她伸出了手。

"很抱歉，我来晚了。"温迪笑着。

"不，你没有晚，任何约会中，男士都应该先到。"面试员见温迪和他一样穿着蓝色西服，拉了拉自己的衣角，笑着说，"看来咱们在某些方面的想法是一样的，我喜欢蓝色。"

"我也是，本来我姐姐让我穿白色来着，但是我觉得穿白色有些像个……"温迪一时语塞，把背包卸了下来。

"像个罗马神话。"面试员的幽默让气氛欢快起来。

"你喜欢什么咖啡？"面试员问。

"Americano."

"我也是。"面试员为温迪点了一杯与他相同的咖啡。

谈话正式开始，为了显示对对方的尊重，温迪掏出简历，用双手递到面试员眼前，面试员却摆了摆手。

"不用着急看简历，温迪，让我们先彼此熟悉一下。年轻真好啊，看着你，我觉得我自己年轻了20岁。"面试员谈吐诙谐，让人觉得，在他面前紧张是多余的。

"你看起来也很年轻。"温迪说。

"不不，皱纹计算着我的年龄。"面试员挤着自己的脸打趣道，"温迪，先说说你家里的情况吧，在我的了解中，你的父亲是一位大学教授。"面试员扶了扶鼻梁上的眼镜，镜片背后是一双温和的眼。

"是的，我的父亲是1999年来美国读的博士，我的妈妈是2000年带着我的姐姐来到美国的，后来我父亲博士毕业后他们就都留在了美国。"温迪笑着说。

"哦，你的姐姐现在做什么工作？"

"她在PNC BANK上班。"

"喔，很好，你是在哪里出生的？"面试员接着问。

"我出生在佛罗里达的海边，下个星期就是我的生日。"喝了一大口咖啡，温迪突然莫名滋生出紧张情绪，好在热咖啡流进身体，温暖着神经，令她那一副像快要没电的手机的身体，很快恢复了力量。

"哇噢，先祝你生日快乐。你们以前一直住在佛罗里达州？"

"谢谢你。我们也不是一直在佛罗里达，我们搬过三次家，因为我的父亲做过三次博士后的缘故，我们在南卡和北卡都住过。"双手捧着热咖啡，温迪的心随着蒸气翻腾起来。

"我童年时期经常搬家。"温迪尴尬地笑了笑。

"真是精彩的生活，我喜欢听漂泊的故事。"面试员鼓励她继续说下去，"说说你的童年吧，在你的童年里，最难忘的事情是什么？或者，最难忘的一件物品。"

说起童年，温迪的嘴角止不住上扬，在她10岁之前，她的家庭都过着节衣缩食的日子。父亲博士毕业后数年里因为找不到合适的工作，先后辗转于三所大学做博士后，但童年该有的美好，父母和姐姐一样也没有少给。经济拮据的日子，父母宁愿几年不给自己添一件新衣服，也依然坚持让她和姐姐学习钢琴、小提琴、网球、国际象棋以及绘画，也总把最好的食物留给两个女儿，而姐姐总是把自己的那份让给妹妹，一家四口住在简陋的公寓里，日子过得拮据而踏实。

童年的景象在心中铺展，温迪微笑道："现在回想起童年，我觉得那些时光都很朦胧。"

"那就回忆一下你那些朦胧的往事吧。"面试员晃了晃身子，调整了一下坐姿，双眼满怀着期待。

认真追忆起来，过去的时光毕露纷呈，仿佛每一段岁月都各有千秋，在温迪心中永不消逝。

3. 朦胧旧事

"我童年里印象最深刻的，应该是鱼和虫子。"温迪说。

"是捕鱼的游戏吗？我很想听听。"面试员认真地听着，仿佛一个人童年的经历远胜过一切，在他眼中，那个时期没有虚假和深思熟虑，越简单的故事越富有诗意。

"不是捕鱼，是吃鱼。"无数个画面进入温迪的脑海，无边无际的回忆不用思索，过去的岁月在她眼前清晰上演。

"哦，我也喜欢吃鱼，说说那条鱼吧。"灯光照着面试员金色的头顶，因为打了发蜡的缘故，整齐的头发璀璨如玉，他自信而谦虚，语气和微笑展示着他受过高等教育的涵养。

咖啡厅温暖干净，每一张宽大的沙发都相隔甚远，谈话不会打扰到任何人，也不会被任何人打扰。

温迪又抿了一口咖啡，音乐包围着她，空气里是淡淡的甜香味，过去的岁月向她召唤，令她神迷其中。

"我们曾经住在北卡的达勒姆县，住在铁路旁的一栋公寓里。"温迪缓缓道来。

"我的父亲那个时候在杜克大学做博士后,我的妈妈是一位伟大的家庭主妇。您也知道,做博士后薪酬并不高,他的工资每年只有5万美元,对于一家四口来说,勉强能够维持基本的生活,并且为了更好地培养我和姐姐,父母坚持让我们学习钢琴、小提琴、网球以及绘画。妈妈为了贴补家用,曾长年都在做钟点工。

"在那个时候,为了让我和姐姐都长得壮实而又不花费太多的钱,我妈妈经常去私人农场里买很便宜的鱼,她买得最多的是carp,因为本土美国人从不吃带刺的carp,所以就非常廉价,她每次用10美元就可以买到足够我们全家吃上一个星期的鱼肉,我经常被鱼刺卡住喉咙。"温迪笑了起来,她的笑声令人觉得仿佛被鱼刺卡住喉咙是一件很开心的事。

"天哪,那真是太可怕了,但是你好像觉得那很有趣,你需要经常去医院求助医生吗?"面试员露出不可思议的神色,等着倾听接下来的剧情。

"不需要医生,因为我有一个天才妈妈,她会让我和姐姐喝大量的醋,以此软化那根鱼刺。"温迪神秘地说。

"醋真的可以软化掉鱼刺吗?"面试员难以置信。

"不能,我的姐姐说喝醋解决鱼刺是最不科学的方法,所以她会用她的方法来解决鱼刺,比如,把切开的大蒜插进我的鼻孔里,然后再让我吃一口白砂糖,当我忍不住打喷嚏的时候,鱼刺就出来了。"想起喷出的大蒜落在姐姐头上的场景,温迪不禁笑出了声。

"虽然听上去很疯狂,但我觉得你们都很快乐。那让你印象深刻的虫子呢？"面试员接着问。

"因为超市里的蔬菜都很昂贵，所以为了节约开支，我的妈妈就自己种菜，她种的菜所有人都喜欢，虫子们就更喜欢，所以我们经常和妈妈一起捉菜叶上的虫子。"

"你们把院子里的草坪用来种菜了吗？"在面试员的印象里，他接触过的所有华裔似乎都有种菜的嗜好，他曾认为这只是一种民族习惯，就像德国人喜欢使用机器、法国人喜欢桌游、西班牙人喜欢玩发明，而中国人总是热衷于种菜，此前他认为种菜只是中国人的一种爱好，今天他才知道，这是一种骨子里的节约。

"不，那个时候我们没有院子，我妈妈是在阳台上种菜，她买了很多花盆，偶尔去农场捡一袋子发霉的黄豆，铺在花盆里做肥料，你能想象吗，那些被人丢弃的黄豆非常神奇，只要半袋，就能让我们家的阳台上大丰收，我经常和姐姐一起提着篮子里的菜分享给邻居们。"温迪骄傲地说。

"这个画面很美好，温迪。"面试员郑重地点了点头，他努力想象着温迪所描述的场景，作为最见过世面的人，却无法想象发霉的黄豆居然能成为神奇的肥料。

"但是丰收也会带来烦恼，疯长的蔬菜会引来无数虫子，除虫就要勤快一些，我每天和妈妈一起除虫，有时候邻居的孩子到我家里玩，每次见我抓虫，他们都很羡慕。"温迪侃侃而谈，面试员显然是被她的故事黏住了，坐着一动不动。

"为了和小伙伴们分享快乐，我会在家里举办捉虫派对。"

"捉虫派对？那真是疯狂又有趣，想不到满是泥泞的日子你也能如此快乐。"面试员忍不住赞叹。

为了让谈话更有互动，讲着自己的童年趣事，温迪大胆地问了面试员一个问题："你的童年是怎么样的呢？"

面试员微笑着耸了耸肩膀，摇着头说："我和你很不同，我是一个破坏性很强的坏孩子，而你是一个勤劳的姑娘。"

面试员把椅子向后挪了挪，抬起自己的右腿，摸着膝盖道："我经常把自己弄伤，有一次，我骑着自行车从一个很陡峭的坡上飞速而下，但帽子被风吹掉了，我伸手去抓帽子，自行车失去控制，我就从那个坡上滚了下来，膝盖被摔得血肉模糊，现在还留着很深的疤痕。"向温迪展示了一下自己的伤疤后，面试员又把椅子恢复到原位。看到那狰狞的痕迹，温迪惊得瞪大双眼："天哪，那一定非常痛。"

"是的，我的妈妈非常生气，她说我如此顽劣，上帝也不会再理我了，她不敢再干涉我做任何事。"面试员风趣幽默，温迪完全放松了下来，希望这份轻松可以一直持续下去。

"我的妈妈是一位出色的心理治疗师，我的父亲是一位不苟言笑的石油工程师，他常常到世界各地出差，后来他们感情破裂了，总是在半夜争吵，我很害怕。你知道，对于孩子来说，那种恐惧可以穿透全身，再后来我的母亲就带着我离开了休斯敦，我们去了纽黑文。在纽黑文，我们经常在耶鲁大学散步，经常被那里的房子迷住，你知道耶鲁的建筑大都有几百年的历史，但都完美无缺，教堂更是美得不像话，我妈妈经常摸着我的头说：这些房子真美啊。"

"所以，你当时报考耶鲁是为了那些古老的房子吗？"

"哈哈,也可以这么说,那才是天之骄子的栖居之地。不过,如果那个时候不是因为母亲失业,我会上更好的大学。"

谈过童年趣事,温迪主动提起简历:"你需要看我的简历吗?我带了简历,也带了成绩单。"

先把引以为傲的成绩单拿了出来,作为所有成绩均为4.0的全优生,温迪非常自信,但面试员草草看过成绩单后,只淡淡地道:

"分数对耶鲁大学来说毫无意义。耶鲁不需要只读圣贤书而毫无独立思想的学生,让我好好看看你的简历吧。"面试员随手把成绩单还给了温迪。

看到简历是用Latex软件做出来的,字体非常美观,面试员不禁惊叹:"哇,你居然会用Latex,我当年也想用,可惜我不会,也不想向我的妈妈请教,那个时候我真是任性啊。

"温迪,到了耶鲁大学后,你准备学什么专业?"面试员望着温迪乌黑的大眼,严肃而正式地发问。

"我的梦想是当个医生,所以我计划在本科阶段选择耶鲁的生物学科,到了硕士阶段我会选择耶鲁的医学院。"温迪回答。因为美国所有大学里的医学院都没有本科专业,若想上医学院,必须在具备相关本科学历后,才能拥有申请医学院的入学资格,随后进行深造。

"很好,那么你在课外活动中是怎么培养你这个兴趣的?为了这个兴趣,你都付出过什么努力?"见温迪双手紧握着咖啡杯,神情不再自然,于是面试员提醒道,"温迪,这些问题并不是要挑出你的错误,我只是想和你谈谈,了解你。"

被人捕捉到心思，温迪的心跳更不规则起来，她立刻点头微笑，没有让自己的叙述被紧张绊住。

　　"进入高中第一年，我组建了一个乐队，我们每周都去医院里为病人演出。最初的时候，我只觉得医院的气氛僵硬得令人发疯，但后来我发现，每当我带着乐队到医院的时候，那些病人，尤其是老人，见到我们出现，他们的眼睛里就会闪现出星光，直到有一天，一位老人告诉我，我们医治了他的抑郁症。"

　　"真是了不起啊。"面试员由衷地发出赞叹，他一向敬佩富有爱心的人，他告诉温迪，"爱能让春天常留，也能让秋天丰收。"

　　"听到那句话，我也觉得自己很了不起，我很兴奋地和那个老人拥抱，但是，我的拥抱太过猛烈，竟然导致了他骨折。"温迪说着，低头咬了咬自己的下嘴唇。

　　"我非常懊悔，因为我的失误，那个老人坐上了轮椅，整整一年，我都觉得自己蠢得像一头驴。后来那位老人去世了，去世之前，他给我写了一封信，他居然在信里说，我是最好的医生。"追忆往事，温迪眼睛湿润起来。面试员"哦"了一声，沉默片刻后，对眼前的女孩有了新的认知。

　　"看来你在医院里待过很长时间，继续谈谈你在医院的体验吧，还有什么令你印象深刻的事吗？"面试员接着问。

　　"印象深刻的，还有另外一位老人，她得了癌症。"说到这里，面试员的目光移到自己的手表上，温迪迟疑了几秒钟，她一心只想给对方制造出好感，却也担心说得太多会浪费精英人士的宝贵时间，于是她清了清嗓子，准备用三两句话讲完接下来的故事，好给人留下不啰唆的好印象。

"不用考虑时间，说下去，我想听更多的故事。"面试员为她消除了疑虑。

"她的肚子很大，看起来就像一个即将生产的孕妇，全身浮肿，而且她很孤独，病房里只有一个儿子在身旁，但她的儿子从来不肯多说一句话，哪怕是一声妈妈，他也没有叫过，他只是像个机器人一样每周去医院一次。有一次，我看到老人摸着自己的肚子，就像母亲抚摸着腹中的胎儿，她不断喃喃细语，她的儿子就坐在一旁，但一句话也不肯说，我感到心痛。

"她看上去很冷，在最炎热的夏天也常常发抖，而我束手无策，只能用音乐来安慰病人。"听到这里，面试员没有再保持高妙的平静，而是露出悲悯神态，仿佛他亲眼看到了那位瑟瑟发抖的老人，为自己没有到场而忏悔。

"那个老人告诉我，在她去见上帝之前，唯一的愿望就是听到她的儿子叫一声妈妈。"温迪识破了面试员的心思，知道自己的讲述没有白费力气，继续伤心地说，"我试图去说服她的儿子，完成她的心愿，但我没有成功。"

"他为什么不肯叫一声妈妈？"面试员皱着眉头。

"我也问了他这个问题无数次，但他只和我说了一句话，他说他在幼年被母亲抛弃。"

"哦，这是个沉重的答案。"又是数十秒的沉默，面试员很快管理好自己的表情，悲悯之态渐渐隐去，又透露出冷静的审阅神态，令人难以掌控，温迪不知道再说什么好了。

"那么，以你的理解，如果你成为医生，你认为打倒人类最大的疾病是什么？是癌症吗？这个问题你可以想一会儿再回答。"面试员一边问话，一边在自己带的材料上飞快地写着，温迪不知道他在写什么，但一定是与她相关的重要信息。为了遵循对方的意见，在沉默两分钟后，温迪继续说：

"我觉得一个人被彻底压垮，不是疾病，也不是对死亡的恐惧，而是另外一种巨大的力量。"

"什么力量？"面试员停下手里的笔，抬头凝视眼前的女孩。

"这种力量应该是，人之常情，是爱。爱能把人击垮，也能将人拯救。"温迪想起方才他说过的那句"爱能让春天常留，也能让秋天丰收"，巧妙地延伸了他的理论，她觉得自己已经说了太多话，担心言多必失，于是提炼出她认为最有力量的一句之后，就不再说话。

"你的回答非常完美，你是个很有想法的女孩。"面试员显然很满意，他开心地搓了搓手。仿佛温迪已经通过了面试，他下一秒就会站起来与她握手道贺。

"我认为，爱是全人类共同的梦想。"温迪又补充了一句，抬头露出一个浅浅的微笑，但眼前的绅士又伸手拿起了她那个装着成绩单的信封，审阅了好一阵后，他终于点了点头，只用一句"哇喔"就为那些卓越的分数做了了结。这让温迪非常不安，怀疑自己所说的一切是不是一派胡言。

4. 流言四起

喝完两杯Americano后，面试接近尾声，面试员又问了一些公式化的问题，如"你的家庭对未来的计划是什么？""你平时都读什么书？""若被耶鲁录取，你如何管理自己的时间？"

因为之前做过功课，温迪回答得都很睿智，但面试员除了点头之外，并未流露出任何信息。用余光端详着那张毫无情绪的脸，却无法看到任何答案，温迪的心慢慢泛起波澜，她这辈子也没有如此忐忑过。

"你的朋友们都是如何形容你的呢？"合上所有资料，面试员带着即将告别的姿态最后发问。

"这个问题，我没有准确的答案，我们经常一起玩，他们都很可爱，言谈风趣，我们在一起的时候常常笑着挤成一团，他们经常叫我Buddy.Homie.Bestie，等等。

"我有一个朋友叫劳根，她常常搂着我的脖子说我很了不起来着。"温迪又笑出了声，心想如果姐姐在场，一定会责怪她说了"模糊不清"的话。她还想再说些什么，又想起父亲常说的那句"言多必失"，于是选择了微笑。她明白，耶鲁的调查将会持续一个月，在此期间，她的朋友和老师都会参与到调查问卷中，但温迪对此并不担心，她对自己的友谊充满自信。

"温迪，在这个世界上，友谊像一艘船，风平浪静的时候可以载很多人，但遇到惊涛巨浪，船上往往就只能坐一个人了，这样的事情，我见过很多。"不知是哪一句出了问题，面试员突然伸手做出无奈的模样，短短地笑了一下。

"成年人的爱与恨，都是按规矩来的，你已经不再是孩子了，祝你好运。"说完最后一句意味深长的话，面试员庄重地站起来，像一个高贵的骑士，与温迪握手和拥抱，但温迪却像钻进了一团云雾，不晓得自己是不是暴露了什么缺点，会不会落入什么圈套，只能竭力掩藏不安。

离开咖啡厅，心更是七上八下，车窗开着，风吹着温迪的头发，令眼睛像着火了一般难受，亚特兰大的风在11月仍是温暖的，但她却双手冰凉，六神无主。

面试结果要一个月后才能揭晓，一个月，对此刻的温迪来说，漫长得像一千年。但愿命运不要捉弄自己，温迪祈祷着。

一路上，温迪脑子里都塞满了最后听到的那句话，越是老生常谈，就越令人踌躇不安。温迪突然觉得，耶鲁大学与她相隔太远，虽说她的朋友们没有一个坏蛋，但反复回想那句冰冷的话，想到在她所就读的高中里，也许还会有其他学生接受同样的面试，握着方向盘的双手就慢慢浸出了汗。

夕阳西下，森林静穆，白色别墅安安静静地立在草坪上，熟悉的家在等她。推门之前，温迪拍了拍自己的脑袋，用以驱散忧虑。

屋子里安安静静的，父母和姐姐都在厨房里默默为她搓着麻食。见温迪回家，所有人都小心翼翼地望着她，汤教授率先给了她一个拥抱，姐姐故意责怪道："为了你，我已经饿到了现在。"

"面试很顺利。"温迪的脸上换上明朗笑容。

"你不是在跟我们开玩笑吧？"姐姐上前摸了摸她滚圆的额头，在她眼里，妹妹永远不够稳妥可靠。

汤太太见女儿一身轻松的样子，知道她已经完成了人生中最累人的差使，端着一杯牛奶递到她面前，道："感谢主。你下个星期天就要过18岁生日了，我们一定要好好庆祝一下。每年你的同学们都来那么多，今年咱们在院子里办派对，在院子里搭建一个小舞台，给你们办个音乐派对，你觉得怎么样？"

"可以，谢谢妈妈。"温迪喝了一大口冰牛奶。

"开派对要有足够多的比萨，我得先到Little Caesars预订。"汤太太说着，心里盘算起要订多少个比萨才够吃。

"还有一件事，老大，下个星期天你就不用再跑回来了，来回路上太耽误时间，你这段时间请假太频繁，得用周末把缺的活儿都补上，省得你回来一趟我们还心惊肉颤的。"汤太太吩咐大女儿。

"妈，要我说，温迪的生日不要再弄烤肉和比萨了，你就给她们蒸个馍，擀点面条，再弄个西红柿炒鸡蛋，肯定美得很。"姐姐给全家舀出麻食，又端出冰箱里的腌制糖蒜，晚餐时间，一家人围着餐桌吃得喉咙咕噜作响。

心满意足地吃过晚饭，姐姐早早上楼睡觉了，第二天一大早她就要返回加州，汤太太还在厨房赶工，她已经为大女儿准备了各种吃食，但她依然觉得远远不够。

回到自己的卧室，温迪打开电脑，突然发现，她在几天前发出的生日派对邀请函，竟只收到一封回复，这让她感到不安。按照往年惯例，至少有三分之二的朋友都会来家里热闹一番。

"报考的关键时刻，每个人都很忙碌嘛。"温迪翻着邮箱自我安慰。躺在床上，她又想起面试员最后说的那番话，深深的忧虑令她彻夜难眠，但是她不想把自己的困扰告诉父母和姐姐，她已经成年，成年人的事不能每一样都讲给他人听，即便是家人。

姐姐在家的时候，时间过得喧闹而飞快，温迪讨厌她时刻纠缠着自己发号施令，她连拿个遥控器这种小事都要劳驾自己，更不用说在阁楼里晒床单这种法律都不允许的事，她竟然能理直气壮地要求她一起参与。家里明明有烘干机，却还要在太阳底下晒床单、晒衣服，甚至晒鞋子，温迪觉得这简直不可理喻。从她懂事起，家里就常偷偷做这种与众不同的事，在公寓租房住的那些日子，母亲与姐姐就因为在阳台上晒衣服而多次遭邻居举报，但她们依然改不掉这种习惯，她们顽固地认为，只有太阳晒过，那些衣物和床单才能让人安心。

温迪在阁楼里故意把床单抖得呼呼作响，故意把姐姐的鞋子放在太阳晒不到的地方，气得姐姐追着她满屋子跑，汤太太却一点也不生气，小女儿的调皮在她眼里永远富有趣味。

姐姐走后，整个世界都变得空虚起来，时间漫长得令人生厌，父亲依然坐在电脑前敲击键盘，母亲则每天无数遍抱着《圣经》祷告，以此感谢上帝对一家人的恩典。

挨过星期六和星期天，温迪反复查看她的邮箱，依然没有收到其他同学的回复，正当她准备告诉妈妈先不要预订比萨时，唯一回复邮件的白人男孩亚历克斯突然在星期天晚上给她打来电话，接通电话后，温迪非常开心，但亚历克斯的舌头却像被什么东西绞住了，说话吞吞吐吐。

"温迪，你最近登录Instagram了吗？"亚历克斯问。

"Instagram？我没有登录，最近我一直在忙其他事情。"

"那个，劳根不知道是不是疯了，她在Instagram上表现得很疯狂，这几天她都在说一些不正确的话，是关于你的。"亚历克斯极度疲倦的语气令人担忧。

"关于我？"温迪尖叫了一声。

"是的，你自己去看看吧，很多家长也在议论你。温迪，不管别人说什么，你永远都是我的朋友。"亚历克斯挂掉电话后，温迪立刻登录Instagram，当她想找到她最好的朋友劳根时，发现劳根已经把她删除了，翻阅其他好友列表，多位同学竟都在转发一个标题为"来自中国的骗子"的视频，并在留言区激烈争论。

虽然那个视频用了极为夸张的漫画，但从那夸张的脑门和黑马尾辫一眼就能辨认，被恶意诋毁的图片里，画的正是自己。

无故遭受诋毁，如五雷轰顶，温迪的手哆嗦得不听使唤，她如何也想不到，短短几天时间，她竟然在毫不知情的状况下，已经遭受如此凶残的"嗜杀"。照片的第一发送人正是她的好友劳根，图片中附加的文字长达10条，每一条都如血泪控诉，大致内容为她如何利用和欺骗了朋友的感情、如何令好友陷入绝望、如何歧视和压迫好友等等，温迪不敢相信这种下流的行径会和自己扯上关系。

5.父亲的鼓励

　　她想立刻发出捍卫自己的驳词，但又恐于众口难辩，孤掌难鸣，于是立刻掏出手机，拨打劳根的手机号码，出乎意料的是，劳根的电话根本打不通。

　　多年好友竟在三五日间变成切齿之人，想到自己曾经为朋友付出的种种，如今她却不以为德，反以为仇，温迪想不通，盯着那些污言秽语冷静了一个小时，再也无法忍受，但教养令她不能用咆哮来发泄怒火。她急匆匆地走出卧室，迫切需要一些忠于自己的听众来消化所有委屈。

　　带着万箭穿心的痛楚推开门，发现夜已经深了，所有房间的灯都已熄灭，安宁的家早已在父亲轻微的鼾声里堕入梦乡。在二楼徘徊了一会儿，温迪又回到卧室，轻轻关上了门。

　　跌跌绊绊上了床，窗外清风明月依旧，痛苦的人躺在黑暗之中苦苦挣扎，伤人的话，如同刀割。

　　哭了不知多久，嗓子干了，于是穿着睡衣轻轻下楼。走在旋转楼梯上，温迪像一个幽灵，颤颤巍巍地下楼，不敢发出一点声响，她明白，安宁的家如果知道了她的遭遇，顷刻间会变成另一番天地，尤其是她的妈妈，那个软弱又善良的女人，要是知道了她的不幸，会哭成什么样子，而她脾气火爆的姐姐，说不定会立刻从加州返回，冲到学校去。温迪不想看到姐姐在学校大发雷霆的样子，杀人八百，自损三千，只会让事情更加糟糕。

唯一能求助的人只有父亲，但是他正在做一个重要课题，不到万不得已，也不能让父亲分心。

温迪轻轻打开冰箱，准备拿一杯冰水，让自己冷静下来。

"温迪，你渴了吗？"汤教授不知什么时候已经站在楼梯上。

"爸爸。"望着父亲的身影，温迪忍不住扶着冰箱低声抽泣起来，惊得汤教授迅速向她奔去。

回到卧室，温迪用手支撑着自己的额头，她反省着自己的过失，但只能回忆出鸡毛蒜皮的日常，根本想不起自己何时犯了滔天大错。

汤教授翻着电脑上不堪入目的言辞，那些足以将女儿前程毁灭的控诉令他嘴唇抽搐。人生道路本就坎坷，要成为一个佼佼者谈何容易，也许这是上帝故意给温迪安排的一场成人礼。

关掉电脑后，汤教授很快恢复理智。"燕雀哪知鸿鹄志，虎狼岂被犬羊欺？"汤教授笑了笑，拍着女儿的肩膀。

"温迪，人害人，是害不倒的，说是非者，便是是非之人，Instagram现在已经是是非之地，咱们不要再看它，免得影响心情。"

"爸爸，我觉得我像跳进了火坑里，特别痛苦。我不知道自己做错了什么，几天前劳根还拉着我的手。"女儿的眼泪滔滔而出，父亲肝肠寸断。

"温迪，爸爸告诉你，大家做事寻常，小家做事慌张。即便你现在有雷霆之怒，也要让自己平静，这算个什么大事？我的女儿岂能被区区流言打倒？自古英雄行险道，若与小人争论，便失了大将之道，你记住，咱们中国有一句话，叫大丈夫能屈能伸。忍一时之气，免百日之忧。"在美国摸爬滚打数十年，汤教授已经料想出攻击者的目的，这是人性中最丑恶的花招，令他毛骨悚然。

"河狭水激，人急生计，现在正是报考的关键时期，有人故意诋毁你，是因为他们知道根本不是你的对手，寻常之辈早就方寸大乱，所以他们无计可施，就要想方设法乱你的心，你的意志难道要受敌人的控制吗？"汤教授心里翻起轩然大波，却表现得异常平静。

"我真希望这只是一场恶作剧。"温迪坐着，回想每一位同学的脸，突然觉得，他们都戴着面具，尤其是劳根，她的笑脸正在慢慢变得扭曲，变得狰狞，变得模糊，直到消失在窗外的黑夜里。

"劳根她为什么要这样做呢？还有其他朋友们，我一定要问个清楚。"过往的美好突然就一去不返了，温迪面色苍白。

"这些言谈乖谬之人，散播纷争，他们已经脱离了正直的路，行走黑暗之道。你现在躺下来，好好睡一觉，不要让那些颠倒是非的人来惩罚自己。"给女儿盖上被子，汤教授拍着她的胸口。

"我不知道到了学校后还会发生什么，这难道就是嫉妒吗？她们是怎么知道我面试耶鲁的事呢？"温迪实在想不出是非的起因。

"既然你遭到了嫉妒，就要和嫉妒之人保持距离。"

"我不知道能不能做到。"网络上的视频在眼前猛烈地闪烁着，怪不得生日邀请吃了闭门羹，风口浪尖的当口，谁还会来蹚这潭浑水呢?

"如果你做不到，那就接受他们的攻击，但是有一点你要记住，永远不要失去理智。"夜色掩饰着汤教授的脸，他像一尊雕像般弯着腰，伏在女儿床前，极尽人父之责。

"你不是一辈子都在这个高中，对你的人生来说，只是路过这里，你的世界广阔无边。咱们中国还有一句话，叫德随量进，量由识长。经过这一次成长，我相信我的女儿更会前途不可估量。"

看着女儿渐渐入睡，汤教授心如撕裂。天晓得孩子的伤痛在父亲心中扩散了多少倍。

跌倒在地的温迪被父亲的教导扶了起来，太阳升起的时候，她又带着笑容下了楼。见女儿若无其事地吃早饭、哼着歌给房间里所有盆栽浇水，汤教授如起死回生，也许她已抚平伤痕，就像她童年时那样，所有的不愉快都在睡了一觉后烟消云散。

温迪带着破碎的心离开家门的时候，汤太太察觉到了她的不自然，但女儿决定隐瞒的事情，她只能选择不问，为了给她足够的空间，汤太太关上厨房的门，默默收拾碗筷，汤教授则帮女儿整理好书包，送她到门外。

清晨的阳光照射在汤教授肩膀上，汤教授一动不动地立在门前。温迪不想让他再受打击，脸上露出与昨夜迥然相异的神情，她摇下车窗开心地与父亲告别，为了让父亲安心，她启动汽车的时候欢快胜似从前。但她把头探出车窗时，汤教授从她的眼睛里看出，她与昨夜毫无两样，她到底已经长大，成年人的烦恼哪能因为睡一觉就了事。

见女儿回头，汤教授马上露出微笑，朝她摆了摆手。"加油。"汤教授喊了一声。温迪伸出胳膊，比出一个胜利的手势，留给父亲一个飘飘忽忽的影子。

阔别几天，学校没有任何改变。温迪把车停在一株高大的落羽杉旁，到了这个季节，树的叶子已经全部变成金黄色，在阳光下，那些叶子都像着火似的美得不可方物，呈现出一派醉人的辉煌，这是她固定停车的位置。

急匆匆地熄了火，温迪迫切想要冲到学校去寻找答案，但是在关上车门的时候，一眼就瞧见树下的草坪上扔着一个纸盒子，走近看，盒面上用粗黑的马克笔写着"节日快乐，艾瑞克收"。

"艾瑞克已经粗心到这种地步了吗？"温迪叹了口气，这莫名其妙的箱子让人纳闷，环顾四周，空无一人。因为来得太早的缘故，停车场只停了寥寥几辆车，远处一辆银色起亚车里倒是有人，温迪想走过去问问他知不知道这箱子的来历，但那人明显在呼呼大睡，因为他的脸几乎用外套遮盖了起来，枕着自己的胳膊，只露出侧脸和乱糟糟的一团黑发。

她只好将包裹捡了起来，沉甸甸地抱在怀里，原本飞快的脚步慢了下来。

缓缓走在校园里，温迪的脑袋几乎都被劳根的脸塞满，今天一定要把事情问个一清二楚，自己究竟做了什么错事，让她如此憎恨，如果劳根不把话说清楚，她一定不会放过她。

但她迫切想见到的人此刻还没有赶往学校。已经到了上学的时间，劳根却疲惫地坐在家里，被连日来的苦恼压得喘不过气。

几天来，她已经消耗了太多眼泪，现在她越发觉得自己堕入了痛苦的深渊之中，那篇人身攻击的文章若是魔爪，劳根也觉得，魔爪伸向的不是温迪，而是她自己。

6.劳根的委屈

在掀起讨伐战争之前，可怜的劳根已经在家躺了整整三天，温迪参加耶鲁大学面试的消息还是她母亲想方设法从学校打听而来的。若不是母亲的睿智，现在她还会像个傻瓜似的苦苦等待耶鲁的回音，好在上帝眷顾，给了她一个亡羊补牢的机会。

劳根根本不想再去学校见到那张骗子的脸，但是她的复仇计划还没有取得实质性的成果，单凭在网络上掀起的风浪，根本不能撼动对手分毫。若想彻底扳倒温迪，还需要借助一个人的力量，那就是他们的教务主任安德森。只有安德森同情自己的遭遇，她才有夺魁的希望。但那个该死的老头子几天来像人间蒸发了似的，不接劳根的电话，也不回复她发的邮件，美国人向来如此，一旦说自己"出差了"，就不会再以任何形式出现在他想躲避的人眼前。

今天是星期一，安德森就算再忙，也躲不掉每周的例会。劳根决定抓住这个机会，一定要把自己的委屈倾诉出去。最直接的方式，就是把自己的亲笔信举到安德森眼前，让他无处可躲。

劳根起床后的第一件事，就是把早已写好的信件装在背包里，又反复掏出来默念了几次。千头万绪堵得她胸口发慌，在母亲喊了她三次吃早饭后，劳根才揉着胸口走出卧室。

崔女士将早早准备好的水果、牛奶和煎泡菜饺子端到劳根眼前，提醒女儿吃过早饭后赶紧去学校，但这孩子却两眼怔怔地坐在沙发上，一蹶不振的样子，令崔女士坐立难安。

劳根看着母亲忙碌的身影，心中愧疚万分，后悔不该那么早对母亲和继父吹牛，说自己一定能拿到耶鲁的录取通知书，她没有胃口吃东西，顶着一头乱糟糟的头发索性在沙发上躺了下来。

身材娇小的崔女士在客厅里进进出出，目光一刻也没有离开过女儿的脸。一个人带着孩子在美国求生，她尽量让女儿吃得好，穿得好，即便在女儿6岁时她又嫁了给了一个美国男人，她也没有让女儿受过一丝委屈。为了让孩子得到完整的父母之爱，崔女士在丈夫与其前妻生的两个孩子到家中过周末的时候，总是进行一番激烈的抗争，事后又千万倍地用自己的体贴安抚丈夫的心，对他那两个早已成年的儿子也十分慷慨，她省吃俭用为继子的新婚置办家具，又像个真正的母亲一样，定期给继子们送她腌制的泡菜、精心烘焙的焦糖饼、烤两个小时才能出炉的五花肉等美食。她用尽一切办法，为的就是让女儿在异国他乡也能拥有一份完整的父爱。

好在自己的付出没有白费，第二任丈夫虽寡言少语，但他仍会尽父亲的职责。十几年来，当劳根在学校里需要父亲出席的时候，她的美国丈夫倒从不缺席，只要他穿着西服坐在劳根身边，不需要多说一句话，崔女士就能从她那些韩国同胞艳羡的目光中得到极大的满足。

崔女士曾深深感激自己的丈夫，因为丈夫，她和女儿很快就从二等公民的身份摇身一变成为名正言顺的美国人，又因为丈夫，她在韩国同胞圈子里从被人忽视变得极有话语权。虽然在她当初决定跟一个年长她十几岁的美国男人结婚时，远在韩国的父亲和哥哥都强烈反对，但只有远在美国求生存，才能明白，一个外国女人，要嫁一个正宗的美国白人，根本由不得她挑精拣肥。

况且，她选的男人与她简直是天作之合，除了秃顶会让旁人误会他是她的长辈，其他一切，崔女士都认为自己做的是一桩只赚不赔的买卖。

但是如今丈夫大卫的所作所为却让她越来越看不上眼了，在处理劳根被同学欺骗这件事上，大卫显得极其冷漠，整个家中，只有崔女士明白女儿承受的煎熬。自从报考以来，女儿哭了几次，闹了几番，崔女士也跟着承受了同样的伤痛，但是她的丈夫大卫呢，他明知道孩子的委屈，却若无其事地缩在卧室不肯下楼。

到底不是亲生骨肉，关键时刻美国人的狡猾就露了出来，崔女士觉得自己永远也不会再崇拜他了。

朝阳刺破百叶窗，在黑色沙发上投下凄凉的光芒，光线明暗交错，映射在劳根的身躯上，蛇一般紧缠着她。躺在沙发上，劳根出神地盯着壁炉上方，那里挂着外公的照片，老人脸上锋利的皱纹令他看起来像个老剑客。

劳根在家里从不会愤怒和咆哮，苦闷到不得已时，她就会重重地叹息一声。光明之下，劳根木然地望着外公的脸庞，想起外公临终前他们的最后一次视频。

当外公听说劳根会参加耶鲁大学的面试时，病重的老人突然焕发了荣光，连声音也年轻起来："劳根，等你考上耶鲁大学，要把通知书带回韩国，就算在阴间，我也要给亲戚们炫耀一番。"因为整个幼年都与外公形影不离，是外公教会她用筷子，教会她跳绳，牵着她的手走过每一个红绿灯，所以只要想到外公，劳根便泪如雨下。

"我们不需要你名扬天下，你只要健康快乐就好，你外公也是这么想的。"崔女士蹲在女儿身边，轻轻摸着她的头发，她从头到脚都是那样美丽，像个无忧无虑的贵族，但她的脸现在却被苦恼摧残得起了一层密密的小疙瘩。崔女士的心也跟着受到了糟蹋，差一点就要忍不住抽泣了。

仅仅是健康快乐又有什么用呢？过不了多久，那个害人的温迪就会炫耀她的成就，她的辉煌是货真价实的，足以践踏劳根人生的全部梦想，想到这里，劳根又重重地叹息了。

"劳根，你知道什么是成功的定律吗？"崔女士望着女儿。

"努力，永不放弃。"劳根机械地说。

"我已经看透了人生，妈妈，我觉得上帝不愿意保佑我，别人肯定都觉得我像个傻子。"想到自己在网上发布声讨后，所有人都像看笑话似的围观，除了她的韩国同胞铁了心对她表示支持之外，其他人都摆出一副心肠冷眼的态度，如今连她的继父都能视而不见，这让劳根看透了人生。

"那些白皮猪们没有一个肯说句公道话，他们只会看笑话。"劳根怨恨地说，抬头向继父紧闭的卧室望了一眼，一转脸又看到茶几上还放着温迪曾送给她的一件小礼物，于是抓起那个被称为"兵马俑"的小玩意儿，胸口泛起无法压制的恶心，把那小物件握在手里，搓得手心尽是油腻腻的冷汗。

"成功的定律，是站起来的次数比被打倒的次数多一次。你要相信妈妈，你从来都不是一个人在战斗，等着瞧吧，今天那个万恶的女孩会遭到更大的报复。"崔女士站直了身板，威风凛凛如一只骄傲的雄鹰。

母亲的话鼓舞了劳根的士气，但她依然一动不动，眼角的泪也不肯擦，半小时过去，还僵卧在沙发上，手里反复摩挲着那件来自中国的小玩意儿。灰头土脸的小陶俑被搓得发亮，露出一张狰狞的脸，这可笑的东西真应该扔到窗外摔个粉碎。

女儿绝望的样子已经令人无法再看，拉不动她吃早饭，崔女士只好躲到厨房里假装忙碌，在厨房切完最后一片牛肉，崔女士又一次肯定了自己的主意。其实她在头几天就想到了一个可以挽救女儿败局的办法，但是晚上在被窝里和丈夫悄悄说了计策后，想不到丈夫居然勃然大怒，并勒令她停止自己的报复计划。

劳根的继父大卫是一家韩国汽车厂的技术员，一个正宗的美国男人，虽然过早秃了顶，但他金色的头发毫不影响他的魅力。十几年前在工厂里认识随企业来到美国的崔女士后，他沉稳的性格就得到了崔女士的青睐。大卫平日里沉默寡言，与自己无关的事绝不过问，崔女士活泼开朗，虽然独自带着女儿在美国生活，但母女二人永远充满欢乐，崔女士用精湛的厨艺俘获了工厂里所有人的心，大卫就是在连续吃了她做的泡菜豆腐汤后爱上了她。

在被窝里听完妻子的良策，大卫寡淡的眼睛睁得滚圆，责怪她太过鲁莽。"自己本分就好，一切交给上帝吧，我不赞同你的做法。"没等丈夫说完，崔女士立刻掀开被子，坐起来叫道：

"你要眼巴巴地看着咱们的女儿落榜吗？你就是这么想的吗？她那么优秀，完全可以打败那个中国女孩。再说，我的办法也不算可耻，我只是把那箱子放在她停车的地方，她可以选择不去碰它，但她如果非要捡起来，非要交给那个小黑皮，那就是上帝的旨意了。"崔女士并不觉得自己的计谋有多可耻，她只是出于爱女心切，再说也给对方留了足够的余地。

"你简直是侮辱了上帝的名誉。"大卫坚决反对，虽然他和崔女士都不是基督徒，但妻子能想出如此卑鄙的手段，还是让大卫觉得，眼前与他相守了十几年的女人已经从天使变成了魔鬼。

"那个中国女孩现在就是我们女儿的仇人，劳根不会叫也不会嚷，如果我们再不替她想想办法，她就只能被人欺凌。你可以不同意，但我必须这么做。"崔女士把大卫从床上拽起来，如果他再这么冷漠下去，就没有必要继续睡一张床了。

"如果你坚持这样做，下地狱的不是别人，而是你的宝贝女儿。"大卫拉扯着自己的棉被，与妻子争执到深夜，依旧不能打消她那个可怕的念头，于是索性不再插话，只关心自己能不能睡个好觉。

"如果劳根是你的亲生女儿，你就不会是这样的态度了吧？她叫了你十几年爸爸，而我，辛辛苦苦为你做了十几年的饭，你每次下班后都不忙着回家，在外面快乐够了才回来吃饭，现在我们有困难，你却视而不见。"崔女士狠狠地踢了大卫一脚，第一次对这个美国男人有了嫌弃。

"你袖手旁观，是因为你不够爱她。"崔女士痛骂着，捂脸抽泣起来，但是哭了半宿后却听到丈夫打起了呼噜。

"我真是后悔，就算嫁给魔鬼，也比嫁给你强。"崔女士尖锐地吼着，绝望让她浑身起了一层鸡皮疙瘩。

丈夫的态度没有动摇崔女士的决心，她知道跟他再怎么商量也无济于事，于是决定自己行动。三更半夜，她一个人悄悄走进厨房，从储物柜里滚出一个提前在Publix超市买的小西瓜，又拿出早已准备好的纸盒子，给西瓜裹了几层气泡膜，确认它在箱子里不会乱晃后，才安心地给箱子贴上胶带，随后又拿出马克笔，果断地写上了收件人的姓名。抱着那复仇的箱子观摩良久，觉得还少了点什么，盒子上突兀地写着"艾瑞克收"总不太像回事，于是深思熟虑一番，又在上面加了一句"节日快乐"。

只等天一亮，她就会给自己一年前认的韩国干弟弟秀民打电话，让秀民把箱子带到劳根学校的停车场，放在她叮嘱过的车牌号一侧。那年轻的韩国小伙来美国两年还没有拿到绿卡，如今仍栖息在一家韩国餐馆里艰难度日，崔女士平日没少关照他，如今小老乡报恩的机会终于到了，对于送个包裹这样的小事，秀民一口就答应了下来。

为了让秀民绝对按照自己的指示做事，崔女士承诺，事情过后，无论程序多么复杂，她也一定想办法帮他拿到绿卡。这让她的韩国老乡十分感动，只是送一个快递这么容易的事，就能换来巨大回报，小伙子激动得凌晨3点就起床给餐馆打扫卫生了。

7. 祈求

万事俱备，只等天亮。5点10分的时候，崔女士悄悄拎着箱子走出家门，远远见着路边停靠的车辆，快速跑了过去，千叮万嘱："在那棵树下放下箱子就行，不能让任何人看到，这是一个惊喜。"秀民领了差事，感激得差点掉泪，但是他还要先回餐馆，干完杂活后才能去送箱子，于是匆匆与崔女士告别，一溜烟消失在了晨曦之中。

事情能不能按照自己的意愿去发展，只能听天由命。崔女士轻手轻脚回到家里，只要能为女儿扫清障碍，无论有任何风险，她都觉得自己做的是一件绝不会后悔的大事。

没有心思吃早饭，劳根把所有时间都用在了换衣服上，她要尽量把自己打扮得美丽，不允许旁人看出丝毫颓丧。但除了美丽之外，她更需要一张被委屈击垮的脸，虽然她哭肿的双眼已经很有说服力，但博得教务主任的同情并不容易。

劳根在镜子里反复观看自己，觉得画上去的黑眼圈太过刻意，于是又拧开水龙头反反复复地冲洗。黑眼圈洗掉之后，她的眼睛也红得令人无法直视了，镜子里的自己，如一只受尽凌辱的小鹿，视觉效果令人十分满意。

欣赏完自己，劳根看看时钟，已经没有多余的时间了，于是索性连头发也没再梳理，背着背包匆匆出了卧室。

离开家的时候，劳根终于看到了继父的影子，他正一个人坐在餐桌前，皱着眉头大口嚼着饺子。他铁了心不参与是非的样子，在劳根看来更显冷漠，她明白，继父的心思都在他与前妻的两个儿子身上，继女的死活他不可能过问，但她依旧在出门前礼貌地和他打了一声招呼，那一声"爸爸"喊得她自己都泛起恶心。

到了学校，劳根同迎面而来的同学互相说着"Have a good day"，几个金发碧眼的女生见了她都像见了怪物似的，在背后窃窃私语，若不是她的韩国同胞及时地拉住了她的手，面对那些不怀好意的窃笑，劳根真想指着她们的鼻子痛骂一场，或者将远处指指点点的两个黑人女孩的假发一把扯掉。他人的伤害，劳根永远不会原谅。

几乎每个人都看过网络上的内容，所以他们看劳根的目光都更加特别，好在大多数都是充满同情，美国人最大的特点是偏向于弱势群体，而对明显具有优势的群体则充满戒备。

教室里，劳根用眼泪将她的韩国同胞们拴得亲密无间，这样的局面让她很满意，但真正能救她于水火的人，只有一个，那就是躲了她几天的教务主任安德森。为此，劳根到学校后没有心思和同胞挤在一起接受他们的抚慰，而是很快挣脱他们的手，直接去了教务大厅。

上午10点，劳根已在教务主任办公室门前一动不动站了整整一个小时，她泪眼婆娑，困倦又恐慌，几天来的以泪洗面令她憔悴不堪，如今她又乞丐似的守在教务主任的门前，想着自己给教务主任发的那5封邮件，连一个字也未收到回复，劳根就恨得抓心挠肺。

破釜沉舟地抱着自己的亲笔信，受难一般靠在办公室门口，只等安德森一出现，她就决定用下跪的方式来为自己的委屈做个了结。

忙碌的安德森终于出现在走廊另一头，他目光锐利，健步如飞，当他脚步匆匆地来到劳根身边时，一股该死的严厉气息扑面而来。

"温迪的父母都是中国人，她是个种族歧视主义者，她根本看不起我，她一点也不善良，您知道的，中国人不适合去耶鲁。"安德森近在咫尺，劳根立刻把他堵住，声泪俱下，直接跪在了地板上。

两鬓斑白的安德森看着女学生的脸，无奈道："劳根，你说错了，温迪是美国人，她和你一样，在美国成长，你们都是美国人，在我的眼里，你们都是亚裔。"作为阅历丰富的教务主任，安德森目睹过太多报考之际的荒唐行为，他甚至能猜测出这一场闹剧的必然结果，无事生非之人，往往会自戕而亡。

但面对学生的下跪，他也做不到冷酷无情，甚至对她的执着投以些许欣赏。安德森请求劳根站起来说话，这位绝望的女孩对他的请求全然不顾。

"不！我和她不一样，我前几天也接受了耶鲁大学的面试，面试员对我非常满意，是我先面试的，我更适合去耶鲁。"劳根的脸上全是眼泪。

"温迪是全校第一名，几年来她一直都是啊。"安德森道。

"可我是全校第四名。最近一次考试是因为我太困了，答题失误才失去了几分，我已经跟学校申请了很多次，请求他们把那丢失的几分还给我，但是没有人为我主持正义。"劳根泣不成声，"并且耶鲁大学也没有规定一定要第一名。"劳根坚信，自己一定能触动教务主任的恻隐之心。

"是的，你很优秀，你是一个天才，你会有很好的前途。"

"可我这个天才已经因为温迪变成了乞丐。你们都被她骗了，我要揭穿她的真面目。"劳根沉浸在委屈之中，任安德森如何拉她，她也跪得坚定。

"你这几年在温迪组建的几个俱乐部里都很开心，我见证过你的快乐，难道不是吗？"安德森拉扶不起劳根，已经不再欣赏她的执着，因为这种不雅的僵持已引来旁人张望。

"你们经常去医院和养老院演出，你曾说温迪是天使啊。"安德森说着，目光游移在远处窃窃私语的人群中。

"温迪不是天使，她是魔鬼，她经常歧视我，也歧视其他同学。"劳根拉着安德森的胳膊，让他不能恢复正常的姿态，这让安德森十分反感。他费了九牛二虎之力想把劳根提起来，却被她死死摁住了胳膊，令这场哀求看起来似兴师问罪。

观望的人越来越多，安德森不想看到谴责的目光，报考时的荒唐屡见不鲜，但像眼前这样偏执激烈的行为，若是被人误解为真正的冤假错案，那对安德森的影响就另当别论了。

劳根的目的就是要将她的委屈广而告之，只要有一点可能，她宁愿与所有人玉石俱焚。遗憾的是在打听旁人隐私方面，美国人向来是绕道而行，所有人都像一个鼻孔出气似的，没有人上前劝说，有人驻足观望了一会儿，就匆匆忙忙走开了，这让劳根觉得，视而不见是因为旁人看得还不够清楚。

"我的外公已经死在韩国了，温迪还在我面前说她就是比我优秀，她就是比我成绩好，她一点也不善良，您一定要帮助我。"

既然教务主任像个傻瓜，劳根宁愿自己充当莽汉，于是把怀里抱的信封用力塞到安德森手里。

无奈之下，安德森只好接下信件，并表示他会认真调查，若温迪真像劳根说的罪不可恕，他也不会任由品行不端之人成为天之骄子。

送出手里的信封，劳根依旧不肯罢休，她失控的样子近乎病态，安德森屡次劝说无效，只好提高嗓门命令她："现在，不要再哭了，擦干你的眼泪，去教室上课，不要在这里浪费时间。"安德森已经没有空闲再拖下去。

"如果我早一点知道她申请了耶鲁大学，那我一定不会申请，我以为她没有申请耶鲁大学，所以我才申请的，她就是个骗子，她把我的人生毁了，您一定要拯救我。"劳根的眼泪汩汩流个不停，她不觉得自己的行为已经丢尽了脸面，也不知道眼泪流得太多也会影响他人的怜悯，会让人怀疑她的天真无邪透着心机。

"我曾经一遍遍地问她都报考了哪些大学，我问了一千次，可她就是不肯告诉我，温迪就是个魔鬼，就是为了让我痛苦。"

"你不应该刺探别人的隐私。"安德森看着在地上翻来滚去的女学生，眼前的行为考验着自己对于同情的忍耐，直到一位男同事走过来提醒他开会的时间到了，安德森才侥幸逃脱。

冲锋陷阵地送出亲笔信，劳根却感到又羞又恨，她不知道自己能不能达到目的，瞧安德森的态度，分明不想理会她的委屈，甚至极有可能一转身就把那封信丢进垃圾桶。在这场残酷的决斗里，劳根明白自己的处境是低下的，孤立无援，想要翻身只能靠自己。

带着不安的心回到教室，劳根强迫自己换了另外一副面孔，摸出口袋里的橡皮筋，把马尾扎起来，她又变得神气活现了。被人耻笑的应该是温迪。她声势汹汹地回到座位上，哼着欢快的曲子，故意和韩裔同学们嬉笑。

温迪失魂落魄地坐着，箱子的"主人"艾瑞克到现在连个影子也没见到，于是她只好把那纸盒子放在脚下。回头看到劳根夸张的大笑模样，温迪觉得自己的血液突然在身体里凝固，连大发雷霆的力气也没有了，默默地看着她与韩国同学左拥右抱，没有半点网络上声泪控诉的模样，不知道她又要耍什么花招。

环顾整个教室，那些平时与劳根相交甚浅的白人同学也和她热乎起来，不断地朝她打招呼。韩裔学生们更是和她挤在一起，年级里有六分之一学生都是韩国血统，连日来，劳根已经迅速拉拢了这一大群人，以此报复和孤立温迪。

而温迪那几个为数不多的华裔同胞们，却没有人在她失足落水时投以救生圈，华裔同胞能做的，只是有意无意地向温迪瞅上一眼。

强烈的自尊心让温迪涌出另一个念头，难堪化作愤怒，面对他人的指指点点，她故意做出一副神圣不可侵犯的模样，这在劳根眼中，更加令人生厌。

8.你优秀得令人窒息

被强烈的自尊牵制着，温迪不想看任何人的脸色，也不想与劳根说一句话，当黑人艾瑞克终于顶着一头泡面般的头发露面时，温迪立刻拎起箱子朝他走了过去。

"这是你送给我的礼物吗，温迪？"艾瑞克一头雾水，疑惑地眨了眨大眼睛，吐出一个粉红色的舌头。

"我在停车场发现了你的包裹，就帮你拿了过来。"温迪淡淡地说。

"这确定是给我的吗？"艾瑞克十分困惑，却也十分开心。

"我不知道，这上面写着你的名字。"温迪不想再多说什么，把箱子放在艾瑞克面前就转身离开了。

"这的确是我的名字，谢谢你，温迪。"艾瑞克一把将箱子揽在怀里，迫不及待想搞清楚里面装的是什么东西，但看到那上面写着"节日快乐"，又放下了拆包裹的刀片，目前最近的节日只有感恩节和圣诞节，从过往的经验来看，他在感恩节几乎没有收到过什么礼物，那这包裹应该属于圣诞节，于是艾瑞克以他无可比拟的耐心，把包裹放在了座位的下面，告诉自己，要坚持到圣诞节才能打开这份惊喜。

回到座位上，温迪耳朵里全是劳根尖锐的笑声，她不来招惹自己，自己也不想去和她说话。心烦意乱地翻开一本书，但她根本无心看书，又扭头望向窗外，尽量让自己视野开阔一些。

美国的校园既没有围墙也没有大门，一眼就能望穿数千亩树林和草坪，进入冬天后，校园里那些落羽杉在湖水的倒映下绚烂如油画，郊区农场上随处可见整齐排列的干草垛，阳光下的农场安静美好，一团团草垛似卷起的蛋糕，在大地上静静地烘晒着。温迪盯着那些干草垛，想到拜伦的一首短诗：这世界如一捆干草，人类都是驴子，拖着它走，只是每个人的方式都不相同。

诗意带来的短暂平静很快消逝，温迪透过玻璃窗，看到了一个怯生生的自己，她想勇敢地站起来与劳根把事情说个明白，但这种勇气很快落荒而逃。这个时候如果有另外一个伙伴主动找她说一句话，哪怕是一句废话，她也一定能笑着挺身战斗，可惜的是，自从她报考耶鲁的消息在学校传开，就伤了全年级学生的心，没有人再和她亲近。

"嗨，温迪。"感谢上帝，终于有人来打招呼了。金发碧眼的亚历克斯扭着胖乎乎的身体走来，让人恨不得扑上前给他一个拥抱。

"祝贺你，听说今天学校会拍合影，你是我们的骄傲。"

亚历克斯说的合影是美国高中生的一次重要荣誉，只有拥有IB证书的学生才能参与，合影会发到Facebook上，以此作为高中阶段的辉煌留念。美国高中生获得IB证书并不容易，要足够优秀才能拥有，就温迪所在的高中里，600多名学生，只有40名拥有IB证书。

拥有IB证书最大的好处就是能得到全美一流大学的青睐，一个美国高中生有了IB证书，无疑宣告着他的一只脚已经踏入常春藤高校的门槛。同一个教室里，除了温迪，拥有此项荣誉的还有劳根。

"亚历克斯，你不用向高才生献媚了，还是回来和我们这群俗人为伍吧，她才不会跟你合影，到了耶鲁大学，她身边都是王子，不会再记得你这个矮胖的灰小子。"见有人和温迪套近乎，劳根立刻推开桌子站了起来，将"献媚"之人的话头打断，她身边围绕的学生们望着亚历克斯的尴尬模样，全都笑得东倒西歪。

"亚历克斯，趁着现在咱们还在同一个学校里，你抓紧时间和最优秀的人套套近乎吧，以后她就飞到云端去了，再也不会愿意承认你是她的同学。"劳根吊起嘴角，带着挑衅款款走来，温迪的眼泪突然不受控制，掉在脸颊上，似汪洋决堤。

"你为什么哭？天哪，你应该笑，这难道就是鳄鱼的眼泪吗？"劳根惊骇尖叫，伸手去抓温迪的胳膊。

"我哪里惹了你？"温迪狠狠甩开她的手。

"是我要问你，我哪里惹了你？你为什么报考耶鲁大学？你给我解一解这个谜。这么多天，我都像个傻瓜一样等着你的消息，你现在回答我。"劳根咄咄逼人的神态令所有人都相信，她的委屈是真的。

"我为什么不能报考耶鲁大学？"注视着曾经忠实的朋友，美好的过往正在慢慢毁灭。

面对突如其来的质问，劳根的脸苍白起来，几秒钟一言不发后，低咽道："我曾经一遍一遍地问你都报考了哪些大学，我问了你一千次，一万次，你就是不肯告诉我，你是故意要毁掉我的人生。

"我一次次猜测，哈佛？耶鲁？普林斯顿？哥伦比亚？杜克？斯坦福？我求你告诉我你申请的都是哪些学校，你为什么不肯告诉我？"委屈和愤怒已经让劳根的骨头都快裂开了。

"那你告诉过我你都报考了哪些大学吗？还有在座的所有同学，谁报考了哪些大学，有人公开吗？没有一个人公开过，为什么我不公开就成罪人？如果要我公开，那么就请全部的同学都公开吧！"温迪从座位上站起来，拿着一把尺子，指向所有等着看笑话的人。那些身材和相貌相似的亚裔同学、金发碧眼的白人同学，以及个别黑色皮肤的同学，每个人都惊恐地望着她，又全都保命似的把头扭到别处。

教室里鸦雀无声，谁都不想和两个互为仇敌的女生同归于尽。

劳根脸色发青，心中发慌，她的对手果然比想象中还要险恶，她的行为果然是装模作样，于是冷笑道："放下你手里的刀吧，我们都是弱势群体，为了生态平衡，不要把所有人都捕杀了吧。你已经优秀得令人窒息，已经让所有人无路可走。"劳根故意把所有人拉扯进她的战争，只有让旁人也感受到威胁，温迪才能成为众人的眼中钉。利益当前，所有交情都比蜘蛛拉的丝还容易扯断。

"劳根，不要把你自己的危机感强加到别人身上，也请你不要再危言耸听，如果高考是战场，只有成绩才是真刀真枪，你也有IB证书，就成绩而言，真正能威胁别人的是你。"

温迪理智地把所有人的注意力转移到劳根身上，人人心里都明白，从分数的角度来讲，温迪所处的顶端位置，于大多数人而言，根本不在一个层面，除了对她表示敬佩之外别无选择。而劳根则不同，她所处的层次很容易和大多数同学进行角逐，若是哪位同学不慎和劳根报考了同样的大学，那他遭受的不幸才是最真实的。

温迪的话是一种启示，劳根的言辞渐渐无法立足，其实每个人都很聪明，报考期间人人自危，每个人都大致明白自己会有什么样的前程，谁也不想真正关心她们之间到底谁在伤害谁，只是重压之下的日子，再也没有什么比这场沸沸扬扬的闹剧更能令人宽慰了，所以当劳根掀起这场战争的时候，才博得了众人的同情。

"真会装腔作势，你错了，耶鲁不只是看成绩，咱们走着瞧。"劳根从那些韩裔同学眼中看到了不安，他们的关心也是假的，劳根不在乎地笑了，接着说，"我才不会像你一样欺骗朋友。"

"真是最无能的竞争，你应该把那些信送到耶鲁大学去，只给咱们学校的人看有什么用？"温迪的姿态越高，对手在旁人眼中的分量就越小，事到如今，她傲慢的口气一点也不肯收敛。

"温迪，我再问你一次，你还是不肯承认你伤害了我吗？"劳根默默地摇头，摇出一大串眼泪。

"温迪，你还记得咱们的乐队吗？那时你组建乐队，我问你我可不可以参加，你听我用小提琴演奏了《吉卜赛之歌》后，说我的音乐天分远在很多人之上，你还让我当了俱乐部的副主席。后来你又组建网球队，所有人都觉得我打网球也是最好的，你也让我当了网球队的队长。我们的俱乐部越来越壮大，你说我功不可没，你曾经那么善良，可是现在你为什么变了呢？你变得如此盛气凌人，你是全校第一名啊，所有的常春藤大学你可以随便挑，而耶鲁是我唯一的梦想，你为什么要害我呢？"

随着哭诉，劳根逐渐陷入一种复杂的情感之中，她甚至幻想日后仍旧能与温迪和谐相处，若是她们中间没有耶鲁这道该死的鸿沟，她们这辈子都能彼此相安，只要温迪能把耶鲁让给她，余生无论有多少时光，她都愿意竭尽全力去补偿她。

"所有人都知道你的梦想是明德学院。"一番动情的话没有对温迪产生任何影响，她的一双黑眼睛依旧冷漠，彰显着友谊在她心中彻底终结。

"明德学院曾经是我的梦想，但是后来有了紧急情况，推心置腹地讲，是我先参加了耶鲁的面试，面试员很喜欢我，你知道吗？并且我的外公也等着看到耶鲁的通知书，我离开他的时候还只是个小孩，现在他已经死了，我只是想把这份荣誉送到他的墓碑前，你不要阻拦我，好吗？"

"你是要我退出竞争吗？"老友的话再次刺伤人心。

"不，我不会求你退出竞争，我知道你也不会退出。"劳根觉得自己仿佛上了刑架，注定要在这场战争中把鲜血流干。

"那么，你现在的所作所为是为了什么？"温迪麻木地问。

"你欺骗了我，伤害了我，我要你承认错误，我要你在所有老师和同学面前，向我道歉。只是一句对不起，就不会让我像现在这么难受了，我只要你一句真心话，温迪，你知道我从来不是蛮横无理的。"前一分钟还脉脉深情的劳根，下一分钟就目光凶狠，脸颊滚烫，切换情绪的天赋在她脸上肆意展现。温迪觉得，她若是一个女演员，一定会依靠精湛的演技让她的事业蒸蒸日上。

9. 暴力冲突

"一派胡言！"温迪知道她终于又把话绕到了最根本的出发点上，她明白，她一旦妥协，就意味着她承认了那些攻击言辞中的谎言，那些荒唐的、偷换概念的逻辑，会把她置于万劫不复之境。

"我再说一次，我从来没有伤害过你，到底谁是骗子，你心里更清楚。"温迪不想继续在这无休止的旋涡里争论，准备走出教室以求解脱。

"如果你不肯承认，那我也没有办法了。"劳根望着天花板，只觉得外公的灵魂在头顶萦绕。

"我只好按照你的要求，把信发到耶鲁大学去，宁愿咱们两个人都别上耶鲁。"最温柔的语气说着最锋利的话，劳根笑了笑。

"这才是你的真心话吧。"站在教室门口，温迪回头看了劳根一眼，道，"真理与日月齐辉，与天地共存，你别做梦了。嫉妒这种毛病真是无药可治！"

一声"嫉妒"令劳根彻底失控，素日来的修养消失殆尽，她抓起一摞书本朝门口砸去，最重的那本书精准地落在了温迪的头上，纷飞的纸张在空中旋转了两秒钟，落得地上一片狼藉。

旁观者仿佛都在这场激烈的矛盾中得到了一些好处，有人发出惊呼，但听上去更像喝彩。

接着，所有人都很有风度地移到了远处，成群结队地靠在教室的墙根，好给即将发生肢体冲突的两位亚裔天敌腾出更大的空间，有人已经悄悄打开了手机摄像头，准备记录这动人心魄的时刻。

这时，温迪最忠实的朋友亚历克斯及时站了出来，但在他穿过混乱的桌椅时，却因为肥胖而平衡失调，被一把椅子绊倒，圆球一般滚在地上，滑稽的模样，引得教室里爆笑连连。

"我嫉妒你？你真的觉得自己已经优秀得令人窒息了吗？"

温迪的头被砸，大脑在一瞬间发出轰鸣，她只是趔趄了一下，就靠在了墙上，劳根却应声而倒，伏在课桌上哭得惊天动地。

好在数学老师及时冲进教室，充满火药味的气氛下，平时说话细声温柔的白人女老师立刻变了个人，看着凌乱的教室，老师的脑子被血液充满，全身上下都微颤起来，尖锐地喊道：

"你们都疯了吗？这里是人类社会，不是狼群！今天，所有人都要为自己的行为负责。"

"温迪才是狼，我们都是羊，是她在欺负我。"劳根立刻站起来辩解，抹着眼泪要与温迪继续算账，数学老师伸出修长的手指，命令她马上坐下："谁对谁错我自然会调查。"

第一次见到这种不堪的现象，白人女老师为自己的教育感到羞耻，咆哮着发誓，她一定要惩罚每一个人。

"真理已经够明白了，是我先面试的耶鲁大学，面试员非常喜欢我，是温迪阻挡了我，你看看她，她的眼里只有傲慢，受委屈的人是我。"劳根太害怕平时就偏心的数学老师被蒙蔽，这位白人女性虽然教的是数学，但理智不足，感情却强烈得像个诗人。

"麻烦你闭上嘴。"数学老师弯腰一一捡起散落在地的书本，温迪捂着头一言不发，数学老师已经有了答案。她的确是偏心于温迪，因为她能给学校带来的荣耀其他人根本无法做到，就在昨天，她已经替温迪收到了来自斯坦福大学的青睐，也在安德森的办公室里了解了劳根连日来的反常，若在这节骨眼上他们的高才生因为朋友间的矛盾被冠上污名，那她所有的期待都将落空。

"亚历克斯，你是要把地板坐出一个窟窿吗？有什么重要的事非要坐在地上才能解决呢？回到你的位置上去。"又是一阵哄笑，亚历克斯捂着自己的屁股站了起来。

"看着同学打架，居然没有人脸红，我真替你们感到羞愧，所有人都回到自己的座位上去。"在老师的斥责下，躲在墙根围观的学生纷纷转移，仍有人忍不住窃笑，枯燥的日子，再也没有什么能比今天发生的一切更令人兴奋的了。

整理好教室，数学老师走到温迪身边，关切地问："温迪，你的头受伤了吗？需要去医院吗？"

"应该不用去医院。"温迪揉着太阳穴。

"那就把你的头发重新梳好，今天我们要拍合影。

"今天我们将迎来一个重要时刻。"数学老师说着，又忧心忡忡走到劳根面前，同样关切地道，"劳根，把你的眼泪擦掉，不要将你的眼泪暴露给全世界，今天需要的是微笑。"接着她站到讲台上，语重心长地对所有人说，"你们中间没有一个人是差生，命运会像变魔法一样，为每个人选出一所属于自己的大学，在一切尘埃落定之前，请所有人不要再刺探他人的隐私。

"现在，请所有拥有IB证书的学生和其他学生一起到教务大厅集合拍照。"数学老师认为，是她的理智为这场风波做了了结。

10. Defer和西瓜

　　为了不让女儿继续遭受人身攻击，汤教授决定让温迪待在家里。与学校沟通后，温迪得到在家继续进行报考直到寒假结束的批准。劳根依旧每天在教务大厅期待着安德森的身影，她必须有无限的坚韧与耐心，只有看到反抗有了成效，她才能收手。她不在乎自己在全校师生眼中是否成了笑柄，一遍遍给安德森写信，拉着他的手说自己如何在深夜失眠，外公的声音如何在自己枕边呜咽。

　　安德森被吓得缩在办公室里不敢出门，但是又不能报警，他忍受着纠缠，再三提醒劳根，如果她再用任性的方式浪费时间，其他大学的门就都会因为这种胡闹而关闭。但是劳根完全不在乎，她的身体越来越瘦弱，胆子却越来越强大，在她眼里，只有耶鲁才是她的归宿，她时刻关注着耶鲁大学的所有动静，陪她在泥泞中挣扎的，还有她的母亲崔女士。

　　崔女士对自己密谋的"西瓜事件"避而不言，她心中的疑惑随着时间推移而日益加深，向秀民再三确认是否完成了差事，秀民坚定地表示：自己亲眼看到那个东方面孔的女孩抱走了那箱子。崔女士又旁敲侧击向劳根打听那天的事，劳根只是随口道："她装模作样地抱着一个箱子给了艾瑞克，估计是想讨好他，其他人都没有理她。"

"那艾瑞克打开箱子了吗？他有什么反应呢？"崔女士不想让女儿察觉出异样，擦着地板漫不经心地问。

"他能有什么反应？有人送他东西他肯定是高兴呗。"

"他不会觉得很吃惊吧？他有没有叫嚷之类的？"崔女士抓着抹布坐在地上，一只手绕过后背捶了捶，大卫还没有回家，她要趁机打听那天的情况。

"跟你说了他很开心，真是奇怪，这不是你该知道的事，为什么你总是关心别人？"劳根没有一刻不在想自己的前程，对母亲无聊的盘问显得极不耐烦。

劳根的话让崔女士呆住了，难道现在美国的黑人都不讨厌旁人送西瓜这种事情了吗？难道他们都忘记祖先的屈辱了吗？西瓜在黑人群体里已经没有任何威力了吗？以她的了解，在美国给一个黑人送西瓜，无疑是种族歧视里最严重的一项大罪，足以将人送进监狱。一个西瓜，对黑人来说，威力不亚于一枚炸弹。但是事到如今那枚"炸弹"居然没有发挥丝毫作用，这让崔女士十分不解，难道那些道听途说的历史都是假的？她躲到书房里翻阅资料，书架被她拉扯得完全没了秩序。

能查到的历史与谣言如出一辙。曾经，在美国南部这片广大而肥沃的土地上，残酷的奴隶制下，农场主们为了得到充足的劳动力，大量购买黑人奴隶。美国南方农场以种植西瓜和棉花为主，黑人奴隶辛苦劳作却得不到任何报酬，奖励西瓜成为他们唯一的劳动所得。远在19世纪，"西瓜"二字就有了充分的歧视意味。南北战争爆发后，奴隶制随之消除，黑人虽然得到解放，但仍旧备受歧视。白人常用西瓜讽刺黑人，渐渐地，西瓜就成为懒惰与肮脏的代名词。即便过了一百多年，黑人仍会觉得，被人送西瓜是最严重的冒犯，法律也绝不会原谅这种恶毒的嘲讽。

不明历史的移民，因为请黑人吃西瓜而被打的事层出不穷。崔女士在策划这阴损的事件之前，也曾为自己冒出的念头感到不安，但是面对女儿的劫难，她束手无策，她的智慧不足以挽救女儿的前程，在关乎女儿一生命运的当口，她只好放下高贵的心灵，向上天表示歉意，并许愿事后做一百件善事来弥补罪行，她相信自己是出于另一层深爱，会得到上苍谅解。

时间一天天过去，眼看就要放寒假，她的武器还没有发挥任何战斗力。有一次在Kroger超市里，崔女士有幸见到了艾瑞克的妈妈，那戴着一头铁丝网般假发的黑女人还快乐地与她拥抱了一下，夸赞她的泡菜比Vlasic的酸黄瓜好吃，她的脸上没有一点忧伤的神情，这就可以肯定，崔女士的方案肯定是哪个环节出了问题。至于问题出在哪里，她找不出任何线索。

一个月来，堵截教务主任的行为从未间断，即便放了寒假，劳根的亲笔信也从未停歇，逼得安德森正好有了出远门度假的借口，索性在假期离开美国，一家人去了欧洲旅行。

流言蜚语从未停止，冬天的深夜，温迪裹着毛毯坐在电脑前拼命敲击键盘，既然通往耶鲁的路被障碍挡住，就要加倍努力应对其他学校。她用超乎寻常的意志力克制自己，没日没夜地翻阅资料，一声不响地为各种常春藤高校写作文，虽然杜克大学和斯坦福大学都已提前抛出了橄榄枝，但她赌气似的告诉自己：越是有人想让她名誉扫地，她越是要用更高的认可来报以回击。

这不是为了让自己成为一个硕大无朋的怪物，温迪觉得，这是上帝给她安排的一段最有挑战的成人礼。

寒假期间，汤教授的工作更加忙碌，十天内坐着飞机两次往返美东。与以往不同的是，汤教授对这两次出差异常重视，两次出行都穿上了平时舍不得穿的衣服，连理发这种常年由汤太太操刀的事，他也专门去了正规的理发店。美国物价普遍较低，但是所有涉及人工的服务都出奇地昂贵，拿理发来说，修剪一个普通的男士短发需要50美元，此外还需额外支付30%的小费。在美国二十多年，这是汤教授第二次光顾理发店。温迪打趣父亲，这么重大的事件，足以记载到他的回忆录里。

无论父亲是否在家，温迪都让自己保持着正常的状态，她大口地吃着妈妈做的油泼面，咕咕咚咚地喝着冰箱里的凉牛奶，学习累的时候就蹲在院子里，看看那些不请自来的小松鼠，不允许自己在家人面前露出一丝可怜相。

圣诞节的脚步越来越近，人人都忙于装饰自己的房子，每一片居住区，都能看到绿色的圣诞树、红色的蝴蝶结、金色的小鹿，以及白色的雪人。每栋房子上都挂着斑斓的彩灯，草坪上尽是星辰般的光芒。屋里有儿童的人家，更是在门前装饰大量的发光体卡通图案。美国人不在乎电费，无论城市或乡间，在圣诞节前后，如梦似幻的灯光会整夜熠熠生辉，直到天亮。

一向节俭的汤教授与汤太太在圣诞节也穿得很考究，精神十足地为两个孩子准备节日大餐。早在平安夜来临之前，他们就和所有美国人一样，提前与亲朋好友们相聚，互相赠送了礼物，而圣诞节这一天，全美国的家庭，只能属于自己的家人。

汤太太照例做了一桌子中国美食，主角依旧是饺子。在吃饭之前，汤太太神秘地告诉所有人，她在饺子里包了硬币，谁能吃到硬币，谁就是最有福气的人。

这已经是最拙劣的把戏了，因为每年能吃到硬币的肯定是温迪与姐姐，但姐妹俩从不揭穿母亲的把戏，从嘴巴里吐出硬币的时候，温迪率先喊了起来："这东西居然在我的盘子里。"

"真讨厌，我吃了一盘饺子也没吃到硬币。"姐姐羡慕地说，随后将嘴里的硬币神不知鬼不觉地吐在了手心，悄悄塞进了一张餐巾纸里，丢到一旁。

"它像不像一顶皇冠？"温迪把硬币举到头顶，油光发亮的中国硬币如一枚星辰，在她黝黑的头发上闪闪发光。温迪站起来挺直胸膛，傲视群雄的滑稽样让全家人大笑不止。

另外一枚硬币迟迟没有下落，汤太太很快猜出大女儿的葫芦里卖的是什么药，于是故意道："我一共就包了一个硬币，就被温迪吃到了，看来咱温迪的确是最有福气的人。"

"本来我还担心自己的牙呢，谁知道居然跑到了温迪那里，妈，赶紧给我倒点醋，让我好好酸一酸。"姐姐噘起嘴，温迪信以为真，把那硬币放到了姐姐面前，狡黠地说："如果你不嫌弃的我的口水，也可以放你嘴里含一含。"

姐妹俩又在客厅嬉闹起来，姐姐追着温迪，嚷着要收拾她。

看着欢畅的妙景，汤太太笑出了眼泪，希望这平凡的欢乐能永不消失。已经记不清有多少天没有听过温迪的笑声，一个月来，她平静得让人害怕，汤太太甚至担心她会在自己的卧室无声无息地死掉。每当她从不安的梦中醒来，耳朵贴在温迪的门上，除了听到细碎的翻书声，再也听不到任何动静。

在美国长大的孩子大多对父母没有依赖，但世界上所有的父母都会依赖孩子。有时候，温迪的书不小心从书架上"砰"一声落在地上，都吓得汤太太坐立难安，尽管她小心翼翼地放慢脚步，不让楼梯发出任何声音，在她走到女儿门前时，温迪还是猜到了母亲的心思，转身微笑着道："妈妈，我很好。"

圣诞节在天伦之乐中度过。12月28号，经历了整整四十天的恶意诋毁后，温迪终于接到了来自耶鲁大学的Defer，所有参加耶鲁大学面试的学生里，只有百分之一的学生有幸能收到Defer。虽然是延迟录取通知，但能接到Defer已经是万幸，足以证明温迪具有非常强大的竞争力，逆风翻盘的机会大大增加，被耶鲁录取，俨然已成定局。

寒假结束后，温迪没有立刻去上学，在同学们得到的消息中，整所高中没有一个学生接到常春藤大学的Defer，这让劳根和她的妈妈欣喜若狂，耗费九牛二虎之力，总算没有白忙。

劳根觉得自己和温迪再也不用互相嘲讽了，一切应该还能回到从前，她们还是老朋友。开学第一天，劳根带着悲痛的神情对全班同学说："亲爱的伙计们，可能温迪正在家里哭，我觉得我们应该打电话安慰她。"

每个人都没有机会进常春藤大学，这是多么好的事啊，人人都很开心，也都有足够的心情去关心温迪了。有学生开始寻找温迪，他们不想让她觉得，自己真的一直和劳根狼狈为奸，成为"残害"同学的刽子手。

但温迪却像从这个世界上消失了一般，不接电话，也不来学校，给她发邮件更是毫无意义。可能巨大的辛酸已令她改变了生活方式，已经习惯于待在黑暗角落。

与温迪同样反常的，还有那位黑人学生艾瑞克，不知是出于什么原因，艾瑞克也迟迟未曾返校，但是没有人去关心艾瑞克，他原本就成绩平平，对任何人都构不成威胁，自然也无法吸引旁人的关注。

直到开学第三天，温迪才出现在学校，她的相貌丝毫未变，看不到痛苦的痕迹，也看不到任何喜悦。没有丝毫波澜的脸让人感到遗憾，也许她已经被打击得迟钝而麻木。

缓缓穿过校园，温迪的眼睛像近视一样弥漫着水雾，一个刚刚18岁就被上帝惩罚永世痛苦的人，她的样子在同学们心中无疑是悲惨地死过了，连亚历克斯的搭讪也没能将她打动，天知道她会不会复仇。有人推了劳根一下，劳根半真半假地抽了抽鼻子，仿佛真的觉得自己有了罪过，她想上前朝温迪打个招呼，又担心自己的脸会遭到巴掌，只好眼睁睁看着她从身边走过，体谅她接受现实需要大量的时间。

穿过教务大厅，教务主任安德森见温迪出现，立刻拉住她的手，关上了办公室的门，他的激情随着"砰"一声关闭的门瞬间表达出来，捂着自己的脸叫了一声"上帝"。

安德森激情澎湃地为温迪倒了一杯热巧克力，温迪说了声谢谢，低头喝下一口热饮，给了教务主任一个完美的微笑。她还不知道，在安德森眼里，她已经完完全全是另一个人了，一个他从教以来最优秀的学生。

"哈佛大学也给我发了邮件，温迪，你会成为全校的骄傲。"

"我不想在拿到通知书之前公布我的结果，您可以为我保密直到4月吗？"怀着某种不安，温迪诚恳地请求。

　　"为什么？"安德森目光复杂地看着她。

　　办公桌上放着一个撕烂的纸箱子，温迪没有在意那箱子，长长舒了一口气，道："因为，同学们都还在伤心。"

　　"非常抱歉，我只能为你保密到3月。"

　　"为什么？"沉着的温迪再次激动起来。

　　"你知道的，在发通知书之前，耶鲁会先寄来校服，你要穿上校服与我们合影，所以，我只能为你保密到3月。"安德森摊开双手，耸着肩膀笑了笑。

　　接着，安德森的脸突然沉了下来，心事重重地抚着办公桌上的箱子，缓慢地说："还有一个问题，温迪，这个箱子是你给艾瑞克的吗？"

　　"箱子？"温迪瞅了瞅那已经破烂的箱子，似曾相识，又无从想起，她努力回忆着，看到那上面已经变形的字母，终于想起它的来历，于是大方地说，"是的，是我给艾瑞克的。"

　　"你为什么要给艾瑞克那样的礼物！"安德森勃然大怒，他在圣诞节的当天夜里就接到了艾瑞克爸爸的电话，因为事情太过蹊跷，他曾用生命为温迪担保，这一定是个误会，两个学生成绩悬殊，彼此构不成任何威胁。安德森认为温迪不会犯如此低级的错误。

　　此刻，听到温迪的回答，安德森差点晕过去。

　　"你为什么要给他送一个西瓜，你不知道这是对他最大的羞辱吗？现在艾瑞克的家人要起诉你。上帝，我做了多么愚蠢的事，竟亲手把一个卑鄙的灵魂送到耶鲁大学去。"

前一分钟还风度翩翩的安德森骤然失控，温迪一只手捏着纸杯，被突然而至的斥责震得无法喘息，她迅速整理着思路，一字一句说："这箱子不是我送给他的，是我在停车场捡到的，因为上面写着艾瑞克的名字，我以为是他的包裹，所以才拿到教室里，转交给了他。

"我不知道里面装的是什么，也不知道是谁给艾瑞克的，我生长在美国，不会做给黑皮肤同学送西瓜这样卑鄙的事。

"我不是初来乍到的移民，我了解这段历史，无论任何时候，我都不会做。"温迪的语气不容置疑，她解释完之后就闭口不言了，静静地站在办公室里。

安德森盯着她的眼睛，听完她诚恳的讲述，心情平复了一些，他将已经斑白的头发向后捋了捋，拍了拍自己的脑门，叹着气道："什么也不要说了，温迪，你什么也不要说了。警察会把这件事情调查清楚的。"

温迪离开办公室后，安德森又接到了艾瑞克家长的电话，那位中年黑人愤怒的声音让人打战。安德森只好说已经报警，法律会将恶人绳之以法。但美国的大地上几乎没有摄像头，即便有，也形同虚设。究竟是谁给了艾瑞克一个西瓜，安德森不知道，警察们也无法立刻就能搞清楚。要调查到什么时候才能给艾瑞克全家一个合理的交代，也许只有上帝才能知道，但是有一件事安德森心如明镜，若找不出"凶手"，作为当事人的温迪，她仍然难保无虞。

燕然

未勒

1. 醉梦

7月的深夜，月亮被重重阴云掩盖，夜空下一栋栋纯木质别墅星星点点地散落在小城郊外，遍地是寂静的暗影，精心修剪过的草坪在忧郁的夜幕中沉睡，露水打着草尖，如苍穹轻抛的眼泪。

几扇窗户微微闪着亮光，光影投在私家游泳池里，随着微风不断摇晃出扑朔迷离的微浪。若对"新冠疫情"这件事只字不提，远远望去，美国大地看起来仍旧祥和得沁人心脾。

虚窗静室，已去世十年的奶奶第一次出现在了留学生杨雁的醉梦中。

半梦半醒之间，杨雁的头颅像扣上了一只铁碗，一种不可言状的气流久久在身边缠绕，血液逐渐停止循环，四肢越来越僵硬，等那气流蔓延到脚底板的时候，他的全身就像被蛇盘住了一样，进入行将死灭的状态。

一种似诡异梵音又似人在呻吟的响声回荡在耳边，杨雁用尽力气扭动了一下脖子，只听到颈骨"嘎巴"一声。

"我的脖子断了吗？"杨雁吃了一惊，试图让自己起床，可他明明抬起了手，垂眼又看双臂一动不动地抱在胸前，意识仿佛迷了路，无法准确调动肢体。

神秘而恐怖的调子在耳边忽闪忽灭。好在有过梦魇的经历，此刻杨雁并未感到恐惧，他知道他又"魇住了"，他可以有两个选择，一是摆脱梦魇努力让自己醒来，二是忽略梦魇继续沉睡。

时间在梦中是七零八碎的，不能估摸过了多久，无法清醒的人，躯体被纠缠着，灵魂难以安宁。意识自由的杨雁感到嘴唇正在干裂，他想舔舔干涩的嘴唇，但牙关紧闭，舌头堵在嘴里动弹不得，当他觉得自己能够伸长手臂去摸索水杯的时候，一个白色影子如烟雾般逐渐在眼前清晰起来。

地上跪着一个人——虽然模样无法看清，但直觉让杨雁知道，那是他的奶奶，不是他一个多月前死于横祸的同窗好友阿南。

奶奶身上没有一丝色彩，也没有一丝遮盖，赤身裸体，失常的面色瘦弱苍白，好似一块岩石。她跪着的位置原本扔着几个威士忌空瓶子和一包吃了一半的乐事薯片。

在杨雁试图挣扎着坐起来问候一下亲人时，奶奶的脖子突然一沉，整个头颅瞬间失去支撑，干干脆脆地掉在了胸前，下巴紧贴着锁骨上窝，抬头露出一双苍老冰冷的眼睛，那眼神足以令活着的人老去十岁。

看着寂静的、枯槁的奶奶，杨雁的五脏六腑都沸腾起来，他伸着胳膊不停地变换角度，想去抓住眼前人，奈何又看到自己一动不动抱在胸前的双臂。

"您是在怪我喝酒了吗，奶奶？

"鬼魂也会生气吗，奶奶？"

影子庄严沉默，杨雁也屏住呼吸，既然胳膊不听指令，他只好用脚趾去触碰一下奶奶，无奈双腿又僵又硬。

循着窗外透进来的微光，杨雁徒劳地看着故去的老人，觉得胸口已被压得隐隐作痛。

既然无法摆脱梦魇，索性让梦走到尽头。

天知道奶奶的灵魂是如何云游海角，远涉天涯，艰难地飞过半个地球，从中国北方最偏远落后的村子，飞越太平洋，穿过加利福尼亚州、内华达州、犹他州、科罗拉多州、堪萨斯州、密苏里州、田纳西州，最终来到美国南部亚拉巴马州，来到这个相比家乡也繁华不了多少的小镇上。她又是如何在语言不通的陌生国度翻看一间间公寓，一栋栋别墅，最终在华裔女房东白晓英的别墅二楼，在一间闷热的卧室里，结束迢迢万里的飘零，找到她唯一的孙子的。

"您是坐飞机来的吗？您是来接我回国的吗，奶奶？"杨雁真想坐起来号啕大哭一场，即便那白影看起来根本不想接他的话。

"拿到学位我就回国，再也不来美国了。"牙关紧闭，只能在心中呼喊。洗耳恭听着对方的回答，遗憾的是亡魂始终不肯抚慰一下自己的孙子。无言的影子，头越来越低，岩石般的白影似乎压在了杨雁的胸口，让23岁的他终于感到不寒而栗。

"你是中国的鬼吗？"面对不知从哪里飘来的丑陋灵魂，杨雁急速呼吸着，心中开始咒骂，只要身体内部一个零件苏醒，就能化解这可怕的梦魇。随着脖子"吱"的一声响，杨雁终于调动两腮的肌肉，微微张开了嘴，意志逐渐能够控制肉体。

杨雁醒了，感到整个卧室如同蒸笼，天花板上的吊扇已经停止工作。满头大汗地从潮湿的床铺上爬起来后，去拉动吊扇开关，遗憾的是，它并非停止了转动，而是彻底坏了。

"怎么会这样！真是要命！"闷热令人崩溃。

好在房间的高度只有八英尺，以杨雁的身高，站在床上很容易就能触摸到吊扇的机体，于是他跳到床上，准备把吊扇修好。

热汗顺着脑门往脸颊上流着，不到十分钟，举轻若重的双臂就酸痛难耐。由于没有任何维修经验，一个小时后，再次拉动开关，扇叶依旧毫无知觉似的一动不动。

"去他妈的！"放弃了修复的念头后，杨雁焦灼地在卧室来回转悠着，思考着接下来该怎么办。

吊扇是房东的，唯一的解决方案是照价赔偿。入住第三天就出现这样的意外，回想搬到这栋别墅后受到的种种压迫，对于搬家这件事，杨雁悔之晚矣，只好竭力控制着自己，不让更脏的话从嘴里再喷出来。

猛喝了几口汽水，打开亚马逊网站，一模一样的吊扇标价70美元，赔钱不是什么困难的事，完全在他的承受范围之内。让他坐立难安的，是他不知道那个中年妇女白晓英会借此机会给自己出什么难题，以他对她的了解，讹钱是肯定的，不能肯定的是，她究竟能狮子大开口到什么价位。

苦不堪言地熬了半夜，窗外已泛出亮光，把窗户全部打开后，杨雁朝着依旧阴云密布的天空出了一会儿神。几只黑鸟从远处的森林里飞来，盘旋了一会儿，又朝更遥远的地方飞去。

孤零零地立在窗前，杨雁突然羡慕起那几只鸟来，羡慕它们想去哪儿就去哪儿，也羡慕它们像亲兄弟似的结伴而行的姿态。

"阿南，我们真不该来美国啊，2020年真的是末日吗？"杨雁拍着自己的脑袋，阿南的模样在脑海中一会儿清晰可见，一会儿又血肉模糊。他的骨灰盒乘上回国的飞机时，那飞机在天上真像一叶漂荡的孤舟啊，但是杨雁一直觉得，飞机只是带走了阿南的灰烬，他的灵魂一定还在美国，或许，就在自己身边。

点了一支烟，又打开TikTok页面，手机屏幕连续跳出多条有关新冠病毒的视频，大多是美国年轻人调侃总统的作品。

自新冠疫情于2020年春天在美国全面暴发，50个州陆陆续续都下达了形式上的"居家令"。虽然"居家令"没有起到让民众居家的作用，却在很大程度上激起了民众对当权政府的不满，年轻人百无聊赖，只好借机在TikTok上发泄情绪。

弹着烟灰，滑过数十条内容荒诞的视频，耳朵里充斥着各种高呼新冠肺炎为"特朗普病毒"的调侃，杨雁食指停留在一个女人的视频上，见她扭着硕大的屁股，举着一个夸张的扩音器，把自己的视频与特朗普演讲的视频拼接在一起，总统的嘴巴刚张成一个"O"形，她的扩音器就"戳"到总统的脸上，尖锐地连续喊"特朗普病毒，特朗普病毒"，从评论区的留言来看，恶搞总统这件事，能让99%的美国人心情愉悦。

庸俗粗鲁的短视频比比皆是，但也不乏一些劝人冷静的斯文之谈。无论是哪一类视频，浏览数十条过后，傻瓜也能明白：新冠病毒已经成功地将美国的总统放在了大部分美国民众的对立面。杨雁不是美国人，对美国社会而言，他只是一个过客，他即便有经天纬地之才，也不会在网络上与美国人一样去调侃美国总统。

作为一名中国留学生，杨雁唯一能做的，就是在网络上尽可能维护祖国的尊严，看到污蔑、诋毁、刻意抹黑祖国的内容，他都会和大多数留学生一样，逐条反击，逐句澄清，即便自己打出的文字力微如蚁，瞬间被网络淹没。

吵吵嚷嚷的短视频能瞬间吸引人，也很快会令人厌倦，关掉TikTok，全身已被汗水蒸透，杨雁把自己脱了个精光，威士忌是不能再喝了，缓解愁闷只能依靠抽烟。烟雾缭绕之中，杨雁又想起阿南，好友笑容可掬的模样挥之不去。

"阿南，你可真坏，当鬼你也不是个讲义气的好鬼，你要是真来找我，我一点儿也不会害怕。"坐在地毯上，肩膀靠着床，粗重的叹息不能穿破长夜，只在不足20平方米的栖居之地萦绕。

"为什么生活会变成这个样子？"皮肉中原本结实的骨骼逐渐松垮，直到变成一摊软泥。烟雾中他又觉得阿南正在目不转睛地盯着自己，不堪回首的往事悬在空中，一幕接着一幕又在眼前浮现。

因为高考失利，父母只得用尽积蓄把他送到大洋彼岸求学，好不容易在International Year One（即为国际大一，相当于大学学前班，针对语言水平不理想的留学生所设置的大学入学前衔接机构）通过语言考试，正式过渡为一名美国大学生，但由于自身知识储备量不足，加上性格过于内向，不幸的杨雁在很长时间内都处于可怕的"文化休克"状态。

2. 文化休克

顾名思义，"文化休克"是指在非本民族文化环境中生活或学习的人，由于文化的冲突和不适应而产生深度焦虑的精神症状。这种非病理性的休克虽然不会让人失去生理上的健康，却能令人日夜思绪不宁，焦躁不安，让最年轻的人看起来也毫无生气，倘若不及早进行心理疏导，对留学生来说，将会造成毁灭性的后患。

在学校里，愁思满腹的杨雁也曾努力改变过自己，刚刚进入大一的时候，他也强迫过自己主动与老师亲近，但并不是每一个大学老师都有很好的教养。比如学院最年轻的那位毕业于哈佛大学的教授，在走廊里与他相遇时，杨雁曾三次鼓起勇气向他问好，他急急忙忙，紧追不舍，可那骄傲的教授只顾快乐地眯着眼走路，根本没有心情理会亚裔学生前来攀谈，他的眼睛仿佛只能辨识出金发碧眼的学生，忽略杨雁之后，他会热情地与那些或白或黑的学生们挨个进行"Fist bump"，尴尬的杨雁只好站在墙边，看着他们互相碰撞彼此的拳头，听着他们像老伙计般嬉笑打闹，这种时刻，杨雁就愈发觉得自己愚蠢至极，同学的笑声令他双腿发软，他竭尽全力不让自己暴露出失控的情绪，发誓再也不去取悦任何轻视自己的人。跌跌撞撞离开人群，没有人注意到，这位年轻人的脚步有多狼狈。

他也曾在教室里试图与同学亲近，尝试与坐在他左右两侧的同学努力聊天，可他根本找不到插话的突破口，为了缓解尴尬，只好装傻充愣，有时候他会突然拍着脑门大声说："天哪，我居然忘记了今天是星期几，我是不是变成了傻子？"说罢，他就挤出一个滑稽的表情，等着他人注意到自己，哪怕是引起一阵哄笑，也能令他有融入集体的成就感。让人绝望的是，根本没有人愿意接他的话。

　　这样的痴傻行为他总共做过四次，仅仅只有一位好心的白人女孩出于同情，曾向他伸出过四根手指，示意他"今天是星期四"。那女孩应该是真的好心，也许是怕他听不懂，所以她没有出声，只是将四根手指在他眼前晃了晃。即便如此，杨雁已经深怀感激。为了感谢那女孩的"深情厚谊"，杨雁大胆地把身体移动了一下，以便自己说的话能让她听清楚，他要请她吃一顿中餐。

　　但不知是哪句话没有表达清楚，吓得女孩再也不敢与杨雁对视，当天就在课堂上与一位男生调换了座位。

　　此后的日子里，杨雁就真的成了学校里的"傻子"，他每天都感到羞耻，每天都不能平静，他觉得自己已经在异国他乡身败名裂，遗臭万年，沉默成了他唯一的避风良港。

　　心灰意冷地走在校园里，为了尊严，他不愿再为任何人垂下视线，他的头颅高高扬起，目光冷峻，这是他"雪耻"的唯一方式。回到住所，他又垂头丧气，筋疲力尽。一个人坐在床上，像是坐在一场无法醒来的梦里。

　　在阴郁悲观中艰难度日，对异国他乡的一切都充满了怀疑，直到阿南的出现，他黑暗的留学旅途中才终于有了一些光亮。

但是，命运好像铁了心要和他"决斗"，阿南失去生命的那天，他双手捂着自己的眼睛，发现意识在大脑中好像荡然无存了，空白得像一片辽阔的荒原，不知过了多久，他紧绷的太阳穴才突突跳了起来。此后连续一个月，杨雁的大脑都在马不停蹄地工作着，他无法熟睡，一想到阿南惨烈的死状，他就举止异常，焦躁不安。睡眠时间越来越短，他每天都感到肢体极度疲乏，但意识时刻被焦虑驾驭，神经与大脑相互施压，造就了一种难以驱逐的痛苦。

白天的时候，母亲从祖国的深夜打来电话，向他问东问西，诉说国内的日常琐碎，听着母亲的声音，他全身的器官还能暂时得到安宁。但到了夜晚，母亲不忍打扰他休息，时间就成了漫长的煎熬，黑夜是黑的，连同体内的五脏六腑，都在黑暗中浸泡着，度日如年。

好在自己过了21岁，可以拿护照在超市里买酒。美国关于酒的法律非常严苛，哪怕买酒的人只差一天就满21周岁，那么在这一天喝酒也属犯法行为，卖酒的店员就更无法得到宽恕，除罚款2000美元外，还需去警察局接受训斥。

只有威士忌能令最绝望的人心灵完全平静。一个月来，杨雁对酒精依赖到了前所未有的地步，数不清的咖啡色威士忌空瓶子被杨雁扔进垃圾桶。

但是诚恳地讲，杨雁的痛苦其实并非单一来自失去挚友这一项，人的生命可以磨灭，可以消失得无影无踪，但还有一件难以启齿的丑事，或许会永不磨灭地伴随杨雁整整一生。若阿南的亡魂真能在他耳边呜咽，他倒是想诚恳地与之交谈一番，问问他为什么要鼓动自己和他一起做那种违法乱纪的事，虽然与"惯犯"阿南相比，杨雁仅仅做过一次。

"阿南，咱们说好了一起毕业，一起回国，你为什么突然就躺下来死掉了呢？"酗酒令人意志恍惚。

人死原本是最值得同情的事，原本整个学院的学生及教授们都还在因为阿南遭遇不测表达惋惜，可逝者尸骨未寒，死去的阿南就变成了整个学院的笑话：他的作业和论文居然在他死后依旧准时发到了教授的邮箱里。

从教授愤怒的描述来看，他已经收到了数十封来自阿南的邮件。

"这是不可原谅的欺骗行为，这是学术诚信问题，这是亵渎上帝！我的天呐，我的教育原来是如此失败！

"花一大笔钱请一位陌生人替自己写作业，去贿赂魔鬼，我真替他的母亲感到羞耻，到了上帝面前他也不会得到一张免罪符。"

老教授一改往日耐心柔和之态，基于阿南不可饶恕的行为，他已经愤怒得毫无理性可言。看着老教授扭曲的脸，杨雁猜想，或许等老教授上了天国，他也会揪住阿南的胳膊，对他严惩不贷。若让他知道还有一位同学也是"同伙"，无法想象这位人类精英会不会冲上来把他撕成碎片。

罪名虽确凿无疑，但死人也不能再接受老师的道德训诫，整个年级的学生在老教授眼里都有了鬼鬼祟祟的嫌疑，与作弊者形影不离的杨雁在同学眼中更是坐实了"同谋"的位置，他觉得他的形象越来越"无耻"，似乎每天都活在旁人的舌根底下。一个人是无法忧伤的，人类的忧伤应是全部来自他人。

"代写作业"在美国早已拥有相当成熟的产业链，为学生服务的机构数不胜数，正规的代写公司一般信誉可靠，业务都能做到保证质量，质优高效，准时交稿，一旦与之合作，即可完全解决学业压力。虽价格不菲，但大量学生趋之若鹜，据有关资料显示，本科生文史类与理工类代写价格约为千字100—200美元，硕士生文史类与理工类代写价格约为千字200—300美元，博士生文史类与理工类代写价格约为千字400—600美元。若无特殊情况，作为消费者，学生基本没有后顾之忧，唯一且致命的缺点就是不能被校方察觉，一经发现，学生面临的处罚将堪比"死刑"。

严重违反校规有很多种处罚方式可供参考，无论是留校察看、开除、劝退，还是终止其在美国的合法身份，一生相随的污名阿南都不用再去承受，也无须再去考虑如何挽救自己的留学之路。而作为形影不离的好友，杨雁觉得"卑鄙低劣，荒谬绝伦"的标签已经贴在了自己的后背上，他能感觉到人人都在等着看他的笑话。

对于怀疑，杨雁做不到问心无愧，虽然他仅仅只有一次代写行为，但他明白，一次与一百次无异。令他感到怒不可遏的是，那些同样有重大作弊嫌疑的人，仅仅因为没有"东窗事发"，就把自己放在作弊者的对立面，街谈巷议，众口铄金，仿佛只要在讨论他人丑事的问题上不遗余力，自己就与丑事毫不相干，即便人人都希望"自己活，也让别人活"成为全世界的社会准则。

房间里的一切都是和阿南共用的，他的痕迹遍布各个角落，水龙头的开关、百叶窗的拉杆、烤箱的把手、沙发、卧室……杨雁觉得自己无论在干什么，似乎阿南都在看着他。

忍受了一个月的失眠之后，杨雁的眼睛都能揉出鲜血了，为了活下去，唯一的选择只能是搬家。

3.歧视

对于还未到"搬家季"的美国大学生来说，提前搬家并不是件容易的事，新冠疫情笼罩下的2020年尤甚。由于美国的租房体系太过死板，尤其在大学城里，所有租房合同都将在每年的7月31号以后重新拟定，租期最短为半年，其间若因为各种原因搬离，自己必须承担转租的责任，直到把房子转租出去，并满足租房合同规定的时间。所以在7月31号之前，部分因为租房日期出现偏差的学生，就需要过一段流浪的日子，或是找熟人借住，或是在短租酒店中过渡，直到熬到7月31号，重新与租房公司签订合同。

看似有序的制度，却给太多人造成最直接的混乱。

和往年一样，7月份短租酒店的价格水涨船高，在新冠病毒的加持下，短租酒店给出的价位已经远超普通学生的承受范围，这让杨雁备感挫败，一个人游荡在各种酒店门前，看上去完完全全就是一个无家可归的流浪汉了。

经历了数日奔波之后，杨雁终于发现一家价格还算合理的酒店。但走到酒店院内，他又停住了脚步，几米远的地方，两个黑人正躺在树荫里睡觉，从他们半张的嘴型可以看出，两人正在做着白日梦。

再往深处走，又陆续看到一些说不清来历的各种肤色的身影，他们或抽着烟蹲在走廊里，或拎着一些塞得圆滚滚的巨大口袋立在树荫下，从肤色上来看，有非洲裔、墨西哥裔，以及一些金发碧眼的看起来身体状况不佳的白人。他们模样奇奇怪怪，闻起来怪味熏天，如不同物种的野兽。天知道他们会不会是瘾君子，更何况，那鱼龙混杂的人群中竟没有一个人戴着口罩，谁能保证他们有没有感染新冠肺炎？

当那些或站着，或蹲着，或趴着的人都注意到这位亚洲男孩时，幽灵似的流浪汉们眼睛里似乎都放射出了光芒，望着乳臭未干、十分稚嫩的身躯，相互交谈着一些让人完全听不懂的话。

"喂，那个伙计。"一个大胡子白人突然吹了一声口哨，朝杨雁吐了吐舌头，他的同伴即刻会心地笑了起来。

"我喜欢你。"大胡子男人满口黄牙，搂着他的男性同伴，语出不凡地走来，惊得杨雁双脚难稳。

"对不起，我不明白你的意思。"杨雁下意识后退一步，扶了扶脸上的口罩。

"我喜欢你啊，没有别的意思。"大胡子突然亲了一口同伴，露出流氓惯有的邪笑，道，"就像喜欢他一样。"

"你是哪个国家的？"大胡子礼貌地问。

"我是……中国人。"杨雁害怕起来，支支吾吾道。

"中国人，非常好，你能帮我付一天房租吗？"大胡子露出可怜兮兮的神态，但仍旧没有一丝正经的态度。

"非常抱歉，我也没有钱。"

　　"那你能带我们回你的家吗？"大胡子追问着，二人的汗臭与香水味扑面而来，他们盯着杨雁像是发现了一个奇迹，吓得杨雁手脚发抖，慌乱飞出一句中国话："非常抱歉，我也没有家。"

　　一路狂奔离开短租酒店，虎口逃生般跑到另一条街后，杨雁仍心有余悸，弯腰大声喘着气，两个妖男的模样在脑中打着转，万幸自己没有被洗劫一空。

　　到了相对安全的地带，杨雁把一条路走到尽头，又把另一条路走到了尽头，他不知疲倦地走着，汗流浃背，口干舌燥，因为戴着口罩，他呼吸急促，心脏在胸口震动着。

　　新冠病毒虽然在新闻里已把美国大地摧残得满目疮痍，可现实生活中，单日新增几万例新冠病例的情况下，美国人民依然生活得很随意，娱乐场所依旧灯红酒绿，街头依旧人声嘈杂车水马龙，服装店似乎为了彰显创意，宁愿把口罩戴到模特们的塑料脸上。

　　美国的大地永远不会因为新冠疫情而改变，女人们依旧穿着色彩斑斓的衣服成群结队地闲逛，男人们依旧在酒馆里推杯换盏，孩子们依旧在万紫千红的公园里奔跑追逐。

　　杨雁走累的时候，就站在街边凝望一会儿这个明显与他无关的世界，努力思考着接下来该怎么生活，不管怎么样，生活的信心必须重拾，留学之路还那么长，他要毫发无损地回到祖国。

　　母亲又在深夜打来电话，分享着国内的家长里短，询问美国状况。杨雁一遍遍回答着"一切安然无事"，努力让远在祖国的家人称心如意，但在听到自己养了六年的狗又出现腹泻时，他的心突然像被撞了似的，湿漉漉的眼睛瞬间决堤。

"阿南，这条路，我们曾经一起走过很多次，它还是那么长。"挂了母亲的电话，泪眼蒙眬之中，杨雁又看到刚来美国时被黑人欺负的那一幕。

"黑色星期五"是全美一年一度的购物大狂欢。早在星期四下午，购物广场就人声鼎沸，抢购打折品的消费者疯狂购物直至深夜。

为拉动消费，奢侈品商店门前特意用中文做了海报，这令走过的华人们备感荣耀，仿佛受到了极大的尊重，不时会见一些华人拿出手机，拍下醒目的中文，阿南就曾经骄傲地把这种照片发布到社交平台上，并配文："看，这就是华人在美国的地位。"

从星期五凌晨开始，停车位就一直紧缺，杨雁和他的同伴在停车场巡视了一个小时，才终于等到一辆车离去。为了确保车位不被他人抢走，同车的人往往需要派一个下来，站在车位的当口充当盾牌，以免其他车辆见缝插针。

和杨雁一起来购物的是两个女留学生，看到很多白人女性都下车充当了人肉盾牌，当远处一辆汽车准备离去时，两个女孩当即下车，和其他白人女性一样，预先站在车位当口，以免其他车辆见缝插针。

就在杨雁驶近车位时，一辆白色皮卡车突然加速，超过杨雁后，将车头对准了两个中国女孩。

"这车位是我们的，请你们到别处去。"两个女孩挥着手。

"你说什么？你们的车在哪里？"一名黑人男性探出头。

"就在你身后。"女孩指着被他加速超过的车。

"抱歉，我看不到你的车，请你们向后退。"黑人把脑袋缩回去，继续发动皮卡车。因为等到车位太不容易，女孩们不愿被人白白抢走机会，面对皮卡车的逼近，两人挥舞双臂继续大声喊着："这是我们先找到的车位。"

见此情景，杨雁当即下车，在皮卡车即将撞到两个女孩时，挡在了前面。"该死。"黑人拍着方向盘，三个30岁左右的黑人男性从皮卡车上跳了下来。

"这个车位是我们先等到的，我们在这里等了一个小时。"杨雁竭力解释。

"你们是美国人吗？"一个黑人问。

"我们是中国人。"杨雁道。

"是中国人就后退，我们是美国人，这里是美国，不要浪费我们的时间。"黑人露出咄咄逼人的神色。

欺负性格温顺平和的华人群体，一向很对黑人的胃口，加上亚裔一般不会抱团取暖，势单力薄，所以施暴者往往得心应手，不会有心理负担。即便当今世界，中国在各方面实力已大大增强，但在美国，种族歧视者依旧不会因为中国的强大，而对华人群体高看一眼。

"这是我们等了一个小时的车位。"两个女孩委屈至极，看着杨雁束手无策。

"很好，那你们就继续等。"见眼前的中国人不肯让步，几个黑人彻底失去耐心，光天化日之下，只得"拔刀相见"。

"快滚开。"杨雁双臂被两个黑人扭住，反抗已经失去了意义，众目睽睽之下，三个外来者，尊严尽失。

"你们在干什么？放开他。"这个时候，还只是泛泛之交的阿南举着手机走了过来，与之同行的，还有阿南的几个中国哥们。

"如果你们不想得到法院的传票，就放开他。"阿南录着视频。

"你们俩站着别动。"两个女孩的身体已被皮卡车碰触，见有同胞相救，两人都哭了起来。

"这条视频能让你们被罚款10000美元。你们懂不懂文明？懂不懂排队？"阿南的衣着和神态透着富家子弟惯有的风范，身后几个男孩无一例外都与阿南一样穿着印有奢侈品标志的黑色上衣。中国留学生一般不会文身，不会在视觉上给人以不好惹的印象，但三人为众，一副"谁敢横刀立马"的架势，气势上已和黑人群体扯平，黑人不得不退让。

黑人们骂骂咧咧上了车，阿南的美好形象从此在杨雁心中占据了一个无比重要的位置。但是，谁又能想到见义勇为的人会在不远的将来堕入万劫不复的境地？

像一个流浪汉般漫无目的地走在街头，没有人知道杨雁失去了挚友，也不会有人知道他随时会暴露的"作弊"污点，他只是一个微不足道的外国人，与路边的臭虫和蚂蚁之类的小动物毫无区别。

戴着口罩走过服装店的橱窗，玻璃将杨雁的影子与那些戴着口罩的模特们重叠在一起，呈现出一种魔幻的景象，仿佛他本来就适合待在橱窗里，而不适合生活在这个与他格格不入的社会中。

　　由于戴着口罩，杨雁所经之处，总能碰到几个侧目之人。

　　在美国人的认知里，只有生病的人才戴口罩，而大胆把自己的脸露在空气中的人才最健康。不戴口罩是一种自信骄傲，戴口罩的人才嫌疑重重。为了躲避闹市中投来的异样目光，返回的路上，杨雁只好尽量走人流稀少的街道。

　　但他还是把一个胖女人吓了一跳，那女人在杨雁擦肩而过的时候，立刻拉着自己的孩子躲闪到了草坪上，她下意识地傲睨了一眼，低声道："Get lost." 从她的肤色和着装来看，应是墨西哥裔美国人。一个最底层的美国人在面对一个亚裔留学生时，也会立刻感觉到自己的地位升高一截，此种行为杨雁已司空见惯，只得对那躲闪的母子施以漠视。

　　路过大学门口，一群毕业生正衣着光鲜地在校徽下拍毕业照，漂亮的金发女大学生们忘我地展示着自己的风采。亚裔留学生也随处可见，若要寻找自己的中国同胞，只需扫视人群，就能立刻精准锁定，几乎可以断定，凡是戴口罩的年轻人，百分之百来自中国。

4. 女房东

同胞又能如何呢？自阿南的事败露以来，有多少同胞一边打着游戏笑话阿南足够倒霉，又一边干着与阿南相同的勾当。他们应该庆幸阿南死了，若是阿南东窗事发，却又活得好好的，那对作弊的学生群体来说无疑会形成一种隐患。谁能保证阿南不会干出揭发举报的事呢？

"阿南，我们约好了一起拍毕业照，你现在却食言了。"

杨雁茫然走着，对迎面而来的同胞并不心存什么指望，他理智地告诉自己，只需再坚持一年，就能离开美国。现在，他只需要重新找一个容身之处，到了7月31号，再重新租一个单身公寓，然后安安静静地完成学业，悄无声息地离开伤心之地，把在美国经历的一切都忘得干干净净。

"杨雁，你在哪里？听说你要搬家，找到房子了吗？"回到公寓后，手机振了一下，跳出一条微信。

发信息的是已经本科毕业，即将离开美国，却又苦于机票价格太贵，不得已继续滞留美国的学长胡啸云。

"还没有，正在找，我在屋子里。"杨雁简短地回复。

"大家都很关心你，知道阿南出事后你心情不好，本来想好好去陪陪你，只是因为疫情，现在都不串门了，如果你有什么需要帮忙的，千万别忘了还有我，搬家的时候说一声，我去帮你搬家。"

"谢谢你，但是不用了，我的行李不多。"在句末加上了几个调皮的笑脸，气氛看起来轻松许多。

"看你这样我就放心了。你应该在微信群里问问，租房信息现在很多，也好找。"胡啸云连续发着信息。

"再等等看吧，我……不想在群里说话。"

"那我替你发求租信息，你对租房都有什么要求？"

"谢谢了，还是我自己找房子吧。"杨雁婉拒了胡啸云的热心，自阿南出事以来，他只觉得所有人都在幸灾乐祸。

"有个叫白晓英的房东你认识吗？她的房子很大，很多学生都在她那儿住过，不行你就在她那里先将就一下。"胡啸云说。

杨雁没有见过白晓英，但脑海中关于她的事迹足以令人心生抗拒。那是个疯狂的小个子女人。

提到白晓英，若不去计较她的那些传闻，她的房子倒是可以考虑。因为据说可以按天来租房，租金虽然高一些，但对暂时无处可住，又不想花大价钱住酒店的留学生来说，无疑是最佳选择。

关于白晓英的事迹，大学城内几乎每个中国留学生都有耳闻。

在中国生过一个儿子的白晓英已经老了，嫁到美国之后，她其实还准备生第二个孩子，美国女人四十多岁生孩子是多么普遍的事。既然已经成为美国人，白晓英觉得，她有义务给她的美国丈夫生出一个亲生骨肉来，不然生活多么没有意思，遗憾的是，她的美国丈夫却生不出来了。

白晓英和他的白人丈夫迪克兰相识于互联网，那个时候白晓英还在中国，刚刚结束一场失败的婚姻，由于收入太少，孩子的监护权自然被前夫夺去。

厌倦了婚姻，却更渴望真爱，随着不断地与男人接触，聪明的白晓英发现，大部分男人对她这个年龄段的女人的兴趣，仅仅只是围绕身体的欲望。正如网络上一个博主所说："离了婚的女人，就像一盘野菜，人人都想尝一口，但只是尝一口。"

男人们只渴望用最短的时间与她进行亲密接触，有些经熟人介绍的相亲对象，甚至在第一次见面时，只要她的眼睛多少闪出一点点柔情，他们就能色胆包天地借各种机会与之进行肌肤碰撞。

寂寞的白晓英害怕自己出于空虚而被短暂的情欲迷住，及时删除了各种相亲对象。

既然中国的男人都是一个品行，异国他乡的会不会好一些呢？若直接打着相亲的旗号，就无法免于流俗，于是白晓英恳求远在美国的朋友帮忙，给自己介绍一个白人男性，并委婉地表达，自己只是想"提高一下英语水平"。

在付出了不菲的金钱与漫长的时间之后，终于得到美国男人迪克兰的联系方式。

经过三个月的邮件来往，隔着半个地球的一对单身男女慢慢谈起了恋爱。早晨迪克兰用邮件说："亲爱的，晚安，为你祈祷。"晚上迪克兰用邮件说："亲爱的，早安，为你祈祷。"柔情蜜意之中，两人都觉得对方非常完美，在迪克兰的邀请下，白晓英做出了一个疯狂又洒脱的决定：拎着一个行李箱去美国。

迪克兰比照片中要老20岁，头发稀稀落落，个头也比白晓英高了30厘米。虽然看起来还算健朗，实际上迪克兰的身体状况非常糟糕，他迫切需要一个超越保姆性质的女人照顾他的生活，勤劳能干又温柔体贴的亚洲女人是最好的选择，这似乎是全美国男人都懂得的常识。

各取所需的婚姻一拍即合，迪克兰需要她，依赖她，无论精神还是肉体，有白晓英在身边，他终于不需要再考虑进养老院的事。而白晓英更需要迪克兰，有他在身边，她可以挺起胸膛在美国的大街上走路。她是名正言顺的美国人，比那些所谓的移民或本土黑人高贵了不知多少倍，外来者或本土黑人若只是拥有美国国籍，充其量只能算个美籍人，只有拥有美国国籍的白种人才真正称得上是美国人。自从成为迪克兰的合法妻子，白晓英觉得自己已经不再属于黄种人的范畴，强烈的优越感使她的心整天都在天上飞着。

更令人欣喜的是，迪克兰早已成家立业并远在加州的儿女们对这位中国继母欣然接受，除了圣诞节赶回来看望一下老父亲，并不打扰他们的生活。

星期天夫妻二人手牵手去教堂做礼拜，迪克兰总是不经意间做出一些温暖的举动，捏捏她的肩膀、拍拍她的后背，或是深情地抚摸一下她小小的黑色脑袋。在外人看起来，白晓英有一个对自己言听计从的丈夫。在这场婚姻当中她绝对不会吃亏，所以她也做好了为迪克兰奉献一生的准备。

如果非要从这场圆满的婚姻中找出点什么不顺利的地方，那就只有一条：白晓英根本不会说英语，迪克兰也根本不会说中文。两人沟通必须借助翻译软件，所以他们的别墅里经常是沉默的，翻译软件常常词不达意，闹出不少误会，但热恋中的两人根本不在乎。

度过艰难的语言障碍期后，第三年，白晓英终于能亲口说出流利的英语，这让她在美国生活的信心更加振奋。

幸福婚姻需要更好的经济基础，虽然真正成了一名美国人，可尝试过服务员、清洁工、美甲师等工作之后，迪克兰就禁止了她去做这种浪费大量时间的事情。如果她早上出门，晚上回家，回家后又一身疲惫早早入睡，那对迪克兰来说就失去了他想要的东西，这位亚裔妻子的存在就毫无价值。白晓英很听话，她也乐意时刻围绕在丈夫身边，为他洗衣、做饭、按摩、打扫卫生，甚至帮他洗澡。但作为一个普通的工人，迪克兰一个人的退休金难以维持两个人的生活，加上白晓英对衣食住行都颇为讲究，旅行度假必不可少，面对账单，两人都无法无动于衷。

出租别墅内闲置的卧室，是两人考虑了好一阵才决定的事情。一栋普通的两层别墅，上上下下共六间卧室，夫妻二人住一间足矣，如果一间卧室收费500美元，那么他们一个月将会有2500美元的收入，相比白晓英去做服务员或清洁工，这笔资金完全可以抵得上她打工所得。妻子既能守在自己身边，又有了稳定的经济来源，没有比出租房子更两全其美的办法。

"唯一的缺点是，我们的生活空间就不能这么宽敞了，我很抱歉。"白晓英依偎着迪克兰，眼睛直勾勾地望着他，语气充满了自责。

"家里有更多的人会很热闹，况且还给了我更多机会服务上帝，我可以为租客讲道，这样一来就会有更多的人了解上帝，这难道不是更好吗？"随着年龄的增长，无论遇到任何事，虔诚的迪克兰总能想到上帝。

幸运的是，客源比想象中要多得多，华人群体永远不乏新人报到，无论是留学生、访问学者，还是各种原因到美国来的群体，初来美国的华人大都生活窘迫，倒不是出于经济问题，而是因为一时间无法找到合适的容身之所，加上留学生总会在春天过后面临重新租房的问题，太多人需要一个临时的安身之处。这个时候有一位同胞能提供环境舒适的临时住处，那正好迎合了许多人的需求。

既然是做生意，就必然会出现难题，虽说客源不用发愁，但管理租客却非常令人头疼。控制欲极强又有洁癖的白晓英忍受不了租客们奇奇怪怪的生活习惯，她怕别人踩脏地板，讨厌小孩子乱摸家里的东西，也接受不了租客用洗衣机洗内衣内裤，为了让自己不至于崩溃，她只好给所有租客制定了严格的住家政策，好在租客大都是短时间客居于此，于是能忍则忍，只要不发生激烈的矛盾冲突，白晓英的别墅里还算得上岁月安宁。

女主人刻薄，男主人自然要温和。在家里，迪克兰总会像个绅士那样，对租客们礼貌客气，他的金发碧眼总能得到租客的敬意，他不会参与生意上的事，更不会过问租客与白晓英之间的细枝末节，他尽可能待在属于自己的卧室、书房以及花园里，他只愿意做个安分守己的居家男人，绝不会试图与更多的华人深交，因为他发现这对他来说没有任何意义。起初的时候，迪克兰还十分有信心向新来的租客进行传道，耐心地给他们介绍《圣经》，讲耶稣的故事，但他慢慢发现，租客们只希望拿他练习英语口语，对《圣经》只是敷衍，他们也不想反复地听他讲有关耶稣的故事，以至于迪克兰越来越失望。褪去头两年的激情后，迪克兰就再也提不起给租客传道的激情，每当有新人入住，迪克兰的任务仅仅只有一句："欢迎你的到来。"接下来的日常琐碎全由白晓英一人掌控，她才是一家之主。

夫妻二人的角色逐渐发生改变，与其说是白晓英来投奔迪克兰，不如说是迪克兰把自己交给了白晓英。

几年过去，白晓英逐渐不满足于一个月2500美元的收入，她不断地寻找商机。华人群体数量庞大，还在中国就通过微信定下白晓英房子的华人，往往会提出需要接机的愿望，待签证到期需要回国，又会有送机的需求。于是顺理成章地，白晓英又多了一份收入，那就是接机和送机。

送人的差事劳务费相当可观，一小时的路程可达100美元。

随着对财富的渴望日益增长，白晓英越来越感到囊中欲壑难填。金钱方面，无关贪婪，迪克兰总会死在自己前面，除了要给自己挣养老费之外，她还必须要给远在国内的儿子攒一笔钱出来，不然，她这样一位母亲，就空有了一个嫁到美国的身份。

于是常年困于家庭的中年妇女，脾气越来越暴躁，耐心越来越少，只有在面对丈夫迪克兰，白晓英才能保持头脑清醒。坏情绪自然不能发泄给亲爱的丈夫，于是就转移到了租客身上。凡是遇到不懂得严于律己的租客，她就会用罚钱来施以惩戒，残存的热情仅仅会用于个别处处小心谨慎，并对她言听计从的租客。

于是，白晓英的名声也在华人群体中越来越糟糕。大多数与之交往过的华人或多或少都被她"坑"过，要么是接机的时候话不投机，她就把乘客带到荒郊野外坐地起价，要么是不按她规定的时间使用洗衣机而被追加电费。由于"涉案"金额大都在几十美元左右，无法构成敲诈勒索，租客们有口难辩，只得乖乖交钱了事。

恨她的人又需要她，所以她的存在不可或缺。总体评价上来讲，只能用"毁誉参半"来形容这个来自中国南方的小个子女人。

杨雁没有见过白晓英，但与大多数留学生一样，对关于她的事迹洞若观火。若不是实在走投无路，杨雁不会听从胡啸云的建议，一个人去面对那个脾气暴躁且控制欲极强的中年妇女。

5. 该死的大选

7月4日，美国独立日，与历史上任何一个独立日都不同，此时的美国人民面临的是疫情加重、经济萧条、总统分裂式大选等前所未有的重大社会问题。为防止人群聚集，美国政府取消了80%的社区烟花表演，但总统特朗普依旧持续轻视新冠病毒，甚至在7月3日参加篝火晚会和打高尔夫球时仍不肯佩戴口罩，更是在活动中无视社交距离。基于总统的态度，美国人民依旧在狂欢派对中庆祝独立日。

杨雁一个人在屋子里麻木地收拾着行李，除了胡啸云，没有人知道他的近况。公寓中相识的同胞不少，偶尔去楼下倒垃圾，面对打招呼的同胞，他也只是冷脸相见。

阿南走后，他又回到了"文化休克"的状态，不愿意与任何人接触，他觉得自己正在变成水滴，变成微尘。夜晚，只有酒精才能梳理自己的灵魂，阿南的影子一点点在眼前出现，又一点点地消失。

"阿南，我们为什么要来到美国？"

窗外月光如水，抬头看着盐白的明月，杨雁只觉得毛骨悚然，故乡已经离得太远，没有亲人细细地抚摸自己的伤痕，唯有独自挣扎在有亡魂气息的泥沼里。

一个人在深夜喝酒，喝着喝着，就歪歪斜斜地靠着墙角睡去，让人欣慰的是，阿南没有在醉梦中再折磨他。

收拾了一夜的行李，房间还是一片狼藉，数不清的塑料袋、瓶瓶罐罐几乎占据了整个客厅，杨雁盘腿坐在垃圾堆里，看着手机，新的疫情数据准时跳入眼眶：据美国约翰斯·霍普金斯大学统计，截至美东时间2020年7月5日下午5点33分，全美新冠肺炎确诊病例超过283万例，单日新增病例超过5万例，死亡人数占全球死亡率四分之一。数据已经令人麻木，正如TikTok上一位白人精英所言："如果你在乎的话，这世界上任何东西都能置人于死地。"更有甚者，时至今日仍有一小部分人认为新冠肺炎没有可信度，它完全就是政府杜撰出来的产物，目的就是为了控制民众。

舆论愈来愈像一台荒谬的综艺，所有人都成了傻瓜。

7月5日是杨雁搬家的日子，新房租期为一个月，租金为550美元。纵然白晓英的名声不佳，正如学长胡啸云所言，一个月很快就会过去。杨雁自己也觉得，在这一个月里，他与白晓英的交流不会超过20句话。

能在疫情如此严峻的情况下，继续"收留"无家可归的同胞，白晓英觉得自己是在做"令上帝喜悦的事"。迪克兰作为资深基督徒，即便各色租客住在家里很有可能会使自己陷入极大的危险，他依然愿意支持妻子的事业，他相信上帝，也相信妻子，更信得过面对疫情噤若寒蝉的中国租客们，看看自己的白人社交圈就明白了，星期天他去教堂做礼拜，可没有几个人愿意戴上口罩，所以中国租客应该是最安全的群体。

白晓英为租客们制定了严格的防疫政策，即：1.租客外出须向房东报告。2.没有汽车的租客，如要出门买菜、购物，必须雇佣她去代购，代购佣金为每次10—20美元。3.租客外出回家必须全方位消毒。4.进屋后从外面带回来的口罩必须丢在门口的垃圾桶，不得私自带回室内。5.疫情期间禁止点外卖。6.每人只能用自己室内的卫生间，禁止用公共卫生间，即便在公共卫生间照一下镜子，一经发现，罚款30美元。7.厨房内所有抹布、菜板编号，有序排列，用完后按顺序放回原位……

当白晓英把这些条款贴在门口的墙壁上时，大部分租客都赞不绝口，只有二楼一间卧室的访问学者林老师没有表态，于是在杨雁搬进别墅的前五天，白晓英只好找了个借口，将林老师一家三口赶了出去，理由是林老师的儿子总是不经允许多次触摸她名贵的钢琴，而告知孩子家长后，家长处罚孩子态度不明，这让她非常厌恶。

搬家的那天，天气出奇地好，酷暑仿佛专程为杨雁收敛了一下，空气清新，风吹着柔嫩的花草，一只松鼠不知从哪里钻了出来，警觉地站在草坪上，瞪着女人般柔情似水的眼睛左顾右盼。

杨雁在窗前留恋了片刻，接着扔了很多东西，凡是有关阿南的物品都被扔进了垃圾桶。所有行李加起来刚刚把汽车的后备厢装满，因为白晓英要求新租客必须居家隔离14天，所以他特意提前买了大量威士忌和方便食品，以保证14天的消耗。

临别之际，站在住了两年的townhouse楼下，望向从此以后与他再无瓜葛的那扇窗户，杨雁仿佛又看到阿南的身影出现在窗前，一头乱发的他伤心地朝窗外吐了口口水，大声喊道："喂，你赶紧走，别让老子再看见你。"

"阿南，我们的生活到底出了什么问题？为什么你突然就死了？为什么你在死前建议我试一下代写作业？为什么新冠病毒突然就出现了？为什么我们要来到美国？"

"没办法，因为梦想最让人不可自拔，为了梦想就得遭罪。"这应该是阿南死前说过的最深刻的一句话。

杨雁满怀着愧疚，一遍一遍在心里自诉，手机铃声粗暴地打断了他的忧思，阿南随即消失得无影无踪。

电话是胡啸云打来的，询问要不要帮忙搬家。

"谢谢，我的行李一车就拉完了。"杨雁照例拒绝了，他不想与任何熟人见面，不愿把自己的落魄公示于众，他觉得自己的悲惨已经太过引人注目。

驱车到白晓英的别墅，有30分钟的路程，需要穿越白人群居地与黑人群居地。抛开集装箱样式房屋的贫民窟不谈，白人的居住环境大都为造型高雅的美式传统多层别墅，中产黑人则大都住结构简单的牧场平层尖顶别墅，只有公寓里才会各色皮肤鱼龙混杂，即便是杂居，也有着相当明显的肤色群体之分。

人以肤色群分，是美国最显著的社会特征。

缓慢地赶着路，对新住所并没有什么热烈的向往，穿梭在不属于自己的世界，一个人孤零零地经历着颠沛流离，杨雁的心思也随着迷惘摆渡到天际。

蔚蓝的天空中，几只鹰在盘旋，由于太过悠然，抬眼一瞥，那些黑色身影仿佛几片未落的树叶，一声不响地飘在浩渺的苍穹。

杨雁扶着方向盘，几只野鹰在眼前一直旋着，恍惚中觉得自己已经远离人间，正奔走在另一个时空中。

穿过黑人居住地后，公路的急转弯就多了起来，道路两侧的草丛里逐渐出现越来越多的人形标牌。美国总统大选在即，为了给自己心仪的领导人拉票助威，许多民众都把候选人的照片做成立式标牌，安插在自家门前的草地上，或是某些公路的两侧。

此刻，总统特朗普与竞争对手拜登都"站"在了公路两旁，二人完美无瑕的光辉形象吸引着过路司机的眼睛，以至于每一辆疾驰的汽车在拐弯的时候突然看到一群假人，都要忍不住颤抖一下。

随着空中一只鹰改变飞行轨迹，鹰群突然朝着一个方向迅速划了过去。一定是哪条公路上又有汽车撞死了不知名的动物，只有血腥才能召唤鹰的欲望，提醒它们要尽早光顾鲜美宴席。

果然，公路转弯处躺着一具动物尸体，从皮毛油亮的程度上来看，那可怜的小动物还没有腐烂，甚至还没有变冷，或许是刚刚遭遇不测，开车的人许是正有心事，连那动物是个什么物种也未曾看清。也许那不幸的小动物名字恰好叫彼得，正如

318

已故美国作家威廉·福克纳的短篇小说《它的名字是彼得》中的那条狗一样，它之所以被汽车撞死，是因为司机要赶着回家吃晚饭，死去的动物必须原谅凶手，奉献出一生所剩下的时光，以免耽误司机的晚餐。但今天死去的动物与那条叫彼得的狗所犯的错误完全不同，因为它耽误的不是一个美国司机，而是一个伤心的中国留学生。

看到车前一个小小的灰影闪过，伴随着"砰"的一声震响，杨雁的思绪立刻被拉回现实，他撞死了一只小动物。

身后一辆车疾驰呼啸，掠过杨雁时司机猛按了一声喇叭，令人沮丧心悸。风尘仆仆继续向前行驶，直到在公路上接二连三看到被撞死的野鹿、穿山甲，杨雁的心里才稍稍安宁下来。

"该死的大选。"今天撞到动物的司机或许都会在心里如此咒骂。

6. 囚徒

绕了无数个弯道，终于到了白晓英的地盘：一栋典型的美式乡村风别墅伫立在眼前。建筑面积500平方米左右，宽阔的木质门廊上立着几根纯木支柱，视觉上立刻给人以安静美好的感觉。

抬头望向二楼，三角形屋顶下是左右对称的两扇窗户，杨雁深深吸了一口气，这两扇窗户中，不出预料，其中一间正是自己未来一个月的栖身之地。盛夏热浪开始灼人，整栋别墅前后并没有高大的乔木遮阳，看着暴露于烈日下的房子，杨雁不禁对卧室内的温度有些担忧，但美国别墅都带有中央空调，此番顾虑很快打消。

根据白晓英的租住协议，新来的租客须进行14天隔离，也就是说，杨雁要在这栋别墅里待够14天方可出门。对此，杨雁深感不满，自己几个月来从未出门旅行，更别提涉足美国疫情严重的地区。同样是在大学城居住，为何自己还要隔离14天？白晓英温柔地给出一个合情合理的答案："因为不知道新租客和什么人来往过。"

几米远的地方，一个中年女人穿着一件粉色T恤，正推着一台电动割草机在门前的草坪上工作，见一辆车停在眼前，立刻按停割草机，满头大汗地跑了过来。

杨雁做好了井水不犯河水的准备，勉强挤出一个微笑。

"先消消毒吧。"白晓英拿出消毒喷雾，没有得到杨雁的同意，就把他从头部到鞋底都喷洒了一遍，接着又捂着鼻子将他所有行李喷洒了一通，一种被冒犯的感觉在杨雁心里油然而生。

白晓英麻利地将行李从后备厢拉了出来，将没有消过毒的行李侧面翻了过来，仔细喷洒。

"房子里还有其他人，希望你能理解。"女房东嘴边挂着宽容的微笑，一番寒暄过后，又热心地帮着杨雁把行李抬到二楼，这让初来乍到的新租客不禁有些动容。

上楼梯的时候，白晓英突然问：

"你是不是前一段时间出事的那个学生的室友？"

"是的，有问题吗？"杨雁心里咯噔一下，警惕起来。

"真可怜，他父母得多伤心。"白晓英露出惋惜的神情，随后又说，自己也有一个和杨雁差不多大的儿子，所以第一眼看到他就觉得很亲。

白晓英身手敏捷得令人不可思议，在狭窄的楼梯上抬行李，连杨雁这样的年轻人都有些吃力，不知她哪里来的巧劲，穿着高跟鞋也能稳稳当当。

卧室的格局和想象中的一样，配有卫生间和衣帽间，百叶窗下是铺满整个房间的地毯，除了一张双人床外，还有一张木桌子，天花板的吊灯与吊扇连在一起：是典型的美国传统风格卧室。

居住环境说得过去，但令人感到不适的是，一楼与二楼的气温明显不同。"你们没有开空调吗？"杨雁放下行李，铺满屋的地毯让室内热气更显浓郁。

"美国的房子都是冬暖夏凉，空调不用天天开的。"

白晓英吟吟笑着，打量着眼前的留学生，快速判断出：这是个敏感多疑的年轻人。针对此类租客，应采取"先紧后松"的政策，以免日后难以管理。

"我觉得楼上比楼下热了十几度。你不是说房租包含空调水电费吗？这个季节应该天天开空调啊。"行李横七竖八地放了一地，百叶窗外烈日炎炎。地毯是个奇怪的东西，只有在温度适宜的时候才能给人以温暖美好，温度一旦升高，地毯就会在视觉上令人非常烦躁，看着满屋如羊毛卷的绒毛，杨雁感到十分不适。

"哪有，这是因为你上上下下搬行李，身体太热，感觉上有误差，楼上平时很凉快的。"轻描淡写地解释了一下，白晓英又指了指天花板上与吊灯一体的褐色风扇，和颜悦色地说，"明天会开空调，你也知道，美国的电费很贵，不能太铺张浪费。如果你觉得热，可以开风扇。"

"我平时能下楼吗？比如在院子里走走。"看着窗外气势汹汹的烈日，杨雁突然有些后悔，对于自己在这间小屋子里足不出户待满14天，开始有些抗拒，他不知道自己能不能做到。

封闭闷热的囚笼，非亲非故的房东，突然令人心中五味杂陈。

"外面有什么好走的？"白晓英笑了。

"这两周你还是在自己屋里待着。你也知道，如果是在咱们国内隔离，你连门口的走廊都不能待的。你要是实在想走走路，那就晚上在后院走一走，但是一定要戴口罩，不能让邻居看到你。"

"不能让邻居看到我？为什么？"杨雁十分不解。

"因为他们会害怕呀，一看你戴着口罩，谁不害怕？"杨雁呆住的模样令人忍俊不禁，白晓英有节制地笑了一会儿，接着说，"你来美国也不是一天两天了，你还不了解他们吗？"

行李全部搬到二楼后，陆续有租客下楼。已经到了该做晚饭的时间，想起吃饭的事，白晓英又忍不住滔滔不绝了。

"你不知道，我做这个生意有多难，很多人在我这里白吃白喝，就这样他们还不知道感恩，出去说我的坏话。这人啊，就是那句老话，斗米恩，担米仇，农夫与蛇的事我这几年经历得多了。"白晓英苦笑着摇头，一副受尽伤害却又已经看淡的模样。若杨雁是个刚刚踏入美国大地的新华人，一定免不了替她义愤填膺一番。

"之前有一家访问学者，我对他们非常好，但是他们那个小崽子实在太调皮，每天乱摸我家的钢琴，给他们大人说了几次，他们都不管不问。"杨雁客气地笑了笑，他对这种倾诉毫无兴趣，他还想再争取一下每天都能开空调。

"你知道吗？我从来没有见过那么懒惰的女人，她居然经常用我的洗衣机洗袜子和内裤。

"你说说，只是几条内裤，她都懒得自己洗，开一次洗衣机要浪费多少水和电呀？就因为我说过房租包含所有水电费，所以她就连一条内裤也不肯自己洗，你给评评理，我终止他们的租房合同过分吗？"

为了让新租客全方位了解自己的为人，白晓英觉得有必要把一些事情说清楚，她想让杨雁明白，自己的所作所为已经仁至义尽，希望他日后能够严于律己，不要犯类似的错误。

"一天到晚变着花样给我添堵，一点也不听话，我不把他们赶走能行吗？"白晓英咽了口唾液，仿佛咽下了所有的酸甜苦辣。

对于听了太多不良传闻的杨雁来说，女房东的倾诉纯粹是一派胡言。租客是人，不是她圈养的家畜，人与人之间应该是平等的。

闷热的房间里，女房东像电视里的脱口秀演员，声情并茂，不厌其详地说着自己的境遇，而作为听众的杨雁只想赶紧找到遥控器，把这台节目关掉。但是碍于礼貌，杨雁只得不耐烦地"嗯"着。

"呀，你这孩子，也真是个慢性子。"

"今天我就不用厨房做饭了，吃点零食就行，你要是忙，就去忙你的吧。"杨雁有些饿了，打量着地上的零食。

白晓英也打量起那些零食，又想起远在祖国的儿子，不由得心生怜悯起来，她还是决定帮助一下这位年轻人，心里盘算着接下来的日子，将自家的饭菜每顿免费给他盛出一碗，只要他安安分分地待在屋子里，不要出来乱走或乱用厨房的设备就行。

"吃饭的事情，你可以不用下楼，我做好饭给你端上来，不收你的伙食费。我这人一向都是很慷慨的，很多租客在我这里都是随便吃饭，你也知道在美国如果不自己动手做饭，去餐厅一顿饭至少十几美元，还要给服务员小费。"

保持了长时间的缄默之后，杨雁终于开口，为了日后井水不犯河水，他要拒绝这种没由来的热情。

"谢谢了，不用你给我送饭，我有手有脚有力气，可以自己做饭，你不是说可以用你家的厨房吗？"杨雁只想安安静静过完接下来的一个月，争取与眼前的中年女人毫无瓜葛。

"不用客气，一碗饭而已。

"说实话我们家根本不缺钱，我做这个生意完全就是为了做好事，人人都知道我丈夫是美国人，是个基督徒，现在疫情这么严重，我们还冒险收留无家可归的人，我还冒着生命危险去机场接机、送机，都是素昧平生的人，你说我图什么？就图一个月赚几千美元？"白晓英说话的时候，态度显得十分诚恳。

"我不想占人便宜，谢谢你。"

"你说我有多奇怪，我们就喜欢别人占我们的便宜。真是个小傻瓜，吃一个月免费的饭，你的房租都省下来了。"

杨雁的拒绝白晓英根本不当回事，她觉得他只是嘴硬，一个单身的年轻男人，哪能拒绝得了免费饭菜呢？过不了多久，他就会感动于她的付出，明白她是个真正的好女人。

"我的缺点就是太热情，这也是我的命。"白晓英继续强调，她不需要让一个外人来决定自己的处事方式。

"真的不用你给我送饭，我买了足够的食物，有一部分需要冷冻，可以放在你的冰箱里吧？"杨雁继续拒她于千里之外。

"厨房有专供租客用的大冰柜，不过你最好不要放太多，因为毕竟这里住的人多，人人都需要体谅别人。"

"我的东西占不了多少位置。"杨雁语气冷漠，但眼神总透着一种怯生生的光，很容易令上了年纪的女人心软下来。白晓英不忍跟他计较，只要他足够听话，接下来的一个月，她绝不会挑他的错。

7. 不能妥协

女房东下楼后，杨雁飞快地收拾着卧室，即便自己行李不多，但将所有物品放到应有的位置上后，小小的房间还是被撑得满满当当的。

席地而坐，前胸后背已是汗水淋漓，杨雁拿出手机给胡啸云发了一条信息，告诉他已经安顿好。

"那老娘们儿没欺负你吧？你怕不怕她？"

"我会怕她？开什么国际玩笑。"

"她长什么样？我到现在都没见过她真人，是不是长得特丑？"胡啸云故意调侃。

"还可以，就是她家规矩太多了。"

"都有什么规矩？比如呢？"一向八卦的胡啸云想核实一下那些传闻。

"比如……用洗衣机烘干机每天超过三个小时，每月必须多交20美元电费，隔离期间不许下楼，隔离结束后外出必须每天向她报告，禁止点外卖，不能去公共卫生间照镜子。"

杨雁仰脸望着飞速旋转的风扇，又想起和阿南同住的日子，眼前浮现出阿南一个人在房间里抽着烟走来走去的样子。

"这老女人疯了吧？你还需要隔离？"胡啸云感到不可思议。

"是啊，新租客必须隔离14天。"

"真是要命，都在大学城里，隔离个鬼啊，她自己怎么不隔离？还有她的美国老公，我就不信那美国佬不接触其他人，太欺负人了。"胡啸云打抱不平。

"也没什么，14天很快就熬过去了。"因为不想遭受更多的议论，杨雁也只好嘴硬。

行李乱哄哄地挤满房间，疯狂旋转的吊扇下如一锅纷乱的大杂烩，前任租客的痕迹还在，仔细盯着地毯，就会发现成千上万根女人的头发。在地毯上坐着与胡啸云闲聊了近一个小时，杨雁已经从地毯上抠出了一团大煞风景的毛发，这令他大感恶心，胡啸云还在八卦地问东问西，他只好说："我要去洗澡了。"

去卫生间洗手的时候，一阵急促的敲门声响了起来。

"吃饭啦。"刚一开门，一碗青椒肉丝盖浇饭就被强行塞了进来，无论如何拒绝，还是无法让那碗饭再端出去，于是杨雁只好翻出钱包，拿出10美元公事公办，他不想亏欠半点人情。

"这是我们吃剩下的，你不吃就得扔了，付什么钱呀。"白晓英的话让人更感厌恶。几番推辞毫无意义，只好任她把碗放下，听着她的脚步声到了楼下后，杨雁只得将那一碗饭倒进垃圾桶里了事。

"吃人嘴软"，这是古训。

简单吃了点零食后，杨雁铺着床，浑身已是热汗涔涔。门外传来孩子的哭闹与大人的呵斥，天知道白晓英的生意为何会如此兴隆。

热气蒸腾，孩子哭闹，没有想到第一个夜晚就如此光怪陆离。这栋外表华丽的别墅里，到底还掩盖着多少不可思议，处于崩溃边缘的杨雁无法想象。

仰面躺在床上，翻着手机，尽可能让自己平静下来，但有关疫情和大选的新闻依旧铺天盖地，搅得人心烦意乱。

华人关注疫情，美国人关注大选，声势浩大的美国王位之争已经进入白热化阶段。TikTok里的短视频90%是对两位竞选总统的激烈讨论。截至2020年7月，现任总统特朗普已经逐渐失去了美国精英阶层的支持，昔日将他送上总统宝座的华尔街亿万富翁们纷纷转投拜登阵营，在收到上层人士的捐款方面，拜登已远超特朗普。早在一个月前，CNN、福克斯新闻等多家媒体发布的民意调查显示，现任总统特朗普的支持率已全面落后于拜登。民意调查中，受访者在"如果今天选总统，你会选择谁？"这个问题上，有55%的民众选择拜登，41%的民众选择特朗普。但特朗普并不承认这种民意调查，一遍遍公开声讨CNN等多家媒体，认为他们的调查"充满偏见"。

新冠疫情，经济衰退，加上春天时黑人弗洛伊德之死带来的全民大游行，全美大多数民众已陷入焦虑。因此，TikTok平台上随处可见情绪化严重的视频内容。出于对美国人的深度了解，即便是末日来临般的2020年，杨雁也能肯定，此刻的美国，一定与平常无异，酒吧与饭店一定依然人满为患，走在街头的人也绝不会戴口罩。又联想到种族歧视，人权双标，社会的种种不公，让他更加觉得，美国是个病态的、撕裂的国度，这个号称精英遍地的社会每天都在犯最低级的错误，上至总统，下至平民，无一不是"共犯"。

好在自己只是一个过客，杨雁可以对这个社会避而远之，关上手机，如同闭上双眼，从唯心主义的角度来讲，整个世界都与他毫不相干。

他本以为接下来的一个月能日日酗酒，恣情纵欲，整夜倒在床上呼呼大睡，不用再面对黑暗，夜夜呜咽，甚至不用理睬这栋别墅内的任何人。可随着室温的升高，他"避世"的愿望顷刻间就被粉碎，他必须下楼去找白晓英协商，让她开空调。

穿上T恤和短裤出门，已是深夜12点半，这个时候去惊扰女房东总归不妥，考虑再三，杨雁还是决定下楼自己把空调打开，第二天再向她汇报，他不能在这个卧室里昏厥。

凉拖鞋踏着木质楼梯，为了不打扰别人，杨雁把脚步放到最轻，做贼一般蹑手蹑脚下了楼。夜色中一楼客厅寂静清凉，与二楼完全不是一个天地。他把手机的手电筒功能打开后，很快就在洗衣机房的墙壁上找到了空调开关，遗憾的是，他怎么也打不开空调。

集中注意力研究着搞不懂的"机关"，杨雁没有注意到，身后不知何时已经闪出一个影子。

"非常抱歉。"背后有两只眼睛正瞅着自己，杨雁吃惊地轻叫了一声。一个头发雪白的美国男人穿着睡衣出现在身后，正是白晓英丈夫迪克兰。

"楼上实在太热了，我根本不能睡觉，我想把空调打开。"

"你需要我的帮助吗？"迪克兰微笑着问。

"是的，你教我怎么开这个空调吧。"看着眼前和蔼的老年人，杨雁相信自己的处境会有改善。

"没问题，这个很容易。欢迎你来到我的家里。"迪克兰转身把客厅的吊灯打开，伸着僵硬的手指给眼前的年轻人指示如何操作。

杨雁舒了口气，心里充满感激，这栋别墅里到底还有一丝人情味，并非真如传闻中那样完全是个"狼窝"。

"你不用教他开空调，他不需要学这个。"白晓英穿着睡裙，不知何时突然出现在一旁，杨雁和迪克兰都吓了一跳。

迪克兰真诚地替杨雁辩护："楼上太热了，他需要冷风，现在我教会他，以后当他感到热的时候就可以自己打开。"

"我和他有约在先，这些事情你不用过问。"见白晓英没有点头，迪克兰只好耸耸肩膀，略显尴尬地向后退了一步。

三人对峙着，二楼突然传出孩子号啕大哭的声音，夫妻二人同时望了杨雁一眼，仿佛那孩子是被杨雁所惊扰。

但杨雁认为，那孩子一定是半夜被热醒，才如此吵闹不安，于是轻声道："楼上真的太热了。"

"这小兔崽子，一到半夜就使劲号。"白晓英朝楼上瞥了一眼，白天表现出的慈爱之态顷刻全无。

"听到了吧？生活没有你想象得那么容易，如果我和我的丈夫是自私自利的人，怎么能受得了这种折腾？"说罢，白晓英深情地看了一眼丈夫，迪克兰眨了眨眼睛，微笑着肯定妻子。

"现在气温显示是88华氏度，你们楼下凉快，楼上简直像蒸笼，根本没法睡觉，我会中暑。你说过房租是包含空调费用的。"杨雁觉得若第一次不能捍卫自己的权利，那接下来的30天，一举一动都必受人挟制。

"你这人怎么这么固执呢？我说了空调隔天开一天，今天不能开，凡事都要讲规矩，既然住到我的家里，就要按照我的规矩来。"

迪克兰见妻子已经不悦，也不好意思再正义凛然下去，中国人之间的事他一向不乐意参与，于是对杨雁礼貌客气了一句"晚安"，便回了卧室。

"你没有说空调是定期开的，现在是最热的时候，谁家的空调不是天天都开着的？"杨雁坚持辩论。

"你如果不愿意遵守我家的规矩，可以不住这里，随时可以搬走，也没人拦着你呀。"迪克兰走开之后，白晓英已经极不耐烦，她不理解现在的年轻人为何如此固执，更不喜欢租客教她做事。

"行，我明天搬走，麻烦你把房租退给我。"入住第一天就发生如此激烈的矛盾，再住下去后患无穷，杨雁果断地冒出了离开的念头。

"你当我这里是什么地方？你说退房租就退？"白晓英觉得眼前的年轻人简直是异想天开，"一天没有开空调而已，就值得你这么发火吗？我说了第二天会开空调就肯定开，我是不守信用的人吗？"自做生意以来，白晓英从来没有干过退房租的事，也没有遇到过入住第一天就要求退房的租客。看着眼前这个神情恍惚的留学生，白晓英觉得他有可能受过什么刺激，非常不理智，于是"咯咯"笑了起来。

在杨雁听来，这中年女人的笑声就像一只该死的老母鸡。

"那好，现在已经是第二天，已经过了12点，请你现在就把空调打开。"杨雁竭力控制着自己的情绪，如果白晓英还要再狡辩下去，他觉得自己有可能会动手打女人了。

楼上又传来孩子的哭声，两人都朝那哭声的方向瞥了一眼。

"好嘛，真是个机灵的小伙子。的确已经到了第二天，那就把空调打开，你现在上楼去吧，我喝口水就开空调。"

一场风暴因为白晓英的识趣侥幸躲过，上楼以后，啼哭的孩子还在抽泣，走廊里回荡着大人的责备声，杨雁料定那孩子一定是因为闷热才哭闹，于是觉得女房东的嘴脸愈发丑陋，大热天居然虐待一个孩子，欺负同胞。

打发走杨雁，白晓英守约开了空调，因为一楼本就清凉，中央空调一开，迪克兰就得盖着厚一点的棉被才能睡觉。

半夜折腾一番，两人都没了睡意，相拥着在被窝里亲昵。白晓英突然想起大选的事，她早已经是标准的美国公民，在选总统的权利上，也有神圣的一票，于是问迪克兰，他想把选票投给谁，拜登或是特朗普？

"这是两个疯子，我谁都不想选，但看在上帝的分上，我们只能把选票投给特朗普。无论如何，美国需要一个基督徒来做总统。"迪克兰轻轻地说。

"对那个留学生，你是不是觉得我今天做得很过分？"白晓英摸着丈夫的脸，大拇指摩挲着他的脸颊，悠悠地问。

亲吻着妻子的额头，迪克兰深感愧疚，对于妻子想尽一切办法挣钱的事情，他完全表示理解。这个黄皮肤的中国女人，几年来已经为自己做得太多，即便在有些事情上她做得不够妥当，但在爱丈夫这方面，她绝对是满分的。

"对那些萍水相逢的人，你有你的原则，我理解你。"迪克兰说着，把妻子深深拥在怀里，两具不同程度松弛的肉体更加松软下来，两人手指交叉着，不觉间迪克兰已昏昏入睡，尖瘦的下巴像一把刀顶着妻子的额头。对于更年期的白晓英来说，垂暮之年的迪克兰堪称完美男人，除体贴之外，还使她免受了性交之苦。

"你困了吗？"白晓英轻轻问。迪克兰"嗯"了一声后，又把她的手紧紧握住，重复了一遍二人结婚时的承诺：即便道路坎坷，也要一起走到人世的尽头。

8. 需要透气

第二天，白晓英果然遵守约定，把空调开足了一整天。

因为足不出户，又吹了一天空调，杨雁觉得浑身的关节都僵硬了起来，别无他法，只好打开百叶窗，深吸了一口带着植物气味的空气，全身的毛孔似乎都舒缓了一下。

窗外依旧是干干净净的蓝天，楼下草坪上随处可见散步的美国邻居。一家人牵着狗从楼下经过时，杨雁正好俯着身体向外瞭望，于是几个美国人热情地朝他打了招呼。

"美国的新冠病毒看来只属于华人！"趴在窗前消磨着时光，杨雁一度恍惚起来。

又想到阿南的死，想到来美国以后曾经发生过的种种事，杨雁突然觉得，这世界上所谓的真善美，无非是人类幻想和杜撰出来的产物。阿南的灵魂在白天的时候很少来打扰朋友，有关于他的念头很快消失。窗外一拨又一拨的美国人经过，听着那些欢声笑语，杨雁回头看了看狭小的囚身之地，由衷地感到了一种无奈。

当白晓英又一次敲门热情地向他塞来午餐时，杨雁在拒绝的同时，又提出了一个请求：他要到院子里走走路，他的双脚需要接触大地。

"先别说其他的，你为什么开窗户？"白晓英端着一碗西红柿鸡蛋饭，露出惊骇的神色，她感到不可理喻，不明白一直吵着要开空调的人，为什么还要开窗户。

"我把窗户打开透透气。"杨雁不觉得自己开一会儿窗户有什么问题，看到白晓英的神情如此惊骇，只好下意识把窗户合上一些，留一道巴掌宽的缝隙。

"开空调不能开窗户，这个常识你不懂吗？"白晓英把碗重重地放在桌子上，命令杨雁立刻关上窗户。

"你把我困在这个屋子里，不开窗户我会憋死的，我需要呼吸新鲜空气。"杨雁站着不动，在白晓英看来他十分无理取闹，活像一个恶棍。

"现在的年轻人，真是让人搞不懂。一会儿吵着开空调，一会儿吵着开窗户，你到底要怎样？开窗户会破坏空调的性能，空调坏了你赔吗？"白晓英冲到窗前，这栋别墅内所有角落的主权都应该属于她，而不是任何一个租客。

"如果因为我开了一下窗户，你的空调就坏了，那我愿意赔。"

杨雁挡在窗前，女房东的反应令他有些惊慌，无措中只好堵着窗口，像个固执的孩子一样。

白晓英显然被他的举动惊到了，从昨天开始，她就一直在纵容这个新租客，现在已经让他到了不知道自己是谁的地步了吗？

"鸡蛋非要碰石头是吗？再过几天你是不是该拆墙了？你给我让开！你也太不靠谱了！"

"你不能这么霸道！开窗户是我的权利。"面对强势的女房东，杨雁突然觉得，女人一旦坏起来，真的会比男人坏得更彻底。

"那你现在就赔偿2000美元，空调早晚会被你弄坏！"

后退了一步，转身看到自己亲手端上来的一碗饭，白晓英已经气得两眼发昏，于是端起那只碗，重重地倒扣在了桌子上。

"2000美元？你是敲诈吗？我不可能赔。"痛痛快快地把话驳了回去，杨雁顺势踢倒了一个凳子，在白晓英眼里他无疑是要造反了。

"这么一大群人住在家里，没有章法岂不乱了套？我真是好心当成驴肝肺。"白晓英气得两眼含泪，她找不出更好的词来发泄，于是又大声骂道，"白眼狼！白眼狼！"

"我知道你管的事很多，我尊重你作为一个家庭主妇付出的辛苦，但是也请你尊重我。"杨雁觉得自己彻底陷入说不清的旋涡，心中剧烈地忐忑起来。

　　"家庭主妇？没错，我就是个家庭主妇。所以你就把我说的话当耳旁风是吗？你做饭不需要用电吗？我想尽一切办法节约，你非要和我唱反调？"

　　听到"家庭主妇"四个字，白晓英既委屈又愤怒，自己与那些来到美国后就完全依附于丈夫的女人比起来不知强了多少倍，那些无所事事的女人们自己挣不到一分钱，却还硬是到处宣扬自己的"经济价值"，就好比某某人的妻子，到美国20年，从未打过一份工，却四处宣扬正是因为自己没有去上班，所以她的丈夫才能免交很多税，免除的税额完全抵得了她的打工所得，因此，"家庭主妇"在美国也是十分值得尊重的一种"职业"。

　　白晓英从不认为自己和那些"家庭主妇"是一类存在，她能创造出的经济价值远高于那些依赖丈夫的体面太太。事实上，也从未有人当面说她是一名"家庭主妇"。

　　"今天真是开了眼了，好吧，我就是家庭主妇，在我这个家里，所有一切就是要听我这个家庭主妇的，轮不到你教我做事。

　　"我现在命令你：第一，关上窗户；第二，没有我的允许你不能随意去厨房开火做饭；第三，没有我的允许你不准到后院去散步！

　　"如果你敢违反一条，立刻给我卷铺盖滚蛋！"和所有到了中年的女人一样，白晓英敏感又容易动怒，面对不识抬举的租客，她没有立刻把他的行李扔出去，已经算是手下留情。

"你怎么不讲理呢？咱们之前就说好，房租包含所有水电费，我可以自己做饭，我也可以到后院散步，这是之前就约定好的。你怎么倒打一耙？"杨雁怒不可遏，他从来也没有想到，一个女人能可恨到如此地步。

"你不能老老实实听话就给我滚蛋，没人稀罕你继续住。"白晓英故意用脏话羞辱对方，好叫他早点认清自己的处境。

疫情肆虐，好友去世，以及随时会东窗事发的"作弊"，如今又被一个小个子中年女人逼到无路可走，杨雁呼了一口气，险些跌倒。

看着眼前这个张牙舞爪的女人，杨雁向后退了两步，如同躲避瘟疫一样，盯着她青筋暴胀的脖子，杨雁突然涌出一个可怕的念头，幻想出她被勒死的样子。

"还有，你穿的拖鞋不合格，这种塑料拖鞋会划伤我家的地板，如果你要下楼，要么重新换一双拖鞋，要么光着脚，划伤地板你赔不起。

"如果再让我发现你穿着这双拖鞋去客厅，就必须再罚你2000美元。你给我记住了！"

趁着杨雁目瞪口呆的工夫，白晓英迅速走出卧室，"砰"的一声关上了房门。

"我要搬走，我住了几天你就扣几天的钱，明天一早我就搬走。你把剩下的房租退给我。"杨雁追了出去，怒吼着，他绝对不能再住在这种恶魔的屋檐下，即便流落街头，也好过这种任人随意侮辱的日子。

"你最好今天晚上就搬走，钱是一分也不会退的。"正在下楼的白晓英突然掉头，捡回被她扣在桌子上的那碗饭，故意羞辱道，"正好我们家的狗还没吃饭，你不吃就饿着。"

一个人能把仁义道德与黑心恶毒切换得如此游刃有余，涉世未深的杨雁突然感到，自己正在丧失反抗的力量。

空调在夜幕降临时再次关闭，清凉的卧室只用一个小时就又变成了蒸笼。没有吃晚饭，也不能下楼去做饭，11点过后，闷热、愤怒已经像野兽一般控制着杨雁的灵魂。

"要战斗！"身体里的野兽召唤着自己。

打开一瓶威士忌，半瓶酒进入胃里，杨雁的脸颊红得像一团火，头晕目眩之中，杨雁仿佛又看到了阿南，他正在地毯上席地而坐，可怜巴巴地望着自己。

"你为什么总是想起我呢？"阿南问。

"我也不知道。"不顾一切地喝着苦酒，杨雁已经逐渐感受不到室内的温度，这个时候，如果女房东出现在眼前，杨雁觉得，自己一定能干出杀人的事来。

"这个世界已经越来越脏了，你的地毯上到处都是女人的头发，你从来都不听我的话，我根本不赞同你搬家。"阿南忧伤地说着。

"你的名誉虽然毁了，但是，阿南，这不是什么糟糕的事情，说心里话，我很羡慕你。"

"羡慕我成了一捧灰渣？"

喝着酒，幻想着与阿南对话的场景，杨雁又点了一支烟，仰望着天花板上的吊扇，白晓英的脸在一团烟雾后慢慢浮现，那张狡黠蛮横的脸，逐渐清晰起来，于是杨雁腾地而起，拉扯起吊扇的开关，可那吊扇却像见了鬼似的，怎么也拉不动。

不知拉了多少次，那该死的吊扇才终于开始工作，呼呼啦啦旋转出最大的风力，将堆在桌子上的书本吹得一片凌乱。

9. 离开

在过度幻想中沉沉睡去，吊扇是什么时候坏的，醒来后杨雁已经回忆不到任何蛛丝马迹，恍惚之中只记得，那吊扇让自己费了很多力气，至于支离破碎的梦境，他还记得梦见了过世10年的奶奶，也梦见了过世一个多月的阿南。

所幸那吊扇并不昂贵，在亚马逊上查过价格，杨雁已经做好了赔偿的准备，也做好了天一亮就搬家的准备。

吊扇最多按80美元来赔偿，一个月的房租为550美元，他只住了三天，每天按19美元来算，需要支付57美元，加上吊扇的赔偿金，那么白晓英就应该给他退413美元。

"能退400也就行了。"400美元的数字在脑子里闪闪发亮了一会儿，就很节制地退去了。深夜到清晨，杨雁一边收拾着自己的行李，一边幻想着白晓英能合理地退钱并放他离开，至于离开之后何去何从，已经无暇顾及，人只要活着，总能找到容身之处。

天亮的时候，窗外突然下起暴雨，室内闷热加倍。门缝里飘来中国早餐的味道，混合着一夜的晦气，已经让卧室里充满令人窒息的气氛。收拾好所有行李，杨雁等着与这囚笼般的别墅告别。

一声闷雷响过，大雨疯了似的拍打着窗户，四面八方而来的雨柱冲击着玻璃窗，视野中晴天里所有美好的色彩全部逝去，雷电伴着狂风，千万条雨柱在天地间奔驰，打得路边所有花朵全都凋零了。

站在窗边望着暴雨出了一会儿神，杨雁坚定了即刻离开的念头。

等待着下楼谈判的时机，杨雁焦虑地翻着手机，试图寻找下一个容身之地。新冠疫情的新闻照例铺天盖地，据美国约翰斯·霍普金斯大学发布的全球新冠肺炎数据实时统计，截至美国东部时间2020年7月7日下午6点，全美共报告新冠肺炎确诊病例2 981 602例，死亡131 248例；过去二十四小时新增确诊59 602例；新增死亡1040例，死亡人数占全球死亡总人数的四分之一。

若不出意外，7月8日新增病例将会突破6万。数据对所有人早已失去震慑力，对美国人而言，几乎成了仅限于手机里的数字，对华人而言，也从一开始的"猛虎"，逐渐让人感到麻木。无论是猛虎般的疫情，还是恶劣的天气，都已经无法阻挡杨雁离开的决心。

"今天必须搬走，再住下去我会被这个女人逼得想杀人。"

杨雁站在窗前给胡啸云发了一条信息，没有等到他的回复，就决定下楼去找白晓英，请她上楼检查一下吊扇，并将剩下的房租退给他。期望她能通情达理。

下了楼，杨雁发现白晓英正在招呼其他租客们吃早餐，似乎是为了刻意和他形成对比，她与其他几位租客显得异常亲密融洽。早餐丰盛异常，美式与中式食物应有尽有，白晓英亲昵地唤着还没有出来吃饭的一位租客，嗓门提高八度，道：

"还没下楼的那两个人，再不下楼饭都凉啦。"

迪克兰则温柔地与一个孩子在交谈，他用大手抚摸着孩子的头顶，问那孩子喜不喜欢他家的早餐。在这栋别墅里，迪克兰无疑是唯一永远保持心情愉悦的那个人。

"好吃极了。"五六岁的孩子用铁勺往嘴里送了一口黄色糊糊，做出夸张的表情，逗得所有人都笑起来。迪克兰和蔼地与每个人交谈，让人相信他是打心眼里喜欢妻子的中国朋友们。

白晓英的热情赢得所有人的称赞，好像她从来没有待人刻毒过，也从来没有骂过那孩子小兔崽子。

没有人在意立在客厅的杨雁，他像个透明人一样完全被忽略，直到餐桌上的孩子指着杨雁甜甜地问道："那个哥哥为什么站在那里，像个木头人？"

"我说了多少次，你的拖鞋会划伤我家的地板，你怎么又穿着拖鞋下来了？赶紧把鞋脱了，要么就上楼去换鞋。"白晓英没好气地埋怨着。餐桌上其他人见状都沉默了下来，似乎半顿早饭的工夫，所有人都全方位地了解了这位新租客有多糟糕。

"换完鞋过来吃早饭。"见杨雁穿着牛仔裤和T恤，是要外出的样子，白晓英已经猜出他的意图。但她不希望频繁发生租客因为矛盾而退房的事，于是试图扭转一下僵局。

"谢谢，我不吃早饭，我今天要退房。"杨雁态度坚定。

"怎么刚来三天就要走啊？住得很不习惯吗？"其他租客开始搭话，令白晓英深感不悦。

"你的吊扇坏了，我不知道是怎么坏的，但是我会赔偿，因为毕竟是我用过，你最好上楼检查一下。没有其他问题我就搬行李了，请你把剩下的房租退给我。"交代完毕，杨雁洒脱地上了楼，众人面面相觑，白晓英立刻扔下筷子追了上去。

看着满屋收拾好的行李，已经无须再说什么废话。

白晓英反复拉着吊扇的开关，得到的验证是确定损坏，她克制住气急败坏的情绪，勉强在脸上堆出阴阳怪气的微笑，款款地说：

"我实话告诉你，你睡的这个屋子以前从来没有人睡过，这个卧室我是准备留给我儿子住的，疫情一结束，我就打算把他从中国接过来。你屋子里的一切都是新的。这是一个新吊扇，你不要想着按折旧的赔偿。"白晓英瞪大双眼，话一出口，又登时后悔，觉得就算按全新的价格来赔她，也不够解恨，对待这种专门挑事的租客，不让他放点血，他就学不会做人。

"我照新的赔，我已经查过了，亚马逊上这个吊扇卖70美元，我赔你80美元。"杨雁调出手机里的计算器，一条条开始算账，他已经做好吃亏的准备，只想尽快脱身。

"还有，这个房子我住了三天，每天按19美元来算，就是57美元，加上吊扇的80，你要给我退413美元。

"住在这种破地方，我自认倒霉，你给我退400美元就行。"杨雁把账算清楚后，长舒了一口气。

"什么是破地方？你给我把话说清楚。什么叫你倒霉？这几天我好吃好喝地供着你，你看看下面的人哪一个像你一样？你他妈的就是个喂不熟的白眼狼。"白晓英气得双腿发软，若自己是个男人，一定会揪住眼前这个猖狂的家伙，扇他几个耳光。

"我警告你，骂人的时候不要带上别人的妈！"杨雁食指点着白晓英，觉得她根本不配做一个女人，这世上怎么会有如此混蛋的女人呢？她简直像一只竖起耳朵、龇牙咧嘴的恶狗。

"你还敢指我？你现在立刻给我滚蛋，想要退钱不可能，我的吊扇是1000美元，把你一个月房租和所有行李都加上也不够你赔的。"白晓英的脸已经扭曲得不知如何形容，她跳着脚的样子十分难看。

"你扣我的行李？"杨雁的心彻底乱了，他只在传闻中听说有留学生的行李被房东扣押，没想到这样的事会真的发生在自己身上。白晓英的嘴皮子还在上下舞动，不断重复着她要的数额。

"我再说一次，我的吊扇是1000美元买的，你是没听明白还是不会算术？补交600美元，再来拉你的行李。

"现在，请你滚出我的房子。"指着窗外的雨幕，白晓英觉得让他多留一分钟都是对自己的侮辱。

杨雁几乎是被推搡着出门的。闷雷还在头顶轰轰作响，淋着暴雨奔向停在路边的汽车，杨雁已全身湿透。

行李只拿到了一半，除行李之外，他手里还多了一张600美元的"欠条"。

暴雨打在头顶，顺着头发在全身纵横交错，搓洗着无助的灵魂。

在混乱的世界里，风雨令人双目恍惚，杨雁垂眼看着自己被雨水冲洗的身体，嘴角露出一丝久违的、可怕的微笑。接着，他把"欠条"撕得粉碎，拖着沉甸甸的行李上了自己的汽车。雷电闪着，如一把锋利的刀，闪现在无家可归的人心里。

汽车发动后，忽然听到远处有人在喊：

"你回来——"

"房东让你回来呢，雨停了再走——"喊话的是另一位租客。

暴雨中门口探出半个模糊的人影，见杨雁准备离去，那人奋力挥着手臂："快回来呀——都在等你吃饭呢——"

"让她等着去死吧。"杨雁探出车窗，怒吼着，一个杀人的计划在心里逐渐清晰起来。